# The Survived Alchemist with a dream of quiet town life.

01 book one

written by Usata Nonohara
illustration by ox

published by KADOKAWA

はっ

ゲホ
ゲホッ
換気
ヒュウ
う…
パキ
コキッ

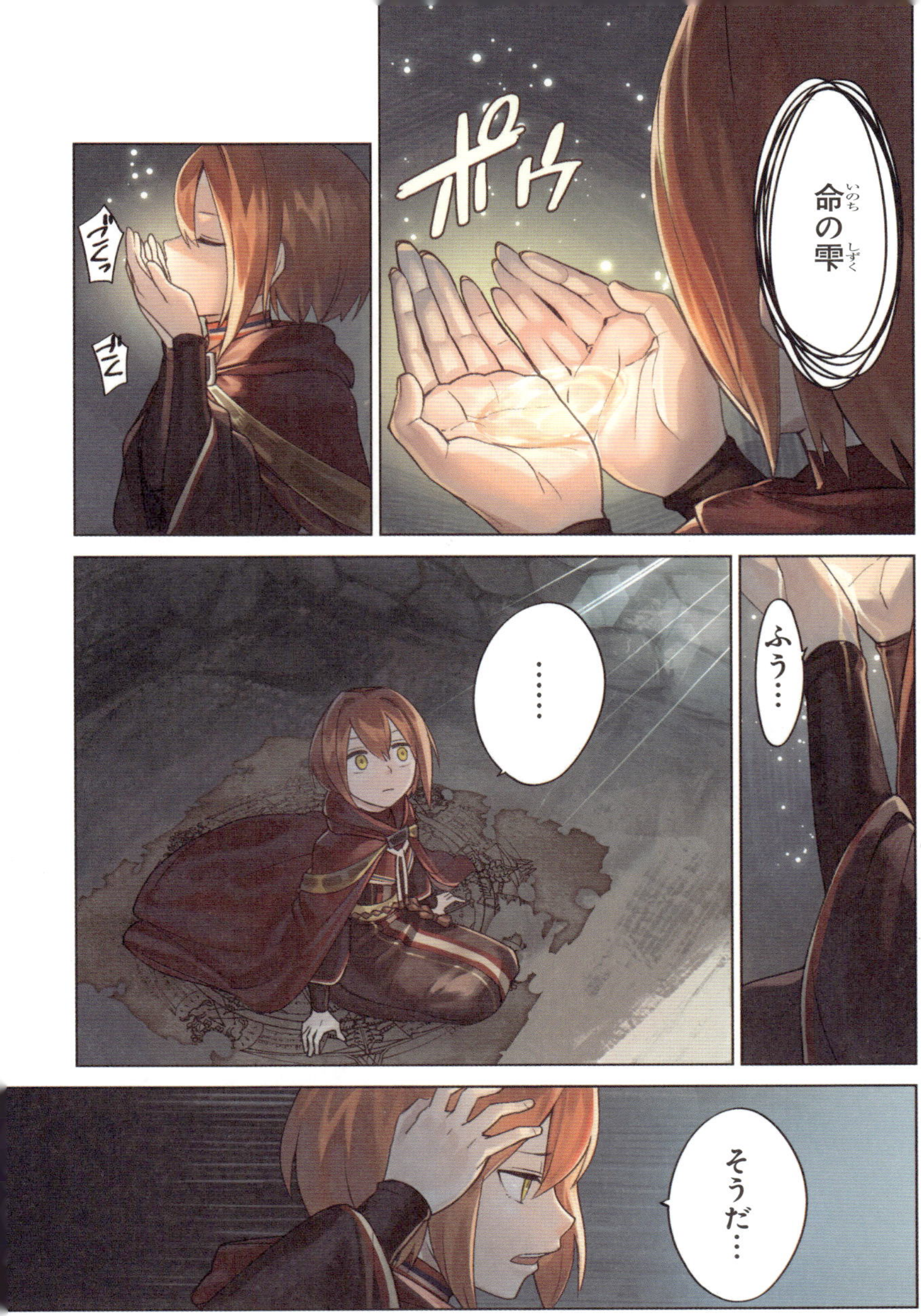
命の雫
ポゥ
ごくっ
ごく
ふう…
……
そうだ…

ギャオオオ
グァァ
剣をとれ！
アァァ
おのれ魔物め！
ハァ
ハァ
ハッ
ハァッ
『仮死の魔法陣』危険が去れば目覚めるよ

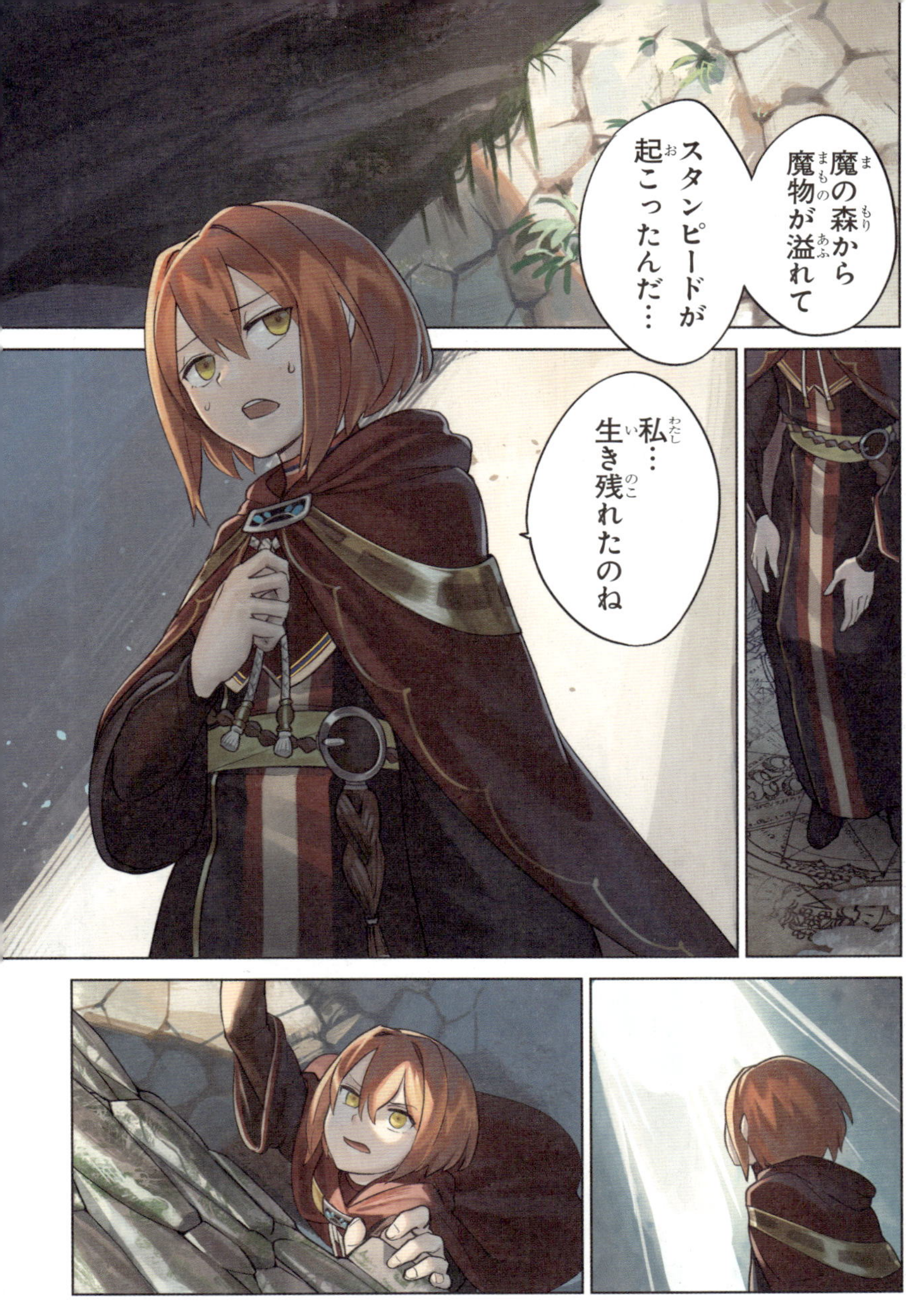
魔の森から魔物が溢れて
スタンピードが起こったんだ…
私…生き残れたのね

よっと
えーと…
百歩譲って小屋が跡形もないのはいいとしましょう
スタンピードにのまれたんだしね

うちの薬草園で育ててた薬草よね…
ぷち
なんで一面生い繁ってんの——？
もさっ
仮死の魔法陣が壊れてた？
ん？
頼りないランタンの明かりだったけれど隅々まで確認したのに
ランタンの…火？

あ…
密室で火を灯したら酸素がなくなるじゃない
いつもは照明魔法だから忘れてた…
スタンピードが去っても蘇生できずに眠り続けてたんだ
入り口の扉が朽ちるまでずっと…
私…どんだけねてたの——!?

# 生き残り錬金術師は街で静かに暮らしたい

The survived alchemist with a dream of quiet town life.

[著] のの原兎太
[画] ox

written by Usata Nonohara
illustration by ox

01

book one

Aus schwartzer Erden
Aus weisser Erden
Rotte
Farb
Schwartz
graw
Rott
Rott
AQVA·PIETAS·
HVMILITAS
ANI
MA
SPIRI
TVS
sanctus
Lapis philosophoru
CORPVS
IGNIS·PVRITAS·T

The survived alchemist
with a dream of quiet town life.

# 01 Contents

The
Survived
Alchemist
with a dream
of quiet town life.

01

book one

序章

# 滅びと目覚め

## Prologue

# 01

その日、まるで墓穴のような狭く薄暗い地下室で、一人の少女が目を覚ました。
ドクン。
止まっていた少女の心臓が動き出す。
凍っていた血液が解けて巡り、肺が酸素を求める。
ひゅう、と息を吸えば口の中に、大量の埃が舞い込んだ。
「げほっ、ごほっごほ、かはっ」
(息っ、苦しい……。空気、新鮮な空気……)
酸素が足りずガンガン痛む頭で最初に認識したのは息苦しさだった。
《換気》
喉はカラカラで、唇も舌もひりついて声なんて出なかったけれど、詠唱を明確に意識すれば、無詠唱でも魔法は発動する。なんとか生活魔法で室内の埃と澱んだ空気を入れ換えて、ようやくまともに呼吸ができるようになった。

（なんで、こんなことになってるんだっけ？）

酸欠で朦朧とした頭で考える。周囲を窺いたくても、目の焦点が合わず、ぼんやりと奥の天井方向から差し込む光を感じるばかりだ。

随分と永く眠っていたらしい。起き上がろうとすると、固まってしまった関節が悲鳴をあげる。バキボキと嫌な音をたてる関節と、割れそうな頭痛に顔をしかめながら上体を起こし、力の入らない手を器の形に合わせる。

《命の雫》

手のひらに白く光をはなつ水が満たされる。指の隙間から零れた水は、腕を伝い肘から流れ、けれど服を濡らすことなく大気に解けて消えていく。これは《命の雫》。この地の地脈から汲み上げた大地の恵みそのものだ。

大半を零しながらも口に運ぶと、渇ききった体に染み渡る。ひび割れそうだった喉は潤い、関節は滑らかに、血の巡りは良くなり、頭痛は溶けるように消えていく。細胞の一つ一つが活性化していく。見る者がいれば、まさに奇跡の水と目を見張っただろう。

錬金術のスキルを持つ『錬金術師』だけが扱える《命の雫》のおかげで、その少女、マリエラはようやく状況を思い出すことができた。

「魔の森の氾濫が起こったんだった」

# 02

マリエラが住むエンダルジア王国は、魔の森と険しい山々に囲まれた小国だった。魔の森に住まう魔物に気をつける必要はあったけれど、国土を囲む山々は天然の要塞として国を守り、さらには豊かな鉱物資源をもたらした。国土は狭く、農地を開拓する余地も少なかったけれど、大地は豊穣で国民に十分な恵みを与えてくれた。

魔の森から現れる魔物の危険を補って余りある数々の恵みによって、エンダルジア王国は列強の小国として栄えた。

一旗あげたい下級貴族の末子や、食い詰めた貧村の三男、腕に覚えのある冒険者、彼らを相手にする商売人がエンダルジア王国に集まった。エンダルジア王国は魔の森の魔物を間引くために冒険者を常に欲していたし、彼らを養うだけの豊かさがあった。

食うに困ったらエンダルジアに行け。

いつしかエンダルジア王国は、外壁の中で安寧を貪る王国民と、魔の森のほとりで魔物と戦う冒険者の国になっていった。

冒険者といっても、要は流民で十分な後ろ盾のない者ばかり。その日暮らしから抜けられないまま命を散らす者も少なくなかったが、強かにのし上がり一代で財を成した者もいた。豊かな国土がもたらす食材と多国籍の調理法に食文化は花開き、魔の森に対するために磨きあげられた武具工芸の製造技術は、魔の森からもたらされる希少な素材によって一層高められた。市場には様々な品々が溢(あふ)れ、刹那(せつな)的な冒険者を客とする酒場、賭博、夜の相手をする店が外壁の外に立ち並んだ。いつしかそこは防衛都市と呼ばれる街となり、人や物が溢れ、熟れ落ちる果実のような熱気に満ち満ちた。

マリエラはそんな防衛都市の孤児だった。

両親の記憶はない。他の孤児たちの多くがそうであるように、冒険者の子を身ごもった夜の相手をする女あたりが、生まれて間もない赤子を孤児院に捨てたのだろう。

自分の境遇を不幸だとは思わない。

そんな子供はたくさんいたし、何より母は「マリエラ」という名を産着に書きつけてくれた。血縁者から貰(もら)った名は真名であり、世界の力を借りてスキルを行使するのに必要だった。真名があったおかげでマリエラは錬金術の師匠に引き取られ、錬金術師として身を立てることができた。

錬金術のスキルは珍しいものではなかったし、ポーションは治癒魔法にくらべて使い勝手が悪い。錬金術師は儲(もう)からない職業だったけれど、師匠が残してくれた魔の森の外れの小屋で、細々と暮らすくらいはできた。豊かではなかったけれど、様々なポーションを作るのは面白かったし、人付き合いが苦手なマリエラにとって静かな森での暮らしは性に合っていた。

ずっと続くと思っていたささやかな暮らしは、ある日突然終わりを迎えた。

なぜ魔の森の氾濫（スタンピード）が起こったのか、しがない錬金術師のマリエラには分からなかった。

逃げ惑う人々の叫び声から、魔の森の氾濫（スタンピード）が起こったことを知った時には、エンダルジア王国の外門は固く閉ざされていた。津波のように押し寄せる魔物の群れに、防衛都市は混乱を極めた。

冒険者たちは、若者から引退したものまで武器を手にたちあがり、「我らの街を守るのだ、今こそ我が名を示す時」と勇ましい鬨（とき）の声を上げた。

戦えない者が避難する列は街から山脈までの狭い街道を埋めつくし、家に立てこもってやり過ごそうとする者は戸を固く閉ざした。

マリエラは師匠が残してくれた小屋へと急いだ。避難が間に合うとは思えなかったし、街に逃げ込む場所もなかった。壁の薄い木の小屋など、魔物の群れの前には紙切れのように脆（もろ）い。

魔物は人の魔力に反応する。

暴走した魔物は人の魔力にとても鋭く魔物除（よ）けも効果をなさないと、昔、師匠が教えてくれた。

だから、もし、魔の森が溢れたら。

師匠の教えに従い小屋の地下室に駆け込んで、重い鉄扉をぴっちりと閉める。

極力魔力を感知されないよう照明魔法は使わない。固定式の燃料容量の大きなオイルランタンを灯(とも)して隅の箱から大きな羊皮紙を取り出す。ランタンの薄明かりの中、1メートル四方はある巨大な羊皮紙を床に広げ描かれた魔法陣に欠けがないか確認する。

これは奥の手。師匠に言われしぶしぶ作ったとっておきの魔法陣。

魔物からとられた巨大な羊皮紙はマリエラの一カ月の稼ぎに相当したし、魔法陣を描いたインクは魔石を溶かした特別製で羊皮紙よりも高かった。描かれた魔法陣も緻密で難しく、高価な材料を無駄にしないよう、何カ月もかけて描いた物だ。

卒業試験にこれを作れと言われた時は「なんて無駄な」と思ったけれど、作っておいてよかった。

この地下室はとても狭くて、小柄なマリエラが立ち上がっただけで頭が天井についてしまいそうだし、床面積は羊皮紙を広げてマリエラが寝そべるだけでいっぱいいっぱいだけれど、造りだけは石積みで貧相な小屋に似合わないしっかりしたものだ。扉だって鉄製で魔物が踏んだくらいでは壊れないけれど、中に人がいると感づかれたらあっという間に掘り起こされてしまうだろう。

魔の森の氾濫(スタンピード)は魔物を殺し尽くすか、その地の人間が死に絶えるまで止まらない。

地響きが聞こえる。魔物の群れが迫っている。

マリエラは魔法陣の上に横になる。

(怖い)

狭くて暗い地下室の中、オイルランタンの炎が頼りなげに揺れている。

（怖い）

どれほどの魔物が迫っているのか、地鳴りのような音が迫ってくる。

（怖い。怖いよ。誰か、誰か）

マリエラの手足は石造りの床よりも冷たく冷え切り、恐怖が思考を支配する。

（魔法陣が上手く起動しなかったら、この地下室が魔物の重みに耐えられなかったら、私は、このまま……）

ハッハッとマリエラの呼吸は浅く速く、心臓は魔物の耳に届くのではと思うほどにうるさく早鐘を打つ。迫り来る魔物がもたらす地響きはさらに大きく、地下室ごとランタンが揺れ、炎がチカチカと舞う。

（こわい。こわい。こわい。こんなところで、ひとりぼっちで、しにたくない）

恐怖に呑まれそうになりながら、マリエラは、仮死の魔法陣を起動した。

## 03

そうだ、地下室へ逃げ込んで仮死の魔法陣を起動したのだった。

「生き残れたんだ」

仮死の魔法は死の危険が過ぎると蘇生する仕組みだ。《命の雫》のおかげで視力もだいぶ回復してきて、足元奥にある天井の入り口から外の光が差し込んでいるのが分かる。下に扉が落ちているから壊れて開いたようだった。風雨が吹き込んだ様子はないから、比較的最近壊れたのかもしれない。

「えーと」

外に出ようと近づくと木製の梯子が朽ちていた。魔の森の氾濫の地響きで緩んだのだろう、壁の石組みの隙間や出っ張りを足場にしてなんとか地下室から這い上がる。

マリエラは地上に這い出して驚いた。小屋があったはずのそこは、森に呑まれていた。

「百歩譲って小屋が跡形もないのはいいとしよう。魔の森の氾濫に呑まれたんだしね」

つぶやきながら足元に生い茂る草を1束引き抜く。

「うちの薬草園で育ててた薬草だよねぇ……。なんで、一面生い繁ってんのー」

贔屓目に見たとしても何十年という時間放置したような小屋の跡地のありさまに、マリエラは頭を抱える。蘇生した時から何かおかしいと思っていたのだ。体はガチガチに固まっていたし、梯子も鉄の扉さえも朽ちていた。

「仮死の魔法陣、どこか失敗してた？」

そんなはずはない。使う前に確認をした。

ユラユラと頼りないランタンの明かりだったけれど、隅々まで見たはずだ。あのランタンの炎は、ついさっきまで見ていたように覚えている。

「ん？　ランタンの……火？」

「あー……」と情けない悲鳴をあげて、マリエラはその場にしゃがみ込む。

いつもは照明魔法を使っていたから忘れていた。密室で火を灯し続けたら酸素がなくなることを。魔の森の氾濫（スタンピード）が去っても蘇生できずに眠り続けていたのだろう。入り口の扉が朽ちるまでずっと。

「どんだけねてたのー……」

マリエラの嘆きは虚（むな）しく森に響いた。

落ち込むこと約10分。頭を抱え終わったマリエラはブチブチと薬草を引きちぎっていた。
《乾燥、乾燥、かーんーそーうー》
「あーもー、鞄（かばん）ないから超不便。両手は空けときたいし、縛って腰に吊（つ）るしちゃえ。それにしても安い薬草ばっかり繁茂しちゃって。これじゃ魔物除けと低級傷薬くらいしかできないじゃない」
ぶつくさ言いながら採取した薬草を錬金術で乾燥させては腰に吊るしていく。あっという間に枯れ草を腰ミノ状に巻きつけた、原住民ルックの出来上がり。もともと癒やし系……？　の地味な顔立ちである。腰ミノがダサさを引き立てていて、とても十六歳の年頃の娘には見えない。

「ふっふふー。これだけ魔物除け薬草を巻いたら、低級の魔物は寄ってこないよねー。魔除けのスカートー」

ふりふりと腰を振りつつ薬草を物色してさらに数束引き抜くと、腰のポーチから空の小瓶を5本取り出す。

《乾燥、粉砕、命の雫、薬効抽出、残渣分離、濃縮、薬効固定、封入》

続けざまに実行された錬金術スキルによって、あっという間に低級ポーションが出来上がる。同じ工程で魔物除けポーションも作製してポーチにしまう。これだけポーションを作っておけば、多少のトラブルがあったとしても街までたどり着けるだろう。

ポーションとは、簡単に言うと《命の雫》によって薬効を極限にまで高めた魔法薬である。

例えば低級ポーションに使ったキュルリケ草は、そのまますりつぶして患部に塗っても殺菌、止血、裂傷の回復促進といった効果があり、多少の傷なら数日で治すことができるが、服用しても効果はない。

この薬効を《命の雫》に溶かし込むことで、患部にかければ直ちに傷をふさぎ、服用すれば外傷を治すだけでなく体力をも回復する魔法薬となる。

治癒魔法でも同様に即時回復が可能だが、治癒魔法は患者自身の治癒力を上げるものなので、大きな傷を治すほど回復後に反動がくるし、体力のない患者の場合は、その分効果が薄くなる。

その点、ポーションは《命の雫》の力を使うので反動などない。瀕死（ひんし）の怪我（けが）でも効果を発揮する。

ただし、《命の雫》は本来地脈を流れ、植物を育み、動物に力を与え、やがて大気に解けて再び地脈に戻る形のないエネルギー、命の源とも言える土地に宿る力を錬金術で具現化したものだから《薬効固定》で固定化しても1年もしないうちに抜けてなくなり、ただの薬草水になってしまう。

さらに使い勝手が悪いところは、《命の雫》を汲み上げた地脈から遠ざかると、見る間に《命の雫》が失われるところだろう。

錬金術は工程が多い分、魔力を使う。低級ポーションを作るより治癒魔法で治したほうが魔力も少なくて済むし、材料費もかからないから施術費も安い。防衛都市の街頭には治癒魔法で小銭を稼ぐ者も多くいたから、街頭で売り歩くような低級ポーションの値段も治癒魔法につられて安かった。

特殊な効果をもつ各種上級ポーションは専門店で販売されていて値段も高価だったが、買う者の職種が限られる上に、ポーションの専門店はレベルの高い錬金術師の師匠とその弟子たちによって運営されていて、マリエラのような伝手（つて）のない錬金術師の入り込む隙はなかった。

錬金術のスキル自体、珍しいものではないのだ。防衛都市には錬金術のスキルを持つ者がパン屋の数より多くいた。

戦えないマリエラが、錬金術師として専業で食扶持（くいぶち）を稼げるだけでもありがたいのだ。

大事な収入源が生き残っていた。

「お、スキーピラ草」

スキーピラ草をベースに数種の薬草を配合したマリエラ特製ポーションは、防衛都市の夜の店御用達の品だった。防衛都市のポーション専門店は弟子でもない十六歳の少女が作ったポーションを店に置いてはくれなかったし、道具屋もポーション専門店の製品は扱っても、身元の不確かなマリエラのポーションを買いとってはくれなかった。

マリエラは、広場に露店を開いてポーションを売ったり、個人的に知り合った小さい商店に幾本か納品することでわずかな日銭を稼いで暮らしていた。当然売値は相場よりも安く、材料を薬草園で作らなければ利益など出ないほどだ。そんなマリエラに目をつけたのが、ある店の世話係の男で、おそらくは品質が悪くても安くポーションを仕入れて差額を懐（ふところ）に入れようとしたのだろう、露店でポーションを売るマリエラに仕事を持ちかけてきてくれた。

マリエラのポーションは、世話係の男の予想に反して品質が良く、そしてどこよりも安かったから、世話係の男はマリエラから大量のポーションを仕入れてはあちこちの夜の店に売りさばき荒稼ぎしていた。そうとは知らないマリエラは、独立したての頃などは、彼のおかげで食いつなげたと感謝すらしていたのだが。

もっとも事実を知って世話係の男に値上げを交渉したとして、応じてくれるような相手でもない。そんなことをしたならば身を危険にさらす結果になったことだろう。搾取されていることに気付かず、薄利多売がもたらす小銭に満足を覚えるようなマリエラだったからこそ、一人でそれなりに暮らしてこられたと言える。

薬草園をよく見ると、他にも特殊な効果を持つ希少な薬草が生き残っていた。

「これならなんとか、立て直せるかも」

まずは、街で情報を集めないと。薬瓶を買って腰の薬草をポーションにすれば、今日の宿代くらいにはなるだろう。ずっと地下室の石畳で寝ていたのだ。体も拭きたいし、できれば柔らかいベッドで眠りたい。

「ポーションの値段が、下がっていませんように」

マリエラは、防衛都市を目指して歩き出した。

乾燥させた薬草を腰回りにぐるりと括（くく）り付けた、腰ミノ姿で。

# 第一章
# 凋落の都

Chapter 1

# 01

デイジスは魔の森に生息する蔦(ツタ)状の植物で、葉や蔦の繊維から大気に漂う魔力を吸収して成長する。ブロモミンテラは魔物除(よ)けとして有名で、人には感じられないが、魔物の嫌う臭いを出す。

魔物は人の魔力に反応するから、この二つを配合して作られた魔物除けのポーションを使うと、魔物からすれば人の気配がない、単にくさいだけの状態になるらしい。

家の屋根や垣根をデイジスで覆ってブロモミンテラを垣根の周りに植えることで魔の森でも暮らしていけるのだと、師匠が教えてくれた。師匠から受け継いだマリエラの小屋もこういう造りになっていて、魔の森の氾濫(スタンピード)が起こるまでは、魔物に侵入されることなく静かに暮らしてこられた。もっとも、魔の森の氾濫(スタンピード)が起こると魔物は狂乱状態になるので、ブロモミンテラの臭いなどほとんど意に介さないし、人間の気配に敏感になるので防衛都市への進路上にあったマリエラの小屋は跡形もなくなっていたけれど。

新たに作った魔物除けのポーションを体に振りかけて、マリエラは出発することにした。魔物除けのポーションさえ振りかけておけば、種族によって効きやすさに差はあるものの魔物のほうが避けてくれるから、魔の森の浅い層ならよほど音を立てない限り魔物に遭わずに移動できる。時間は正午を回った頃だろうか、太陽はまだ高い位置にあるが、なるべく早く街にたどり着きたい。森に実る木の実や草花の様子から季節は夏の終わりといった頃だろう。木々の隙間から覗く空は高く雨が降る気配はないが、今のマリエラには風雨をしのぐ家はないし、わずかばかりの蓄えは家とともに失われている。お金に換えられるものといえば、先ほど作った低級ポーションと腰に巻きつけた薬草だけ。たったこれだけのポーションと薬草で、どれだけ生活の見通しを立てられるだろうか。

半刻ばかり森を進んで、馬車が通れる街道に出た。いつも使っていた獣道がなくなっていたり、木々の並びが違っていたりと森の様子は変わっていたが、ここまでは記憶の通りにたどり着けた。

エンダルジア王国は、周りを険しい山々と魔の森に囲まれているから、他国へ行くには山脈を抜けるか、山裾と魔の森の隙間を縫うように開かれた街道を通るしかない。

この街道もその一つで、街道で隔たれた魔の森の反対側には、豊かな穀倉地帯が広がっていたはずだった。

「森に呑まれちゃってる……」

街道の先に穀倉地帯などはなく、来た道と変わらぬ鬱そうとした森が続いていた。

エンダルジア王国は、防衛都市はどうなったのか。

穀倉地帯はなくなっていたが、この街道は残っていた。マリエラの記憶よりもずいぶんと道幅が狭くなっていたが定期的に人の往来があるのだろう。街道に刻まれたわだちの跡がそこが現役の街道であると示していた。馬車の往来があるのだから人の住処もなくなってはいまい。

とにかく防衛都市に向かおうとマリエラが街道を進もうとしたその時、近くで狼らしき獣の声と戦闘をする音が聞こえてきた。


マリエラは戦えない。戦闘スキルは持っていないし、それ以前に鈍臭い。

普段であればとっとと逃げ出して近寄ったりしないのだが、目覚めてから立て続いた異変に感覚が麻痺していた。分からないことが起こりすぎて、現状を理解したいという好奇心が音のするほうに足を向けさせた。マリエラは魔の森と街道の合間を隠れながら進み、木の陰から様子を窺った。

（フォレストウルフと、あれは……馬車？）

襲われていたのは御者台まで鉄で覆われた3台の馬車だった。

馬車には操縦のためのわずかな窓と、ボウガンの射出孔以外は窓らしい物もなく、武骨な鉄板で覆われていた。よく見ると鉄板は幾度も継ぎ接ぎがしてあり、魔物の爪や牙の跡があちこちに残っている。何度も死線をくぐったことが窺えた。

装甲馬車に2頭ずつ繋がれているのはラプトルと呼ばれる二足歩行の肉食獣で、獰猛な性格と硬い表皮を持っているため低級の魔物などはものともしないが、調教が難しく防衛都市ではあまり見かけたことがなかった。そもそもこんな重装備の馬車などマリエラは見たことがない。

なにより馬車に群がるフォレストウルフの数の多さにマリエラは息を呑んだ。防衛都市に向かう装甲馬車の後ろ方面を取り囲むように、大量のフォレストウルフがひしめき合っている。その数、１００体はくだらないだろう。

フォレストウルフは狼を二回りほど大きくした程度の、魔の森の魔物の中では普通の獣に近い弱い部類の魔物だが、群れで行動し統率の取れた動きをする。獲物と定めた者をどこまでも追いかけ、一つの群れで倒しきれない場合は、他の群れと共同で狩りを行うこともある。

おそらく今の状況がそうなのだろう。どれだけの距離、フォレストウルフの攻撃を受けながらこの装甲馬車は走ってきたのか。フォレストウルフの攻撃に装甲の鉄皮には幾つも傷が付き、いくつか装甲が外れかけている。

ラプトルに騎乗した二人の護衛が一人は槍、もう一人は剣で応戦しているが、防御重視の重装備をまとっているため動きは遅い。装備の厚さでフォレストウルフの牙は防げるが、次から次へと飛び掛かってくるフォレストウルフの素早い動きに苦戦しているようだ。

槍使いのスキルなのか黒い槍の周りに風が螺旋（らせん）のように渦を巻いたかと思うと、鋭い一撃とともに攻撃線上のフォレストウルフが肉片に変わる。しかし、すぐさま新しいフォンストウルフが襲い掛かってくるから埒（らち）があかない。

車輪をもぎ取ろうと食いかかるフォレストウルフに装甲馬車の射出孔からボウガンの矢が射掛けられ、頭蓋を穿（うが）たれたフォレストウルフがその場に転がる。最後尾の馬車は飛び掛かるフォレストウルフの牙や爪が届く直前に、見えない壁にはね飛ばされているように見える。戦闘に明るい者が見たならば、非常に安定した危なげのない殲滅（せんめつ）戦であることに気が付いただろう。装甲馬車の一団は魔の森を魔物をいなしながら駆け抜けて、街の手前まで付いて来たフォレストウルフをまとめて屠（ほふ）っているだけなのだから。

しかし戦闘自体を初めて見るマリエラにそんなことは分からない。彼女の動体視力ではフォレストウルフの大軍に囲まれて装甲馬車の面々が消耗しているように見えていた。

（なんかいっぱい囲まれてる！　それにしても、フォレストウルフ、だよね？）

恐ろしいほどの大群のフォレストウルフに囲まれて、鋭い牙と素早い動きで波状攻撃を受けるなんて。

（たいへんそう！　助けなきゃ。困ったときはお互いさまだもんね）

マリエラは魔物除けのポーションのふたをあけ、「そーれ！」と大群の中心めがけて投げ入れる。コントロールの悪いマリエラの投擲（とうてき）によってポーション瓶はくるくる回転しながら、そこら中に魔物除けポーションを撒（ま）き散らして飛んでいく。

「ギャウンギャウン！」

一斉に逃げ出すフォレストウルフたち。

所詮は狼。鼻が鋭いのだ。魔物除けポーションで逃げ出すほどに。

だから、魔物除けポーションさえ振りかけておけば出会うことはないし、簡単に追い払える。

マリエラが投じた魔物除けのポーションはさぞかし強烈だったのだろう。人からすれば無臭の水にすぎないが、フォレストウルフにとってはとてつもない悪臭に感じられたはずだ。それが空から降ってきて、仲間の体に降りかかる。密集していたことがあだになって、魔物除けポーションは余さずフォレストウルフたちに降りかかっていた。臭いに耐えかねて逃げ出したフォレストウルフを魔物除けポーションの悪臭にまみれた仲間が必死になって追いかける。流石(さすが)は仲良しフォレストウルフだ。群れを好む性格とどこまでも敵を追いかける行動力が遺憾なく発揮され、群れ同士の壮絶な追いかけっこが始まってしまった。

そもそも街道を行く時は、魔物除けのポーションを使うのが通例で、魔の森の出口にある国境でも安価で販売されている。銅貨5枚という安いポーションを使っていれば、街道どころか魔の森の浅い層なら魔物に遭わずに行動できる。

(子供だって知ってることなのになー？　買い忘れかな。それとも途中でなくなった？　まさか知らないなんてことはないよね？)

フォレストウルフが散り散りに去って行ったのを確認してから、マリエラは街道へと歩み出た。フォレストウルフと対峙していた装甲馬車の騎兵二人は、唖然とした様子でフォレストウルフの去った方角と、そばに落ちたポーション瓶を交互に見た後、一人がマリエラに向かって問いかけた。

「今のは魔物除けのポーションか？」

（なんだ知ってるんじゃない）

違和感は覚えるが、とにかく目覚めてぶりの人間だ。いろいろ情報が得られないものか。

（助けたお礼とか貰えたら超嬉しいんだけどなー）

財布が寂しいどころか銅貨の１枚さえ持っていないマリエラは、フレンドリーににっこり笑って返事をする。

「はい。必要ないかとも思いましたが、お手伝いできればと思いまして」

身丈の大きいほうの騎兵は、ラプトルから降りると兜を外して数歩こちらに歩み寄ってきた。近づかれると見上げるような大きさに圧倒される。上級の冒険者を思わせる引き締まった顔立ちで、年の頃は三十歳くらいだろうか。熟練の冒険者にありがちな油断のない目が、焦げ茶色の太い眉の下から覗いている。この人が装甲馬車のリーダーのようだ。体格の良さも相まって威厳のある風貌をしている。

「いや、助かった。フォレストウルフどもを引き連れて街に行くわけにもいかず、難儀しておったのだ。私は黒鉄輸送隊の隊長でディックという。もしや御身は、森の精霊殿か？」

丁寧に挨拶されたのはいいけれど、おかしな誤解をされてしまったようだ。

「も、森の精霊?」

営業用スマイルを貼り付けたまま、コテンと首をかしげるマリエラ。確かに人の姿をした精霊もいるけれど、精霊と違ってちゃんと実態があるし、特に光ったりしていない。そんなおかしなところがあるとすれば。

「こっこれ、魔物除けに巻いてるだけですよ!」

腰の薬草(コシミノ)のせいかとあわてて説明をする。精霊も困るが、腰ミノ文化の部族と思われたくもない。

「いや、そのなんだ。森の精霊は魔物と違って人を襲わず、むしろ手助けをしてくれると聞くのでな。病の母のために薬草を採りに来た子供に薬草を与えたあと出口まで案内したり、遭難して倒れかけた狩人を泉に案内したりといった話は、この魔の森でもよく聞く話だ。もしやと思ったまでだ」

ディックと名乗った大男は、頬をぽりぽりと掻(か)きながらどこか照れくさそうにそう言った。

『森の精霊』は火や水の精霊といった四大精霊と違って、特定のスキルや魔法を使う時に力を貸してくれるわけではなく、呼び出す方法も知られていない。人に対する善性から、幸運の象徴といったイメージもあるから会ってみたかったのかもしれない。

「やだなー、隊長。森の精霊ってのはこんなにハッキリ見えないっすよ。どう見たって女の子じゃないですか」

マリエラがどう返事をしようかと思っていたら、冷静な突っ込みが入った。

鉄塊のような馬車から亜麻色の髪の青年が降りてくる。年の頃は十六、七歳くらいか。

マリエラと同じくらいに見える。青年が人懐っこそうに笑うと、細い目がさらに糸目になる。

「いや、珍しい格好をしているのでな」

「魔物除けのスカートです」

腰ミノではないと薬草スカートの機能性をアピールしてみるマリエラ。

「それはともかく、迷宮都市の者か？」

マリエラのアピールは、ディック隊長にさくっとスルーされた。腰ミノ状態の薬草などは、どうでもいいことらしい。会話が成立する人間だと分かったからか、急にディック隊長の話し方がフランクになった。マリエラと話す時の距離が近い。ディック隊長は筋肉質な体を重装な鎧で覆った厳つい大男で、マリエラはなんだか威圧されているように感じてしまって思わず1歩下がってしまう。

「ねぇねぇ、さっきの、魔物除けのポーションだよね？　まだあんの？」

マリエラが返事をする前に、糸目の青年がディック隊長の話に割り込んできた。

（糸目君、フレンドリーすぎ！　隊長さんの話に割り込んでいいの？　というか、迷宮都市？）

ちらとディック隊長を見ると、どこか探るような目つきでマリエラを見ている。

ディック隊長の探るような目つきや糸目の青年の親しすぎる対応に、マリエラはなんだか居心地の悪さを感じてしまう。安いポーションを使っただけだというのに、この反応は一体。魔物除けのポーションを使わずに、装甲馬車で魔の森の街道を移動する輸送隊。迷宮都市などという聞いたことのない街。寝ている間に何が起こったのか。

「ポーションは、あとこれだけです。お金が入り用になりまして、売りに行く途中です」

人恋しさに飛び出したことをちょっぴり後悔しながら、ポーチを開いて中を見せ、慎重に答えた。嘘ではないし、余計な事も言ってないはずだ。

「へぇ、魔物除けが3本と、低級ポーションが5本かぁ。貴重なのを使わせちゃったね」

糸目の青年は近づきもしないで小さなポーチの中身を把握した。

(10歩以上距離あるよね、てか、一瞬糸目が開いたよ。ギラリと光ってたよ！)

『貴重な』あたりでディック隊長が糸目君を一瞥し、マリエラのほうに1歩近づいて話を引き継いだ。先ほど1歩下がって開いた距離を再び詰められてしまって圧迫感を覚えてしまう。身につけた装備や街から近い場所にいたことから盗賊には見えなかったが、それは思い違いでポーションを全てよこせなどと言われてしまうんだろうか。マリエラはきゅっと口を引き結んで何を言われるのかと身構える。

「ふむ。我々だけでも切り抜けられたとはいえ、助けられたのは事実。どうだろう、先ほどの分も合わせ、そのポーション、買い取らせてはもらえないだろうか」

「え？　ポーションを買ってくれるんですか？」

　先ほどの威圧感はなんだったのか。ポーションを買ってくれるならもっと普通に言ってくれればいいのにな、とマリエラは再びコテンと首をかしげた。

（お客さんゲット！　売り歩かなくて済むとかついてるよ）

　マリエラがポーション販売を快諾すると、ディック隊長は「そうか、助かる」と、少しほっとしたように答えた。

（あれ？　今ディック隊長ほっとした？　薬草が品薄でポーションが手に入りにくかったりするのかな。そうなら、少しでも良い値段で買ってくれないかな。今晩は温かい食事を取りたいし、安宿で構わないからベッドで寝たいし。あとなーんか色々嚙み合ってないから、魔の森の氾濫のあとどうなったのか教えてくれないかな）

　降って湧いた商談に、今晩の食事に思いを馳せるマリエラ。

「代金だが……そうだな」

　これまで状況を静観していたもう一人の騎兵が、ディック隊長に近づいて何やら耳うちする。たかが安物のポーションを買うのにどうしてそういう対応をするのか。

（心臓に悪いからやめてください。もう一回止まったらどうしてくれる）

　何を話しているのだろうか。やはりポーションは取り上げられるのか。取り上げられても大して高いものではないのだが、晩ご飯に魔の森の茸を齧りながら、どこかの軒先で丸まって眠るのはできるなら避けたい。お肉は入ってなくてもいいから、温かいスープが食べたいと緊張するマリエラに、ディック隊長が値段を告げた。

「9本で大銀貨5枚でどうだ？」

「………は？」

びっくりしすぎて固まるマリエラ。

（えーと、落ち着け私。ちょっと心臓止まった気がするけど。大丈夫、気のせい。ちゃんと動いてる。心臓すんごいバクバクいってる）

防衛都市の相場は、魔物除けのポーションも低級ポーションもどちらも銅貨5枚程度だ。森の中ということで、ボッタクリ価格だったとしても、銅貨10枚がいいところだろう。

それが9本、お礼込みでも銅貨100枚＝銀貨1枚貰えればラッキーなのに。

（大銀貨って言ったよね？　それも5枚って。銀貨10枚で大銀貨1枚だから、50倍？　物価が超インフレしちゃってるわけ？　パン1個で銅貨50枚しちゃうとか？）

マリエラが驚きのあまり固まっているのをどう受け取ったのか、ディック隊長が少し慌てた様子で言い直した。

「いや、そうだな、効果が確かなのは、先ほどのフォレストウルフで明らかだったたな。まるで作りたてのような保存状態だ。うむ、金貨1枚でどうだろうか」

固まっていたら、さらに値段が上がった。

（いきなり倍？　いつもの二百倍？　えぇー、どうなってるの⁉）

低級ポーションや魔物除けポーションに、なぜ二百倍もの値段がついたのか分からないが、物価がポーション並みに値上がっていないのならば、今夜はお肉の入ったスープにありつけそうだ。少し良い宿屋に泊まって体を拭くこともできるかもしれない。

結局、マリエラがフォレストウルフに使った分とあわせて、9本のポーションをディック隊長の言い値通り金貨1枚で売却した。ポーチから魔物除けポーションを3本と、低級ポーション5本を取り出して渡すと、長期保管用の魔法陣が描かれた専用の箱に厳重にしまわれていた。

（あれって、上級ポーションを保管するやつだよね。何年も《命の雫》が抜けなくて効果が続く魔道具。私、錬金術師だけど持ってないんだよね。高いし、保存に魔石使うし）

ポーションは作られた地域、正確には《命の雫》を汲み上げた地脈の範囲を離れると、あっという間に《命の雫》が抜けてただの薬草水になってしまう。この保管箱に入れておけば地脈の範囲を離れてもポーションの劣化が抑えられるから、複数の地域を移動しているであろう黒鉄輸送隊が保管箱を所持していること自体おかしいことではない。常備薬代わりに中級や上級のポーションを保管しておけるような裕福な家庭にも置いてあると聞く。

保管に必要な魔石のコストを考えれば、本来安価であるはずの低級ポーションを入れるのにふさわしいものではない。もっとも、1本大銀貨1枚となれば話は別なのだが。

代金は、価格交渉の際にディック隊長に耳打ちしていた人が払ってくれた。

厳ついディック隊長とは対象的に細身で優雅な人だ。ゆるくウエーブのかかった少しくすんだ金髪を後ろに束ねており、エメラルドのような緑の瞳をしている。振る舞いもどこか品があり、貴族のようにも見える。

「先ほどは助かりました、お嬢さん。私はマルロー。黒鉄輸送隊の副隊長をしています」

「私マリエラといいます。名乗るの遅くなっちゃってごめんなさい」

そういえば名乗っていなかったと思い至ったマリエラは、代金を受け取るついでにマルロー副隊長に改めて挨拶した。

「いいって！　へー、いい名前じゃん。なんか雰囲気にあってるよ。オレ、リンクス。よろしくな」

糸目の青年が続けて名乗る。面と向かって褒められて、ちょっぴり照れくさくなったマリエラに、マルロー副隊長がにこやかに話を続ける。

「マリエラさんですか。ところで他のポーションを手放されるご予定は？」

もちろん目は笑っていない。売るならば自分たちに売ってくれ、ということだろう。マリエラは腹の探りあいのようなやり取りは苦手だった。

「入り用な物が揃わなければ、またお願いします」

と、ぼかして返事しておいた。高値で買ってくれたのはありがたいのだが、状況が読めない現状で安易な返事を控えるくらいの慎重さはある。やりづらいったらないな、とマリエラは思った。

# 02

ポーションの取引の後、黒鉄輸送隊が迷宮都市まで乗せて行ってくれることになった。御者(ぎょしゃ)台を勧められたけれど、窓もほとんどない鉄の箱の中なんて怖いし、魔の森の氾濫(スタンピード)の後、外の様子がどう変化しているのか確認したかったから、「街まですぐだから」と装甲馬車の背面にある昇降用のタラップに座らせてもらった。乾燥薬草(コシミノ)はおしりで敷きつぶしてしまわないよう、外して装甲馬車に吊(つ)るしている。

「んじゃ、俺も」

そう言って隣にリンクスが座る。広めのタラップだが二人で座るとぎゅうぎゅうだ。

なんとなく、取り込まれている気がしないでもないが、自然な様子で距離を縮めてくるリンクスに、マリエラは不快感を抱かなかった。服越しに伝わってくるリンクスの体温に、石造りの地下室で芯まで冷えた体が少し温められたからかもしれない。魔の森の氾濫(スタンピード)を超えて、生き残れたことをマリエラはようやく実感していた。

街道を鉄の装甲馬車が進む。速度は大して出ていないが、がたごとと結構揺れる。マリエラは馬車に乗るのは初めてで、長く乗るとおしりが痛くなりそうだな、と思った。

「馬車って結構揺れるんだね。ゆっくり走ってこの揺れなら、速度を出したら目が回ってタラップから転がり落ちちゃうかも」

「そーだな。全力で走らせたら、ケツが割れるな。四つに」

「うそばっか」

「うそじゃねーし。ほれ、おかげで腹は六つに割れてんぞ」

「！　馬車すごい」

「いや、うそだよ」

そんな話をする二人。これだけ街が近づけば魔物にもあまり出くわさないし、日はまだ高い。このままゆっくり行くから大丈夫だと言ってリンクスは笑った。フォレストウルフもこの辺で出くわすことはまずなくて、もっと離れた場所から追いかけてきたものを街に引き連れていかないように、このあたりで追い払っていたのだそうだ。

「それよりさ、マリエラはどこに住んでんの？」

「森の中に住んでたんだけど、ちょっと住めなくなっちゃって……」

身の上を探るように話しかけてくるリンクスをしどろもどろに躱しながら周囲を見回す。

そろそろ防衛都市のはずだ。防衛都市は一体どうなっているのか。

防衛都市が近づくにつれ、そわそわと落ち着かない様子を見せるマリエラに、リンクスが声をかける。

「大丈夫だって。まだ昼間だし、ゾンビもレイスも出やしないって。まぁ、何回通っても慣れないいっつーか、気持ちのいい場所じゃねーけどさ、ここは」

リンクスが「ここは」と言った丁度その時、装甲馬車が防衛都市だった場所に入った。

そうじゃないかと思ってはいた。ディック隊長は『迷宮都市』と言っていたから。

でも、マリエラは魔の森の氾濫（スタンピード）を、ほんの昨日の出来事のように感じていたのだ。眠りに就いて、そして目覚める、そんな数時間前のことのように。

マリエラには、防衛都市のひしめき合うように立ち並んだ建物も、品物が溢（あふ）れ返った商店や、空腹を誘う露店の匂いも、威勢のいい冒険者たちが織りなす喧騒（けんそう）も、人々の言葉や表情までありありと思い出せる。

なのに。

寄りかかるように増改築を繰り返して蟻塚（アリ）のようだった建物は跡形もなく、あらゆる品を扱った大店（おおだな）さえ、わずかに石積みを残すばかりだった。異国の料理や甘味（かんみ）さえ楽しめた露店からのたまらない匂いは樹々の香りに変わり、人々の熱気に満ちた喧騒も聞こえてはこなかった。

「帝都より栄えたって街が一晩で消えたとか、おっかねぇよなー。って、大丈夫か？　顔、真っ青だぞ？」

人付き合いは苦手だったが、親切にしてくれた人たちだっていたのだ。

「生き残った人たちはいたのかな……、逃げ延びた人とか……」

不自然な言動をしている自覚はあったが、マリエラは聞かずにはいられなかった。

「あ？　そりゃ、迷宮都市にいんだろ？　生き残りっつーか、その子孫だけどよ」

(よかった。生き残った人たちもいたんだ)

マリエラの安堵の息は、しかし吐く前に呑み込まれた。

「まー、二百年も前の話だからなー。おとぎ話みたいなもんだよな」

二百年。

そんなにも長い間眠っていたのか。

マリエラは途方もない時間に唖然とする。

リンクスは話し続けていたけれど、マリエラの耳に入ってはこなかった。

# 03

あの日のことを覚えている。

冬がやっと終わったというのに、あの日は朝から曇り空で、朝っぱらから部屋は酷く暗かった。師匠が残した魔の森の小屋はとても小さくて部屋が二つしかない。『寝る部屋』と『寝ない部屋』。『寝る部屋』は文字通り寝室で、二つあるベッドの間を小さな箪笥で隔てただけの狭い狭い部屋だった。

八歳で師匠に貰われてきたマリエラは、十歳までは師匠と同じベッドで眠っていたのだが、その年の夏に「暑い」という理由で自分のベッドを与えられた。ついでにただでさえ狭い寝室を今の形に箪笥で区切って、「個室だぞー。マリエラも自立しないとな！」なんて師匠は笑って言っていた。背の低い箪笥の上は師匠が脱ぎ捨てた服やら寝室に持ち込んだコップやら本やら何やらで常に溢れんばかり、というか、しょっちゅうマリエラの部屋側に溢れて落ちてきていたので、「師匠のほうこそ早く自立してほしい」と切実に願いながら、毎日掃除をしていたものだ。

その寝室は、師匠がいなくなった後もそのままの形で残してある。師匠のことだから、いきなりひょっこり帰ってくるんじゃないかと、師匠がいなくなって3年たったあの日までずっと思っていた。箪笥の上はいつもすっきりと片付いていて、掃除もずいぶんと楽になってしまったのだけれど。

『寝ない部屋』はテーブルと椅子、かまどに洗い場、いろんなものが入った棚がある部屋で、食事を作るのも食べるのも、ポーションを作るのも、読み書き算数から錬金術にいたるまで様々なことを習うのも全部この部屋で行った。

師匠は料理も掃除も洗濯も壊滅的にできないくせに、知識だけはすごくあって、マリエラが家事や勉強をする後ろから、ためになることから余計なことまでいろんなことを教えてくれた。だからこの部屋はいつもとってもにぎやかで、こんなに騒がしくして魔の森の魔物が襲ってこないのかと住み始めた頃は心配したくらいだ。

すっかり静かになった薄暗い部屋の中で、マリエラは明かりも点けずに昨日の残りの硬いパンを、森で採取した茸と薬草で作ったさして美味しくもないスープで流し込んだ。

小屋の周りの薬草園では様々な薬草を育てていて、必要な薬草を採取しては乾燥して束ねていく。あの日もいつも通りポーションを売りに防衛都市に出かけた。

前日のうちに用意した50本のポーションのうち、20本を籠の中へ、30本は乾燥させた薬草の束の中にしのばせて、背負子に積んで背負う。マリエラの体力では50本運ぶのが精いっぱいで、たった50本ではたいした稼ぎになりはしなかった。


いつものとおり、魔物除けポーションを使ってから防衛都市に出かける。

いつものとおり、防衛都市の検問所で衛兵に「入門料だ。2割よこせ」と言って籠の中から4、5本のポーションを抜き取られる。王国の入り口と違って、冒険者たちが集まってできた防衛都市に入るのに入門料なんて必要ないはずなのに。2割と言いつつ、一番高いポーションを持っていかれるから、籠には安物ばかりを入れて高価なポーションは乾燥した薬草の中に隠して持って入る。今回もうまく隠し通せたようだ。

防衛都市に入ったマリエラは、馴染みの客をまわって、ポーションや薬草を売っていく。一番最後に夜の店。あの辺りは治安が悪いからなるべく身軽な状態で行ったほうがいい。夜の店の周辺には飲み捨てられたポーションの空き瓶が落ちていたりもするから、見つけたら拾って腰の鞄に入れていく。10本ほど集まった。これだけ集まると馬鹿にならないものだ。いつものとおりに夜の店の裏口で世話係の男にポーションを渡し、店売りの3割程度の代金を貰う。いつもどおりの薄利多売。薬草園で材料をタダで入手できなければ利益の出ない買い叩かれぶりだ。けれどまとめ買いをしてくれるのはこの男だけだったから、マリエラにとってはお得意様だった。

いつものとおりであったなら、このあとは『銅貨パン』と呼ばれるパン屋で硬くてぱさぱさで卵もバターもほとんど使っていないけれど、大きくて1個銅貨1枚のパンを買い、必要な食材を少しとポーション瓶を買い揃えて魔の森の小屋に帰っただろう。

けれどあの日はいつもと違って、世話係の男から代金を受け取ったその時に、魔物の襲来を告げる鐘の音が、防衛都市に鳴り響いた。

世話係の男はマリエラの目の前で店の扉を閉ざし、さっさと行けとマリエラをせかした。白亜の外壁で隔てられたエンダルジア王国の扉はとっくに閉ざされていて、「開けろ、入れろ」とわめく人だかりが門扉へと詰め掛けていた。広場では魔物を迎え撃とうとする冒険者たちが集まっていて、闘えない人たちはとっくの昔に逃げ出すか家に閉じこもって窓や扉を閉め切っていた。

マリエラは防衛都市の入り口に向かって走った。何度も人にぶつかって転び、貰ったお金も背負子と薬草もいつの間にやらなくしてしまった。荷物の一つも持たない少女が、一人魔の森に向かって駆けて行くのを止める者はいなかった。一緒に逃げようと、家にお入りと扉を開いてくれる者は唯の一人もいはしなかった。

けれどマリエラは知っていた。防衛都市に閉じこもっても助かる見込みがないことを。扉を閉ざした人々が、戦いに赴こうとする冒険者たちが、自分たちが助からないと分かっていることを。だからマリエラを自由に逃がしていることを。

防衛都市の入り口で、いつもマリエラからポーションを取り上げていた衛兵が、「扉を閉めるぞ、さっさと出ていけ」マリエラに何かを投げつけ追い出した。それは魔物除けのポーションで、あの日は魔物除けのポーションを持ってきてはいなかったから、きっと衛兵が配給されたものだったのだろう。扉を閉める衛兵の手が恐怖に震えていたことを、魔物を恐れていてもなお、自分のポーションをマリエラに使ってくれたことを、マリエラは覚えていた。

まるで昨日のことのように。

二百年——。
あの日、彼らがどうなったのか、マリエラに知る術はない。

たとえ魔の森の氾濫（スタンピード）を生き残ったとしても、二百年の時に埋もれて、もう誰にも会うことはできない。

これから向かう『迷宮都市』にマリエラを知る人は誰もいなくて、マリエラが知っている人も一人もいない。

防衛都市は、誰も彼もがマリエラに厳しくて、暮らしは楽なものではなかったが、ポーションしか作れないマリエラにほんの少しだけ居場所を与えてくれた。それは、あの日確かにあったものだ。

けれど魔の森の氾濫（スタンピード）を生き残り、目覚めた今のマリエラには、師匠が残してくれた魔の森の小屋も、自ら築き上げた防衛都市での小さな居場所も、何も残されていなかった。

## 04

「おーい、マリエラ！」

防衛都市の変わり果てたありさまと、二百年も眠っていたという事実に呆然（ぼうぜん）としていたマリエラは、リンクスに肩を摑（つか）まれて、ようやく正気に戻った。

「ご、ごめん。疲れちゃったみたいで」

「魔の森を一人で歩いてたんだもんな。そりゃ、疲れるよな。でもほれ、着いたぜ。迷宮都市だ」

いつの間にか装甲馬車は停止していた。マルロー副隊長が開門要請をしているようだ。タラップから降りて見回すと、見覚えのある外壁が見えた。

迷宮都市と呼ばれたそこは、かつてのエンダルジア王国だった。

見覚えのある外壁は、かつてエンダルジアの都を囲んでいた白壁だ。

魔の森の氾濫（スタンピード）で破られたのだろう。

一面白く保たれていた外壁は、大きく崩れて補修された跡があったし、大気に漏れる魔力を吸って魔物から存在を隠してくれるデイジスの蔦が一面を覆っていた。

外壁の周囲の森は広く切り開かれ、魔物除けの薬草であるブロモミンテラが一面に植えられている。

どちらも魔の森で暮らすマリエラの小屋にも植えていたもので、魔物の領域で人が暮らしていくために必要な植物だった。しかし、うねうねと曲がりくねって壁に張り付くデイジスの蔦は、白壁を蝕（むしば）む血管のようだし、赤紫をしたブロモミンテラが一面を覆うさまは、どこか恐ろしく、美しいエンダルジアの白壁に似合うものではなかった。

二百年の時間は、エンダルジア王国の栄光をおとぎ話にかえてしまった。

有事を除き開かれていたエンダルジア外壁の大門は、今では固く閉ざされ、人一人が通

れる程度の勝手口に衛兵が詰めているようだった。ディック隊長と衛兵は知り合いらしく、挨拶を交わしてしばらくすると、大門が重厚な音を立てて開かれた。マリエラを乗せた装甲馬車は大門をくぐり、迷宮都市に入っていった。

大門の中も変わり果てた光景が広がっていた。

流民(るみん)の街だった防衛都市と異なり、エンダルジアの都は石造りのしっかりした建物ばかりだったから、更地どころか森に変わっていた防衛都市よりは建物が残っていた。

それでも、瀟洒(しょうしゃ)な邸宅は半分以上が倒壊し、残った建物には機能性ばかりを追求した暗い色の石や木材で継ぎ接ぎのような修復がなされている。装飾の施(ほどこ)されたエンダルジア建築と、のっぺりと石や木を並べただけの修繕部分がなんとも歪(いびつ)で、芸術作品に泥を塗りたくったような、落ち着かない気分にさせる。

サイズの揃った石畳が敷き詰められ、脇には花が咲き乱れていた大通りは、修復に使ったのか石畳があちこち剥(は)ぎ取られ土が露出していて、わずかに残った石畳は細かくひび割れている。四季折々の花々の代わりに、ポツリポツリと建物にへばりつくように露店のテントが張られていた。

行き交う人は、中級以上と思われる物々しい冒険者や衛兵たちばかりで、細い路地には仕事にあぶれたのだろうか、どこかを怪我(けが)した役夫がしゃがみ込んでいる。

栄華を極めた美しい都の凋落(ちょうらく)ぶりを、見る人が見れば涙しただろうが、マリエラには防衛都市の時ほどの動揺はなかった。

　ここはエンダルジア王国民のための都で、マリエラや防衛都市に住まう流民たちの居場所ではなかったからだ。

　開かれた大門は、都の栄華を見せつけるためのもので、マリエラたちを迎え入れなかった。マリエラが大門の中に入ったのは、師匠に連れられ錬金術師になる儀式に訪れた、ただの一回きりだった。

　大門の中の変貌は、マリエラにとってどこか他人事のように思え、冷静さを取り戻すことができた。

「なー、マリエラ。今日の宿、決まってないんだろ？　だったら俺たちの定宿に来いよ。この辺とか、あんまり治安よくねーんだ。迷宮都市もイロイロでさ。先に荷を降ろしちまわないといけないんだけど、大して時間もかかんねぇし、一緒に行こうぜ」

『一緒に行こう』。リンクスはそう言った。それは魔の森の氾濫に揺れる防衛都市でマリエラが欲しかった言葉だ。街に着いても解放してくれないのは、ポーションを狙っているからだろう。ちゃんと商談できているのか心配になってくるくらい分かりやすいとマリエラは思う。

（でも、ホントに心配してくれてるみたい……）

　ポーションの代金は払ってくれたし、人目につかない森の中で半刻ほども一緒にいたのに、脅すことも拘束することもしてこない。まだ信用できるほど、知り合えた訳ではないが、右も左も分からないまま放り出されるより、よほど安全かもしれない。

「ありがとう。助かるよ」

正直にお礼を言うと、リンクスは糸目をさらに細くしてニッと笑った。

リンクスの笑顔は、マリエラのぽっかり穴の空いた心にすっと染み込んでいった。

第二章

# 黒鉄の輸送隊

Chapter 2

# 01

かつてエンダルジアと呼ばれた都は、王城を中心に四本の大通りと間を縫う中小の通りが放射線状に広がり、大通りを繋ぐ同心円状の通りが計画的に整備された街だった。城壁を囲む通りは大通り並みに広く整備され、外壁までの間にも幾本か広い環状通りが通っている。二百年の時を経て街並みは変わってしまったが、道路はそのまま使用されているらしい。

エンダルジアの王都のどこからでも見ることができた王城は跡形もなく、今では迷宮の入り口が口を開けているという。かつて王族を守った城壁は修復され、今では迷宮から溢れる魔物から住民を守っているそうだ。

穀倉地帯に面していた迷宮都市外の北西部は、魔の森の侵食によって規模が縮小したとはいえ今でも農地が広がっており、迷宮都市内部の北西地区は一般の市民が多く居住している。ちなみに魔の森の氾濫（スタンピード）の被害が最も大きかったのはこの北西地域で、魔物の進行を阻（はば）むものがない広大な穀倉地帯は、あっという間に魔物の群れに呑（の）まれ、外壁が最初に壊された。王都になだれ込んだ魔物によって、この地区の建築物はことごとく破壊されたそうだ。

反対側の南東部は、エンダルジア王国時代と変わらず貴族街で、迷宮都市を治めるシューゼンワルド辺境伯家の館も建立（こんりゅう）されているそうだ。南東部は山脈との距離が最も近い。山脈を抜ける峠道は険しく大人数での通行や、隊商の往来には向かないが、距離が短く万一の場合に逃げ延びやすいため、貴族たちの居住区になったと言われている。

黒鉄（くろがね）輸送隊の装甲馬車は、都市の南西に位置する旧防衛都市側の大門を抜け、大通りを街の中心へと進んだ後、迷宮周囲の環状通りを西側に回って北東部へ抜ける。

北東部も森の向こうに山脈を望む区画だ。こちらの山脈からは豊富な鉱山資源が産出される。山脈を抜ける街道はやはり険しく馬車での通行はできないが、南東部の峠道よりは安全に通行できるため、魔物に遭わずに他国へ渡れる街道として、最も利用されているそうだ。

おかげで、迷宮や鉱山からの産出品を扱う商人が集まり、迷宮都市で最も栄えているという。半壊したエンダルジア様式の建物は取り壊され、都市の外周側、山脈に近い地区には大型の倉庫を備えた商会が立ち並んでいる。中央部の迷宮側には様々な商店や飲食店、宿泊施設や冒険者ギルドといった、冒険者を相手とする商業施設で賑（にぎ）わっている。

どの建物も魔の森の氾濫(スタンピード)以降に建て直されたのだろう、防御性を重視した砦(とりで)のような造りで物々しい。

積み荷の届け先は、迷宮近くの比較的立地の良い場所にあるらしく、1本奥の通りに入り裏口に回った。裏口と言っても正面よりも門扉が広く、2重の門扉の中は3台の馬車が十分に入って荷降ろしできる程度の中庭になっている。

中庭の前面には商会らしき建物が、左右には壁を隔てて獣舎と馬車の置き場、洗い場などがあるようだ。

3台の装甲馬車ごと中に案内され、横並びに停車する。

商会の裏口から、責任者らしき身なりも肉付きも良い男が、二人の部下と数名の召使いや警備の男を従えて出てきて、ディック隊長やマルロー副隊長と帳面を片手に何やら商談を始めた。

黒鉄輸送隊の御者台(ぎょしゃ)から5人の隊員が降りてきて、ラプトルを馬車から外している。中でも年若い少年が隊長の乗っていたラプトルの轡(くつわ)をとると、ヒュイと口笛のような音を出し、獣舎のほうへ歩きだす。

気性が荒いはずのラプトルは、おとなしく少年に引かれて行き、馬車から解放された他のラプトルもその後をゾロゾロと付いて行った。

「ユーリケは調教師なんだ。すごいだろ。俺らも行こうぜ」

リンクスに連れられてラプトルの後を付いて行くと、想像通りそこは獣舎になっていて、商会の世話係と思われる男が餌や水を準備して待っていた。魔の森を不眠不休で走り抜けたラプトルに、餌や水を接待してくれるのだとリンクスが教えてくれた。

「餌まで用意してくれるとこは少ないけどな。レイモンドさんは気前がいいぜ」

客用の獣舎で他の騎獣はいなかった。ユーリケはなれた様子でラプトルを獣舎に繋いでいくと、準備されていた肉と水を与えていった。

逆に世話係の男はおっかなびっくりといった様子で、餌箱を遠くから押しやるようにして与えている。

『ゲギャギャ』

「ひいっ」

水を零(こぼ)されたラプトルが文句を言うように咆(ほ)え、世話係の男が悲鳴をあげる。

「よーしよし、そう怒んなー？　おかわり入れてやっからー？　そこのアンタ、水たんねーよ？」

ラプトルの鼻ヅラを撫(な)でつつ、ちょっと訛(なま)りのある口調でユーリケが言うと、ラプトルは途端におとなしくなる。水を要求された世話係の男は慌てて桶(おけ)に手をかざした。

《ウオーター》

生活魔法で桶になみなみと水が注がれる。どうせならラプトルの水桶に注いでくれたらいいのに、ずいぶんと離れた場所で水を入れている。うつむいて目を合わせようとしない世話係の男に文句を言うだけムダだと思ったのか、ユーリケは黙って桶を運びラプトルの水桶に水を足す。

「リンクス兄ちゃん、手伝ってよ？」

「ほいよ」

ユーリケは十四、五歳、リンクスは十六、七歳くらいだろうか。年が近い二人は仲が良いらしい。リンクスもまだ餌にありついていないラプトルに肉を配っていく。

「マリエラもやってみる？　がっついてるけど、噛んだりしないぜ」

餌の入った器を差し出すリンクス。

「当然だし？　僕の躾はカンペキだし？」

ラプトルを撫でてやりながらユーリケは誇らしげに話す。世話係の男に対するそっけない態度とうって変わってラプトルを見る目は優しい。

誘われたマリエラはラプトルを観察する。おっかない肉食獣だけれど、ひたむきに肉を食べる様子は愛嬌があるし、仲良くなったらつやつやした皮を撫でさせてくれるかもしれない。

(世話係の人も使ってたし、生活魔法は使っても問題なさそうね)

まだ水を貰っていないラプトルの水桶に手をかざす。ラプトルは手の動きを目で追うだけで、おとなしいものだ。本当にきちんと躾けられている。

《ウオーター》

水を注いでやると、ガフガフと一気に飲んでくれた。

「そんなに喉が渇いてたの？」

問いかけると、『グギャ』と答えが返ってきた。

「おかわりってさー？　アンタの魔力うまいってさ？」

ちょっと嬉しくなっておかわりを注ぐマリエラに、他のラプトルたちが『グギャ、グギャ、グギャ』と我も我もと要求してきた。

水と餌が行き渡ると、ユーリケとリンクスはラプトルの体を拭き始める。

マリエラが拭くと『グギュ』とそっぽを向かれた。

「ふにゃふにゃこそばいって？」

ユーリケの通訳によると、お気に召さなかったようだ。代わりに頭は撫でさせてくれた。思ったよりもさらさらとした触り心地で気持ちが良かった。

それにしても、ラプトルはよくしゃべる。

何を言っているのかはユーリケにしか分からないが、首の付け根が痒いだの、この餌は新鮮じゃないだの、ユーリケの水が一番うまいがマリエラの水もなかなかいけるだのと、口々に騒いでいるらしい。こんなに愛嬌がある生き物だとは思わなかった。

「宿に着いたらたっぷり寝させてあげるから？　もうちょっと頑張れ？」

リンクスとユーリケはせっせとラプトルを拭いており、世話係の男も怖くないと分かったのか、洗い水を替えたり、鞍や鐙を磨いたりとユーリケやリンクスの指示に従って動き回っている。

やることがなくなってしまったマリエラは、そろそろ荷降ろしは済んだろうかと何気なく中庭を覗いた。

(え……)

装甲馬車の横に、たくさんの人間が並んでいた。

黒鉄輸送隊の荷物は『人間』だった。2台の馬車を挟んでこちら側に男性が、反対側には女性が並んでいた。男たちは腰布だけ、女たちは貫頭衣だけの姿で、両手は前で縛られている。

(奴隷だ……)

防衛都市にも奴隷はいたし、マリエラがポーションを卸していた夜の店で働く女たちは皆、借金奴隷か奴隷上がりだった。

商店の下働きや冒険者の荷運び人、清掃作業員、魔物の解体業など、なり手の少ない重労働に、借金の金額に応じた期間従事するのがマリエラの知る借金奴隷で、体が資本の仕事に従事させるため、最低限の衣食住を保証することが義務付けられていたし、任期が明けた時のために、小遣い程度の額ではあったが賃金の積立制度さえあった。

マリエラの知る奴隷とはそういうもので、身なりで奴隷と分かるほどひどい仕打ちを受けてはいなかったのだが……。

そこに並ぶ男たちは皆痩せ細っており、髪も髭も伸び放題で体はひどく汚れていた。

商会の召使いらしき者が、順番に生活魔法で水をかけ、その場で体を洗わせて洗浄が済んだ者から順番に、帳面を携えた店員が家畜を検品するかのようにチェックしていた。

それも、汚い物に触れるように手指を使わず棒でつつくのだ。

反抗的な者は後ろに控えた警備員が容赦なく引き倒す。

わずかでも反抗しようものなら、数人がかりで押さえつけ、一層屈辱的な体勢で念入りにチェックをし、終わってからも背中側で手足を縛られ海老反り状態でその場に転がされていた。それを見た者たちは、口の中に棒を突っ込まれようと、腰布の中を検められようと、皆おとなしく、なすがままとなっている。

最後尾の男など、怪我をしているのか立っているだけでフラフラと覚束なく、棒で突かれた反動で前のめりに倒れていた。警備員は容赦なく髪を摑んで顔を上げさせ、半ば倒れた体勢のまま全身を棒で小突き回している。

「ひどい……」

思わず声が出る。

「犯罪奴隷や終身奴隷を見るのは初めてかい？」

リンクスに声をかけられてビクリとする。近づかれたことにも気がつかなかった。

「迷宮都市に送られて、生きて出られる奴隷はいないからな。輸送中に馬車ごと魔物に殺られることだってある。ここはいつだって人手不足だけど、借金奴隷の人権は守られてっから、まっとうな奴隷は連れてこれねーんだよ」

犯罪奴隷は殺人や強盗など重罪を犯した者に課せられる刑罰で、一度堕とされてしまったら世に認められる功績を挙げるなどして恩赦を手にしない限り、生涯逃れることはできない。

犯罪奴隷に堕とされるまでもない、窃盗などの軽犯罪は損害に相当する額の支払いを命じられて、払えない場合は借金奴隷として身を売ることで弁済を求められる。負債の額が大きすぎて年齢、能力、性別その他状況を勘案した上で返済不能と判断された場合には、終身奴隷として死ぬまで重労働を課せられる。どちらも人権などないようなもので、魔物と闘う際の最前列、いわゆる肉壁にされたり、鉱山労働などの非常に危険で過酷な労働を課せられると聞いたことがある。

この世には魔物という一般人が太刀打ちできない危険が蠢き(うごめ)、そしてそれに対抗できる強靱(きょうじん)な戦闘力を有する個人が存在する。倫理観念の欠如した強力な個人ほど危険な者はいないだろう。そういう者たちを更生させるだけの余力など、この世の中には存在しないから、契約によって拘束し、社会が受けた損害を少しでも弁済させるのは正しいことだとされている。

人を売り買いするという心理的な忌避感を別にすれば。

「あなたたちは、奴隷商人なの？」

思わず聞いてしまったマリエラに、気にする風もなくリンクスが答える。

「俺たちは注文を受ければ何だって運ぶぜ。今回は奴隷だったけど、酒やタバコ、砂糖や香辛料の時もあるし、布地や本、楽器なんかを運んだこともあったな。迷宮都市はいろんな物が足りてない。騎士隊の定期便や山脈経由のヤグーの隊商だけじゃ運びきれねーからな」

「僕は奴隷を運ぶのは一番嫌いだな？　アイツら臭いからラプトルたちも嫌がるし？」

「垂れ流しだもんな。荷台掃除する身にもなれっつーの」

まるで家畜を運ぶような感覚の二人に、マリエラは軽く目眩を覚えた。


（犯罪奴隷、終身奴隷……でも、人間だよね？）

防衛都市でも、『盗賊を退治した』といった話はよく聞かれるものだった。『退治した』とは殺害したという意味だということは理解している。自分の命や財産を武力で脅かす輩を鎮圧することは、むしろ推奨されている。見逃せば被害者が増えるだけだからだ。

頭では分かっているのに、家畜のように扱われる人々にマリエラはどうしても違和感を覚えてしまう。

（危険が身近じゃなかっただけだ）

盗賊に狙われる人は、狙うだけの資産があるか、犯罪者と生活圏を同じくする者たちだ。虚栄心が強く身の丈に合わない名誉や富を求める者が犯罪に染まりやすく、そういった者の周りには犯罪が起こりやすい。

マリエラは食べていくのに精いっぱいで財産などなかったし、危険な場所へは極力近づかないようにしていた。虚栄心など薄く魔の森で静かに暮らすことを望んでいた。貧しく平穏で安全な生活がマリエラの日常だった。だから目の前で検品される奴隷を見て、当然の扱いなのだと頭で分かっていてもやはりどこかで理解ができない。

この『理解できない』状況が、危険であるとマリエラは感じていた。

（ポーション……）

迷宮都市の露天商で売られる品々は、防衛都市と比べて高いように感じたが、二百倍も値が釣り上がってはいなかった。なにより、ポーション自体まったく見かけず、代わりに『薬』が売られていた。ポーションが貴重であることは間違いない。そんなものをマリエラは安易に使用し、また販売してしまったのだ。

（情報が欲しい。裏切らない味方が必要だわ）

街の様子から予想はついているのだ。ただ、確証がない。マリエラはここにきてようやく、強い焦り（あせ）を感じていた。

そうしている間にも、商品（ドレイ）の検品が終わったようだ。

検品台帳を受け取った商会の代表らしき男――彼がレイモンドだろう――と、ディック隊長が商談を始めたようだ。

何やら折り合いがつかなかったようで、男性奴隷の最後尾へ移動する。

「大銀貨2はないだろう、10は貰わないと採算がとれん」

生活魔法の《聞耳（ききみみ）》をコッソリ唱えて会話を拾う。

街中で噂話を聞いたり、森の中で獣のたてる音などを拾ってくれる風属性のこの魔法は、有効範囲が狭いうえに壁などの遮蔽物があると遮られてしまう、所詮は生活魔法といった効果しかないものだけれど、ディック隊長とレイモンドの会話を上手く拾ってくれた。

「そうは申されましてもねぇ、右手も左足も動かないようで御座いますから、買い手が付きませんのでねぇ」

先ほどの、髪を摑まれ小突き回されていた男のことで揉めているらしい。

「迷宮の肉壁や、鉱山ででも、使えばよかろう」

「この足では、冒険者様に付いて行くこともできませんし、この手ではツルハシもふるえませんよ」

「片目はあれだが、なかなか整った顔立ちをしておる。こういった者を好む者もおるだろう？」

「愛玩用でございますか？　確かにそのような好事家もおられますが、二十歳をとうに超えておりますからねぇ。トウが立ち過ぎでございますよ」

肉壁、鉱山、愛玩用……およそ考えうる最悪の選択さえ無理だと言われ、男はガクガクと震えている。

他の誰よりも痩せこけた体は、濡れたまま倒れたせいで土にまみれているし、薄暗い灰色の髪はべたりと顔に張り付いて、みすぼらしく、哀れだ。

「こちらは其方の紹介状を持参して買い付けて来たのだ」

「確かに注文通り五体揃ってはおりますが、動かないのでは商品として欠陥でございましょう？　申し上げにくいのですが、動かないことを隠して上手く売りつけられたのではございませんか？」

「……かと言って、大銀2はあるまい。せめて5……」

「こちらも、わざわざ運んでいただいておりますから、本来でしたら買い取り致しかねるところを、頑張らせていただいているのです。買い手が付かず損となるやもしれない商品でございますから」

（ディック隊長、交渉弱い！）

コワモテのディック隊長が、かなり非道な交渉をしているのに、奴隷商のレイモンドはまるで取り合っていない。マルロー副隊長は慣れているのか、「あーあ」といった表情をしている。

（っていうか、これってチャンスじゃない？）

どんな奴隷も主人の命に従う。隷属魔法で縛るからだ。

隷属魔法の強さは強制力の強さで、借金額や罪の重さで変わると聞く。

（あの人は、犯罪奴隷か永久奴隷。死ぬまで味方でいてくれる。死ぬまで……）

普段であれば、味方を金で贖うなんて、なんて下衆な考えだと思っただろう。犯罪奴隷や終身奴隷に堕ちるような人間を、まともでないと敬遠したかもしれない。弱りはて、絶望的な状況にいる男を哀れに思う自分を、優越感に浸っているのだと自嘲したに違いない。

この死にかけた男を助けようだなんて、人一人養うどころか自らの進退すら危ういくせにと。

しかし、マリエラにとって魔の森の氾濫(スタンピード)の、迫り来る死の恐怖は昨日のことのように思い出されたし、目覚めてからの嚙み合わないやり取りや、街の変貌は冷静な思考を奪っていた。何よりポーション価格の高騰(こうとう)がマリエラに強い焦りを感じさせていた。

情報があったとして、想像のとおりだったとして、自分ひとりで何ができるだろうか。ここはエンダルジア王国でも防衛都市でもない、マリエラの知らない場所なのだ。マリエラが知っている人も、マリエラを知っている人もいはしない。師匠が残してくれた魔の森の小屋も跡形もなくなってしまった。暖かかったあの部屋は、マリエラの記憶の中にしか存在しない二百年前の幻に変わってしまった。

仮死の眠りに就く前の、マリエラにとっては昨日のようなわずかな昔に確かにあった居場所は、この世界のどこにもなくなってしまった。

（さむい……）

これは、仮死の眠りが見せる夢ではないのか。自分はまだ、狭くて暗い地下室で仮死の眠りについているのではないか。だから手が足が、体が芯から冷えるように寒いと感じてしまうのではないか。

仮死の眠りに就く前の深い孤独と恐怖を、マリエラは強く感じていた。

だからなのだと思う。

「私にください！」

気がついたら叫んでいた。ディック隊長もマルロー副隊長も、レイモンドや店員たち、列をなす奴隷たちまで驚いてこちらを見ている。視線が集まり、顔がカァと熱くなる。

（しまった、どうしよう）

そんな感情がぐるぐる回るけれど、ディック隊長の向こう側で、灰色の髪の男がこちらを見ているのにマリエラは気が付いた。顔の右半分は髪に隠れて見えなかったが、左目は深い蒼色をしていた。

「人手が必要だったんです。手持ちが少なくて、でも大銀貨5枚ならあります！」

マリエラには勢いしかなかった。交渉のこの字もない。

二百年と少し前の魔の森の小屋には、師匠と過ごせる居場所があった。けれど師匠はマリエラを一人残していなくなってしまった。師匠の部屋はそのままにして待っていたのに、二百年も過ぎてしまった。小屋はすでに跡形もなく、もう待つことさえできはしない。

二百年前のあの日までは、意地悪で厳しいものではあったが防衛都市にも居場所があった。都市の皆はマリエラを一人逃がしてくれたけれど、誰も一緒に逃げてはくれなかった。

同情でも、憐憫でも、契約による絆であっても。

マリエラは誰かにそばにいてほしいと、一人虐げられたこの男ならずっとそばにいてくれるのではないかと、その時思ってしまった。

「ぷ」

マリエラの渾身のシリアスを破ったのは、マルロー副隊長の笑いだった。

（あれ？　なんか笑われた？　なんで？）

「では、彼はマリエラさんに大銀貨２枚でお売りしましょう」

「へ……？」

ディック隊長が驚いて声を上げる。

ディック隊長も奴隷商のレイモンドも、いきなり交渉に乱入してきたマリエラとその交渉に応じたマルロー副隊長を驚いた表情で見ている。固まったままの二人を尻目に、マルロー副隊長は、いけしゃあしゃあと持ちかけた。

「レイモンドさん、先ほど損になるやもしれないと仰っていましたね。それをこちらのお嬢さんが引き受けてくださるのです。どうでしょう、契約費用をサービスして差し上げては」

見知らぬ小娘に、タダで仕事をしてやれと言われて再起動しかけたレイモンドに、マルロー副隊長はすっと近づくと、「彼女とはおそらく、長い付き合いになると思いますよ」と囁いた。

それを聞いたレイモンドは、暫く瞑目した後に営業スマイルをたたえ、マリエラにこう答えた。

「お見苦しいところをお見せして申し訳ございません。お嬢様のご提案、私どもにとりましても、ありがたいかぎりでございますので、契約につきましては、マルロー副隊長様の仰せのまま、サービスさせていただきます」

「え？　大銀2……？」

置いてけぼりで固まったままのディック隊長から、マルロー副隊長が見積もりと思しき書類を取り上げ一瞥する。

「あとは……、ええ、この額で結構です。これでよろしいですね？　隊長？」

マルロー副隊長は見ものは終わったとばかりに、さっさと商談をまとめてしまった。

ようやく再起動したディック隊長は、帳簿係が準備した書類にサインをし、支払いについての話し合いを始めた。話に乱入した挙げ句、勝手に商談をまとめたマルロー副隊長に怒る様子もない。

マリエラが大銀貨2枚をマルロー副隊長に払い終えると、「契約の準備が整いましたよ」と声をかけられた。いつの間にか机と、何本か火かき棒のような物が入った火鉢が用意されており、取引が終わった奴隷たちが火鉢が見える位置に整列していた。

レイモンドが帳簿をめくり、内容を読み上げる。

「さて、その男、名はジークムントですか。借金奴隷時代に主人の子息に怪我を負わせ、犯罪奴隷に堕ちたとありますね」

火鉢の前に引き立てられた灰色の髪の男、ジークムントはビクリと体を揺らし、「ち、ちが……」と初めて言葉を漏らした。

「皆さんそう仰いますよ。特にこれを見るとね」

火鉢の前に控えた店員らしき男が、一本の火箸を持ち上げる。

それは、火箸ではなく細かい模様が彫り込まれた焼印で、大きさはマリエラの手のひらほどもあった。

ヒュッ。

息を呑むジークムントに、いや他の奴隷たちにも見せつけるように、焼印がゆっくりと動かされる。

「従順な奴隷ならば、これほど大きな印は必要ないのですがねぇ……。借金を返さず！　借金奴隷の身にありながら！　仕えるべき主人の！　命に代えても守るべき大切なご子息に！　怪我を負わせるなど！」

レイモンドは一言ごとに語気を強め、ジークムントは唇を噛み締める。

「そのような心根の者が、心優しいお嬢様に満足にお仕えできるはずがないのですよ。契約の力でもって強く矯正して、ようやくおそばに侍ることができるのです。これでも小さいくらいだと私は思うのですがねぇ？」

（洗脳教育中に悪いんだけど……）

奴隷商人の後ろから、マリエラはトトトと火鉢に近づき、「これがいいです」と、一番小さい焼印を指定した。サイズは親指と人差し指で円を作ったくらい。丁度大銀貨くらいの大きさだ。

くるりと振り向いたレイモンドの顔は愛想笑いすら浮かべていない。

（真顔恐っ。タダでやってやるんだから、これくらい協力しろって顔ねー）

レイモンドの真顔に少々怯（ひる）みながらも、マリエラは精いっぱい粘ってみせる。

「目も、手も足も不自由だもの。これくらいでいいと思うの」

ジークムントは既に弱っているのだ。死に体といった状態であんな大きい焼印を押されたら、それだけでショック死してしまうかもしれない。そもそも、現状を教えてくれて、後はマリエラの秘密さえ守ってくれればいいわけで、あんな大きな、強い契約で縛らなければいけないほどジークムントが嫌がる命令をするつもりはない。

ジークムントはレイモンドでも焼印でもなく、マリエラを見つめている。あの深い蒼い目は嫌いじゃない。あんな澄んだ瞳の人が極悪人とは思えない。あんな大きな焼印は絶対に押させないぞと、マリエラはレイモンドを見かえす。

「おぉ、なんと慈悲深い！」

レイモンドは、ジークムントや奴隷たちに向き直り、押し問答は無意味とばかりに言葉を続ける。

「慈悲深い主人に常に感謝を！　命令に従える喜びを！　貴様らなど、血肉の1滴まで捧（ささ）げ尽くしてもこの恩に報いるには足りないと知れ！」

レイモンドは声を張り上げて詠唱を開始する。

《その身は土より価値はなく！》
マリエラの示した焼印に土属性の魔力が宿って鈍く光る。
《血潮は主人の為に流れり！》
机上に置かれた杯に水属性が集まり、杯から水が溢れて机からも滴り落ちる。
《献身の思いは主人の為に吹き荒れ！》
火鉢の周りに風属性魔力が集まり、螺旋状に渦を巻く。
《命は主人が為に燃ゆると知れ！》
火鉢に火属性の魔力が加わり、ゴゥと一気に火柱が上がった。

いずれも、精霊の力を借りるような強い魔力ではないけれど、詠唱を演劇のような言い回しに組み込んで視覚的な効果を合わせることで、実に荘厳な雰囲気を醸し出している。

心理的にも訴えて術で縛りやすい形に思考を誘導することで術式の効果を高めているのだ。

レイモンドの手練手管はかなりのもので、人心と術式の理解も確かなやり手のようだ。

レイモンドは見る間に赤熱した焼印を掴むと、ジークムントの前に立つ。

まるで宗教儀式の一幕のようだ。

商館の召使いらが、ジークムントの両腕を掴み、膝をつく形で座らせる。

ジークムントは抵抗せず、焼印を見上げている。

《汝、ジークムントよ！　魂から服従せよ！》

あばらの浮いた胸に焼印が押し付けられ、ジュウ、と音がして肉を焼く嫌な臭いが漂う。

ジークムントは歯を食いしばり、呻き声も漏らさない。

そばに控える店員に促され、机上の杯にマリエラの血を垂らす。杯には先ほどの詠唱で湧き出た水のようなものが入っており、スッと血が混じり合う。レイモンドが杯を受け取ると、ジークムントを押さえていた召使いの一人が口を開けさせた。

《汝の主をその身に刻め！》

杯の中身を口の中に注ぎ込む。顎を摑み一滴を零すことも許さず飲み込ませる。

4属性の魔力がジークムントの体内で合わさり、術式が結ばれる。押された焼印の魔法陣がうっすらと光り、隷属魔法がジークムントの全身に刻み込まれた。

《契約はここに成されり！》

詠唱が終了し、隷属契約が完了する。術の影響かジークムントの蒼い目が恍惚とした色をたたえてマリエラを見つめていた。

「そんじゃ、宿に行こうぜ」

契約を行っている間に、リンクスとユーリケがラプトルを連れて待っていた。

6頭のラプトルたちは既に装甲馬車に繋がれており、ユーリケは2頭の手綱をディック隊長と、マルロー副隊長に渡した後、先頭の装甲馬車の御者台に乗り込んだ。

「そいつは、荷台に積んどくから。さ、乗った乗った」

他の隊員がジークムントを先頭の荷台に乗せて扉を閉めた。

マリエラは、商談に割り込んだ謝罪と隷属契約のお礼をレイモンドに言って、ジークムントの乗っている装甲馬車のタラップに乗り込む。

「いえいえ、実に良いタイミングでした。着くなり契約儀式を見学できた他の奴隷たちも、良い主人に仕えたいと頑張ってくれるでしょう。またのお越しをお待ちしております」

そう言ってマリエラたちを見送るレイモンドは、ほんの少しだけ機嫌よさそうに見えた。


黒鉄輸送隊は三日間、昼夜を徹して魔の森を走り抜ける。その間、小さな換気窓しかない暗い荷台にぎゅうぎゅう詰めに押し込まれ、十分な食事を与えられることも、横になることもできない。装甲馬車は途中何度も魔物に襲われる。荷台の暗がりの中、絶えず聞こえる魔物の遠吼え。魔物の攻撃に馬車は揺れ、牙や爪を受けた装甲はギャリギャリと音を立てただろう。

死の恐怖と激しく揺れる荷台の中で、彼らは精神も体力も消耗し限界に達していた。商館にたどり着き恐怖から解放された安堵感と、睡眠も栄養も足りていない極限状態であの儀式めいた契約を見れば、主への恭順は深く意識に刷り込まれたことだろう。

犯罪奴隷や終身奴隷の価値は低い。生命の保障さえない劣悪な環境に居続けることが確定した身の上だ。皆人生に悲観しきっており、気力や意欲といったものがない。命令に最低限従うだけで、主の利益となるよう動くことなどない。買い手からすれば、使いつぶす以外に使い道がない者たちと言える。

この儀式を目にし、多少なりとも主に従順になってくれたなら、良い商品としてレイモンドに、そして奴隷たち自身にも利益をもたらしてくれるだろう。

（マルロー様は食えないお方だ。あの娘と長い付き合いになるというのは、よく分かりませんが……）

今回の商品の様子を後ほど報告するように部下たちに指示すると、レイモンドは店に向かって歩き出した。

## 02

黒鉄輸送隊の定宿は、奴隷商館があった大通りを山脈側に少し進んだところにあった。宿を示す看板に『ヤグーの跳ね橋亭』と書いてある。

ヤグーとは、この辺りの山脈に生息するロバくらいの大きさのヤギで、山脈の街道を往来するには必須の家畜だ。山脈の街道は道幅が狭くて馬車は通行できないから、何十頭ものヤグーに荷を背負わせて隊列を組んで往来するのだ。荷役だけでなく、粗食に耐え、気性も穏やかで乳も肉も得られるから、防衛都市でも多く飼育されていた。

ヤグーには山岳ヤギの特徴らしく、絶壁に登りたがる性質がある。

切り立った岩山のてっぺんから別の岩山のてっぺんに飛び移っては、けろりとした様子で崖を下りたりして見る者を驚かせる。

この絶壁を飛び越えるさまは『ヤグーの跳ね橋』と呼ばれ、絶体絶命のピンチから生還する、という意味合いで防衛都市でも使われていた。

『ヤグーの跳ね橋亭』もこの地区の他の建物と同じく石積みの堅牢な建物だったが、他の建物に比べて間口が広く、両開きの扉が開かれて客を迎え入れていた。

ディック隊長とマルロー副隊長がラプトルから降りて入り口に向かう。マリエラとリンクスも馬車を降りて付いて行く。

「ジークムントを早く出してあげたい」と言うマリエラに、「裏で洗ってからな」とリンクスが答え、ジークを荷台に乗せたまま装甲馬車は裏側へ走っていった。

扉の中は食堂兼酒場になっていて、店の右手奥に2階に続く階段がある。

昼をゆうにまわった、けれど夕暮れには早い時間のため中は閑散としており、燃えるような赤毛の女性がカウンターで店番をしていた。

「ディック！　今日は早かったじゃないか！」

赤毛の女性が声をかけ、親しい様子でディック隊長に駆け寄る。

気の強そうな美人で、しかも巨乳だ。

「なに、犬っころの始末が早くついてな」

なぜか胸を張ってディック隊長が答える。どことなく嬉しそうだ。

「いつもの部屋が空いてるよ。さぁ、その鎧を外してきとくれ。食事の支度をしておくからさ。と、そちらのお嬢さんは見ない顔だね？」

「初めまして。マリエラと言います。2部屋お願いしたいのですが」

赤毛美人の視線がマルロー副隊長にいく。

「旅の途中で知り合いまして。彼女の身元は我々が保証します。マリエラさん、迷宮都市でも、奴隷に宿の部屋を与えることはできません。裏の納屋に奴隷の寝場所があります。まぁ、貴女の持ち物を自分の部屋に持ち込む分には何も問題がないのですがね。アンバーさん、2階の奥ならば汚れた荷物を持ち込んでも問題ないのでは？」

奴隷の逃亡や奴隷を使った犯罪行為を防止するため、まともな宿は奴隷に部屋を貸すことはしない。それは迷宮都市だけでなく帝国全土で知られたことだったし、二百年前から変わらない常識的な話だったが、マリエラはなんだか少し悲しくなった。あんなに弱って死にそうなのに、部屋も与えてもらえないなんて。それでもジークにベッドをあてがうよう手配してくれたマルローに心の中で感謝した。

「あの部屋なら空いてるよ。ベッドが一つ余分で邪魔だろうけれど、構わないよね？ようこそ『ヤグーの跳ね橋亭』へ！　アタシはアンバー。分からないことがあったらなんでも聞いとくれ」

マルロー副隊長の紹介を聞き、愛想よく接客するアンバー。とりあえず三日分の宿代を払い鍵を受け取る。二人部屋が一泊30銅貨。朝食は一人5銅貨。二人分お願いしておく。

安い。防衛都市の相場から見れば、駆け出しの冒険者が泊まる安宿くらいの値段だ。『ヤグーの跳ね橋亭』は立地もいいし、建物も立派で食堂も付いている。中級以上の良い宿に見えるのだが宿泊費が安すぎる。

「え……安す……」

思わず声が出た。

「あぁ、迷宮都市の宿は補助金が出てるからね。何しろこんな辺鄙なトコだろ？　迷宮があるってのに、ここまで来るのがたいへんで、なかなか人が集まらないんだよ。最低限の生活は安くできるように辺境伯様がご配慮くださってるってわけさ。マリエラちゃんも、ゆっくりしてっとくれね」

迷宮都市の物価はイマイチ分からないが、ポーションを売ったお金がまだ6大銀貨以上ある。

しばらくは暮らしていけそうだ。

(それにしても……)

マリエラはそっと胸に手を当てる。

(アンバーさん、胸おっきい……)

胸を大きくするポーションはないものかと、マリエラはため息をついた。

ディック隊長とマルロー副隊長はそのまま2階の部屋に上がっていった。

リンクスは残りのメンバーに鍵を渡しに行くと言うので、マリエラも一緒に向かう。

裏口から出ると、トイレらしき建物と水場、さらに奥には車庫と獣舎が見えた。水場では自由に洗濯ができるようで、貸し出し用の洗濯板や桶が置いてある。水場の隅には布で隔てた水浴びスペースもあった。

「おーい、ユーリケ、先に飯にしようぜー」

リンクスが声をかけると、黒鉄輸送隊の四人が車庫から出てきた。

「ユーリケは、ラプトルを世話してから来るそうだ」

鍵を受け取りつつ、黒鉄輸送隊の一人が答える。

「あいつ、ほーんとラプトル好きだよなー。鍵渡してくる。先行ってて」

そう言うと、リンクスは獣舎のほうへ走っていった。

ジークムントはどこだろうと辺りを見渡すと、水浴び場から慌てた様子でジークムントが出てきた。急いで出てきたらしく、髪が濡れて寒そうだ。巻き直したらしい腰布が濡れてへばりついている。

(腰布(ツレ)で拭いたのね……)

マリエラ自身、着替えも何も持っていない。

今着ている外套(がいとう)はデイジスの繊維で織ったもので、着用者や大気中の魔力を吸って自動修復されるため特に劣化は見られないが、中に着ている衣服は二百年も経(た)てばボロボロになっているだろう。ポーチや靴の皮は、あちこちパリパリとひび割れて破れそうになっている。

（ジークムントの様子を見たら、まずは買い物ね）

生活魔法の《乾燥》でジークムントを乾かした後、マリエラは部屋に向かった。

付いて来るように言うと、ジークムントはおとなしく付いて来た。ふくらはぎが腫れ上がって変色した左足を、引きずるようにして歩いている。右手にはマリエラの腰ミノ……もとい薬草の束を抱えている。右腕はまったく動かないわけではないようだが、薬草の束を持つのではなくて、不器用そうに抱えているから右腕も不自由なようだ。あとは右目。ずっと髪で隠している。顔色は悪く、ハッハと呼吸は浅く短い。近くで見ると思った以上に状態が悪いことが分かる。

　マリエラがあてがわれた2階の奥の部屋はそれなりに広く、部屋の両端に2台のベッド、間に机と椅子が2脚あった。ドアと部屋の間には荷物や鎧を置けるクローゼットと、なんと小さいながらも風呂場が備えつけてある。

　風呂と言っても人がギリギリ入れる程度の深型の桶と排水穴があるだけで、給水設備はついていない。魔法か魔道具で水を張って沸かさなければいけないのだが、風呂付きの部屋があるのは、少なくともマリエラの知る防衛都市では高級な宿屋に限られた。

（お風呂！　うれしい、後でゆっくり入ろう）

お湯で拭くくらいしかできないと思っていたから、お風呂に入れるのはとてもありがたい。

思いの外良い部屋だが、寝室は湿っぽくカビの臭いがする。窓が小さい上、日当たりが悪いのだろう。シーツは清潔だが藁のマットには虫がいるかもしれない。

(不衛生な奴隷を入れてもいい部屋ってわけね。仕方ないか)

水浴びは済ませたようだが、ジークムントからはすえたような臭いがするし、髪や髭は土や埃やよく分からないものが絡み付いて団子のようになっている。部屋に入れてくれただけもありがたい。

生活魔法で換気をしたのち、窓を閉める。部屋の扉を閉め、閂をかける。寝室前の内扉も閉めたから、声が外に漏れることはないだろう。部屋の照明に多めに魔力をこめたから、窓を閉めても部屋は十分に明るく、診察するのに問題ない。薬草を受け取って確認する。馬車に揺られて端が欠けたりしているが、なくなっている薬草はない。これだけあれば応急処置は十分できる。

「そこに座って」

椅子を指さすと、なぜかジークムントは椅子横の床に座った。左足が腫れてうまく曲がらないのか、左足だけ横に曲げて正座を崩したような格好で座る。顔は上げず、マリエラの足の辺りを見ているようだ。

(なぜ、床に……。まぁいいや)

マリエラはジークムントの向かいに椅子を動かして座ると問いかけた。

「私は、マリエラと言います。貴方のことはジークと呼んでいいかしら？　隷属契約で貴方は私の命令に逆らえない。これはあっている？」

「はい。お好きにお呼びください。ご主人様。不肖の身を拾っていただいたご恩は決して忘れません。どのようなご命令にも背きません。何なりとお命じください」

そう言うとジークは床に額を擦り付けて土下座した。

（うわぁ……）

ドン引きするマリエラ。何の躊躇もなく大の男が土下座したのだ。言っているセリフもありえない。レイモンドとかいう奴隷商人が、何か精神魔法でも使ったのではと疑うレベルだ。

（とっ、とにかく、治療！　治療しなくちゃ！）

錬金術師のマリエラには、ジークが怪我だけでなく体力的にも限界であることが分かっていた。ジークの言動は怪我が治ってからゆっくりと改めてもらえばいい。

「マリエラと呼んで。顔をあげてよく見せて」

ジークが顔をあげ、へばりついた髪を掻き上げる。

痩せて頬がこけているが、整った顔立ちだ。一つしかない深い蒼の瞳が美しい。髭を剃り身なりを整えれば人目をひくナイスミドルになりそうだ。

マリエラが右目を診ようと手を上げると、ジークはビクリと体を硬くした。こういう反応をする子供をマリエラは知っていた。孤児院に保護された子で、日常的に親に殴られていた子だった。ジークも常態的に暴力を受けていたのだろう、全身に小さな傷痕がいくつも残っている。自分より年下の娘に対して躊躇なく土下座をしたことといい、ジークはどのような扱いを受けてきたのだろうか。マリエラは胸が痛くなった。

ジークを怯(おび)えさせないようにゆっくりと手を動かして顔に触れる。熱い。やはり熱がある。顔の右半分には魔物の爪痕だろう、３本の大きな傷が残っている。このキズは古いもので、すっかりふさがっているのだが、右目は眼球がつぶれてしまっていた。

（これはエリクサーか眼球特化型の特級ポーションが必要ね）

エリクサーは奇跡の霊薬。生きてさえいればどんな怪我も病も治し、部位欠損さえ瞬時に修復すると言われている。

希少で高価な材料を複雑な手順で錬成して得られる錬金術の最高峰で、もちろんマリエラは作れない。というか、防衛都市でも伝説の霊薬という扱いで、作れるどころかレシピを知っている人さえ聞いたことがなかった。

代わりに欠損修復薬として流通していたのが『特化型ポーション』と呼ばれるもので、高レベルの錬金術師が作れる特級ポーションをベースに欠損部位に応じた材料を錬成して作られる。一流の錬金術師たちが材料やレシピを研究し、開発されたオリジナルレシピは秘匿されるため、これもまたマリエラは作り方を知らない。

そもそもマリエラの錬金術のスキルレベルでは、ベースの特級ポーションの一ランク下の上級ポーションがなんとか作れる程度だ。

（右目は無理ね……）

次は右腕を診察する。前腕部に魔物に嚙まれた痕がある。聞くと半月ほど前に黒狼に やられたという。

黒狼は瘴気狼とも呼ばれ、フォレストウルフに比べると小型だが、牙に傷の治りを遅らせる毒を持つ。一頭ごとの攻撃力は弱いが群れで行動するため、狙われた獲物は血を流しながら執拗に追い回され、衰弱してやがて喰われる。

腕の傷は完治しておらず嚙み痕の肉が変色してへこんでいる。魔物に嚙まれた後、ろくに治療もせず放っておいたのだろう。牙に含まれる魔物の毒が傷口に入って完治を遅らせている。手に力は入らず思うように動かないが、指先の感覚はあるらしいから、神経は切れていないようだ。

最後に左脚。こちらも黒狼にやられたそうで、ふくらはぎの肉が一部齧り取られている。止血するために焼いたらしく、火傷痕が治りきっていない上に垂れ流しの不衛生な環境で輸送されたせいで、雑菌が入り炎症を起こし、傍目でも分かるほどに肉が変色して腫れ上がっている。

（まずはこの炎症を何とかしないと。腕は中級ポーションでもなんとかなりそうだけど、脚は上級の特化型ポーションが欲しいなあ。それにしても……。平気そうにしてるけど、この傷、激痛なんじゃないの？）

押されたばかりの焼印は赤黒く、刻印部分は一部茶色に変色しているうえに、こちらも炎症を起こしかけている。

特級ポーションがあれば、全てを瞬時に治せるのだろうが、作れないものは仕方がない。より低位のポーションで治療をするには、ある程度段階を踏んで治療をする必要がある。

「まずは、傷口の洗浄をします」

マリエラは、治療を始めることにした。


激痛を顔に出せば、使えないと捨てられる。倒れてしまえば、捨て置かれて野たれ死ぬ。大銀貨2枚というのはその程度の金額だ。

こんな状況になってなお、ジークムントは死にたくないと思った。

こんな状況だからこそかも知れないが。

マリエラには知る由もなかったが、ジークムントは気力だけで平静を装っていた。

ジークを椅子に座らせると、マリエラは備え付けの水差しと、一本だけ残った薬瓶を手に風呂場に向かう。錬金術で水差しと薬瓶を洗浄、殺菌、乾燥した後、風呂場の桶も併せてもって戻る。

「今からすることを決して口外しないで。これは《命令》です」

「はい」

ジークの蒼い目は熱のためか虚(うつ)ろで返事は機械的だが、胸の焼印にわずかな魔力の反応が確認できた。

桶を机の上に置き、右腕を傷が上になるように出させる。

《浄水、命の雫、固定化》

水差しの中に洗浄水が出来上がる。

炎症を起こした傷口には、薬草を使った殺菌作用のある水より、《命の雫》の力を宿した洗浄水がいい、というのは、マリエラの師匠の持論でマリエラもそれに倣う。洗浄水をたっぷりと傷痕にかけて綺麗にする。黒狼の瘴気が煙草の煙のように傷口から立ち昇り、《命の雫》の効果で洗い流されていくのが見てとれる。

次に脚。ふくらはぎの傷が上を向くよう椅子の上に膝立ちさせ、こちらは一層丁寧に洗浄する。

なんども錬成しては、洗浄し桶の水を捨てる。

拭き取る布がなかったので、シーツを剝がして傷痕以外を拭う。傷痕には《命の雫》をそのままかける。《命の雫》は水や薬に固定しないとすぐに消えてしまうので、錬成した錬金術師以外はそのまま摂取できない。傷痕にかけるとすっと消えてしまうのだが、傷口を乾かしてくれるので便利だとマリエラは思っている。洗ってあるとはいえ殺菌していないシーツで拭ったり、かび臭い部屋の風を当てて乾かすよりは、よほど衛生的だ。

最後に胸の焼印。仰け反るように椅子に座らせ、焼印の下にシーツを当てて洗浄する。こちらは低級ポーションで問題ないだろうが、火傷は冷やしたほうがいいという。洗浄してからのほうが効果は高まるだろう。こちらもシーツを絞りなおして何度も洗った。

最後にポーション。

乾燥薬草の束から、キュルリケ草とキャルゴランという滋養強壮効果のある根、ペシリニヨンという、キュルリケ草の種子部が丸まって青くなっている物を取り出す。

ペシリニヨンは、日陰のジメジメしたところに生えているキュルリケ草から稀(まれ)に見つかる珍しい物で、不衛生な環境で傷が悪化したり、長く治らない熱などに効果がある。キュルリケ草は日当たりの良い場所を好むから、ペシリニヨンが見つかるような環境では、種をつけるまでまず成長しないので、それなりに希少なものだ。

ある時、マリエラが種用に鉢で管理していたキュルリケ草を、うっかり日陰に放置していたら、ペシリニヨンができていた。しかもペシリニヨンができかけの種からキュルリケ草を育てたところ、日陰でも生育し、ペシリニヨンができやすい品種になったのだ。以来、マリエラの薬草園ではペシリニヨンが一定量採れるようになっていた。目覚めた後の薬草園でも生き残っていたので、売るつもりで持ってきて正解だった。

キュルリケ草とキャルゴラン、ペシリニヨンを少量使って一本だけポーションを錬成する。低級に分類される簡単なポーションだが、これも特化型に分類される。ジークの症状には中級並みの効果を発揮するはずだ。わずかな体力も残っていないジークのために、《命の雫》をできる限りたくさんこめた。きっと、きっと良くなるはずだ。

「飲んで」

ポーションを差し出すと、ジークが唖然(あぜん)とした表情でマリエラを見ていた。あんぐりと口まで開いている。

固まったままなので開いた口にポーション瓶を突っ込むと、むせながらも飲んでくれた。

「れ……錬金術師？」

初めてジークから話しかけてくれた。洗浄水を作っている時から、まさか、といった表情だったが、ポーションを錬成してようやく確信したらしい。

「うん。この街にはもう、錬金術師……、エンダルジアの地脈と契約した(コントラクタの)錬金術師はいないの？」

ジークから空き瓶を受け取ってマリエラは尋ねる。これが一番知りたかった情報だ。

「地脈契約者(コントラクタ)の錬金術師は、おりません。ずっと前から。ここは、魔物の領地ですから」

ジークはマリエラの予想どおりの返事をした。

(そっか。そうなんだ。『迷宮都市』だもんね。二百年も経ってたら、そうなるよね)

「だからね、《命令》。《私がエンダルジアの地脈と契約した錬金術師(アルケミスト・コントラクタ)だということは、決して口外しないで》」

もう一度、ジークに念をおす。隷属の《命令》は具体的であるほど効果を発揮する。

「そこのベッドで寝るといいよ。起きたら熱も下がって楽になってるよ。私は買い物とかしてくるから、目が覚めてもおとなしく寝ててね」

ジークをシーツを使っていない奥のベッドに促し、濡れたシーツと薬瓶を桶に入れて風呂場へ向かう。

シーツを風呂桶に入れ軽く洗った後、生活魔法の《乾燥》で乾かす。

部屋に戻ると限界だったのかジークはベッドで眠っていた。

（あ、ベッドに虫とかいるかも）

虫除けポーションを錬成して、薬瓶のふたを開けた状態で部屋の隅に置いておく。

安眠効果のあるベンダンの花も混ぜておいたから、カビの臭いが消えてほんのりいい香りがする。

（ぐっすり眠れますように）

水差しに浄水を入れて備え付けのコップと一緒に机の上に置き、部屋の照明は一つだけ残して消してから、マリエラは静かに部屋を出た。

03

廊下に出ると、マルロー副隊長が廊下の自室の前で待っていた。

マリエラの部屋は2階の奥。黒鉄輸送隊の部屋の奥にある。

マルロー副隊長は穏やかに話しかける。

「欲しい情報は得られましたか？」

「聞いていてたんですか？」

マリエラが質問に質問で返すと、マルロー副隊長は「まさか」と肩を竦めてみせた。本当に食えない人だ。

（きっと最初から気付いていていたんだろうな）

促されるまま、隣のマルロー副隊長の部屋に入る。

部屋の広さと入り口付近に設置された風呂場やクローゼット等はマリエラの部屋と変わらなかったが、ベッドは一つしかなく、代わりに長椅子とテーブルが置いてある。ベッドと応接セットの間は間仕切りが置かれており、簡単な会合ができるようになっていた。

勧められるまま長椅子に座ると、マルロー副隊長が対面に座った。

「マリエラさんとは、ぜひともお取引をお願いしたいと思っているのです」

「ポーションですね？」

話が早くて助かります、とマルロー副隊長はにこやかに答えた。


二百年前、魔の森の氾濫が起こり、かつて王城だった場所に迷宮が現れた。

人の領域だったエンダルジア王国は亡び、魔物の領域となった。

迷宮都市に人は暮らしているが、それは魔の森にマリエラが暮らしていたのと同じことで、迷宮都市は人ではなく、魔物の領域だ。

ポーションを魔法薬たらしめる《命の雫》を地脈から汲(く)み上げる《ライン》は、その地の精霊を介して地脈と錬金術師の間で結ばれる。錬金術のスキル自体は『パン屋の数より多い』と言われるほどありふれたスキルだが、錬金術スキル持ち(ホルダー)が全員錬金術師として地脈と契約を結び錬金術師になれるわけではない。錬金術師の師匠を持つことができ、地脈と契約してラインを結んだ者だけが『錬金術師』としての始発点に立つことができる。錬金術スキルは《命の雫》を汲み上げ、使用しなければ経験値が上がらないから、スキルを持っているだけでは、温度や圧力の調整や錬金術専用の空間の生成といった錬金術スキルを使用できるようにはならないし、ポーションも作製できない。

地脈との契約が錬金術師としての重要な起点であることから、ラインを有する錬金術師を、地脈契約者(コントラクタ)と呼称することもある。

これほど重要性の高い地脈との契約の儀式は、錬金術の師匠と精霊の導きにより錬金術師と地脈が真名を交わして執り行われるが、精霊は領域を支配するものの言葉を話すのだ。

かつてのエンダルジア王国は、精霊の加護を受けたエンダルジア王族が代々治める人の領域だった。エンダルジア王国に現れる精霊たちは皆、人の言葉を話していたが、魔の森に住まう精霊は同じ地脈から生まれているのに、何を言っているのか分からなかった。

言葉が通じなかったのだ。

マリエラがかつてたった一度だけエンダルジア王国の外壁内に入ったのは、地脈と契約を結ぶためだった。

一度《ライン》ができてしまえば、錬金術自体に精霊は関与しないから、地脈の範囲内ならば魔物の領域であっても問題なく《命の雫》は汲み上げられる。地脈契約の錬金術師（アルケミスト・コントラクタ）になってしまえば、問題なく《命の雫》を使ってポーションを作り出せる。

しかし、二百年もの間、新たな地脈契約の錬金術師（アルケミスト・コントラクタ）が誕生しなかったら。

《命の雫》を直接体内に取り込める錬金術師（コントラクタ）は、老化が遅く総じて長命だったが、二百年も生きられる訳ではない。一般の人が八十年も生きれば長寿だといわれる中で、百二十歳まで生きるものが稀にいた、と語られる程度だ。

マリエラが眠っていた二百年の間に、新たな錬金術師は誕生せず、魔の森の氾濫（スタンピード）を生き残った錬金術師たちは皆亡くなってしまったのだろう。

迷宮都市、いやこの地脈の範囲には、保管庫に厳重に収められたもの以外、ポーションがないのだ。

「お売りいただいた低級ポーションを伝手（つて）の商人に鑑定していただいたところ、まるで作りたてのような保存状態だと言っていました。市場に稀に出回る中級ポーション並みの効果だとね。どこで手に入れたのかと、それはしつこく聞かれましたよ。あぁ、勿論（もちろん）、話してはいませんが。この街の誰もが欲しいものですからね。こんな可憐（かれん）なお嬢さんがお持ちだと知れれば、無理にでも手に入れようとする者が現れるでしょうから」

マルロー副隊長は、ゆっくりと、穏やかに話しかける。言いたいことが分かりますか？と問いかけるように。

「あなた方ならば、安全に売りさばけると？」

そう答えると、マルロー副隊長は満足げに微笑(ほほえ)んで「もちろんです」と答えた。

（まぁ、どこかでポーションを売らなきゃいけないわけだし。中抜きされたとしても、防衛都市よりはマシな値段になるならいいよね）

マリエラにはポーションを売る以外に生活する術(すべ)がない。

戦う術も、後ろ盾も、何も持たない者が搾取されるのは当然だ。防衛都市でポーションを売っていた時だって、中抜きされることは当たり前だった。ある程度の不条理を呑み込めば、最低限の利益は与えられることをマリエラは知っていた。

それでも、どうしても譲れないことはある。ポーションを売るにあたって、マリエラはいくつか条件をつけた。

「まず、特級以上のポーションや、対人用の毒薬はお売りできません。また、上級以下でも特化型の種類によってはお売りできないものがあります。ですので、品目の決定権は私にいただきたいです」

マリエラが作れないポーションは売りようがないし、犯罪の片棒を担ぐのはごめんだ。自分の作ったポーションで人が死ぬことだけは絶対に避けたい。

「次に、これもポーションによりますが、対価の一部を先に品物で用意いただく場合があります」

材料がなくても作れないから、これも呑んでもらうしかない。マリエラの薬草園は半壊状態なのだ。迷宮都市の品揃えは分からないが、手に入らない材料は入手してもらいたい。

「あとは、秘密の厳守です。私が供給源であることは決して漏らさないでください。これには、有事の際に保護していただくことも含まれます。以上について、魔法で契約していただけるなら、ポーションをお売りします」

条件を言ってからマリエラは、内心冷や汗をかく。

(魔法で契約までは盛りすぎたかな……)

どれも譲れないものだけれど、もっと言い方があったかもしれない。

マルロー副隊長は、マリエラの条件を一つ一つ咀嚼するように繰り返す。

「特級ポーションをお売りいただけないのは残念ですが、条件に関しましては理解しました。して、代金のほうですが、相場の4……いや、3割……」

(う……条件盛りすぎたからキツイのは仕方ないけど、材料の薬草を買わなきゃいけない場合、3割で利益出るかな？　薬草、値上がってないといいんだけど……)

「を、手数料として我々がいただくというのは？」

「はい？」

あれ、なんか逆じゃない？　と、マリエラは聞き返す。

「売るポーションの種類、私が決めていいんですよね？」

「はい。在庫の都合もあるでしょうし、当然でしょう」

「先に品物貰ってもいいんですよね？」

「我々は仕入れも行う輸送隊ですし、信用いただいて取引いただくのですから、その程度のサービスはさせていただきますよ」

「秘密が漏れたら、助けてくれる？」

「元よりリスクのあるお取引を持ちかけているのです。アフターケアは必須でしょう」

「で、手数料3割って、安すぎませんか？」

「え？」

「え？」

二人して首をかしげた。


結局、初回はマリエラが相場の6割を貰い様子をみるということで話がついた。秘密保持の徹底と万一情報が漏れた際のフォローについて、魔法契約の強化に上乗せした形だ。

一人で迷宮都市にやってきた後ろ盾も持たない少女に対し、守秘や保護を盛り込んだ魔法契約を結ぶということ自体、破格の扱いと言えた。都合の良い時だけ甘言を囁いて、雲行き次第で手のひらを返すことなどよくあることだ。戦闘能力のない十六歳の少女など大声で怒鳴るだけで黙らせることができてしまう。

魔法契約には司法による拘束力が生じるから、取引をいい加減に考える人間ほど嫌がるものだ。なんだかんだと言いがかりをつけられ買い叩かれてでも、魔法契約してもらえればありがたいと思っていたのに、マルロー副隊長はマリエラの全ての条件を当然だと受け入れてくれた。この内容で魔法契約を結ぶのは、マリエラを搾取対象と考えているのではなく、取引相手と見なしているということだ。

(この商談だってジークと話し終えるまで待っててくれてたんだよね)

何の情報もなく、右も左も分からぬうちに丸め込んでしまえば、自分たちにだけ都合の良い条件で魔法契約を結ばせることもできただろう。けれど黒鉄輸送隊のメンバーはそれをしなかった。武力に偏った集団なのに公正さと礼節さをもって接する態度は、マリエラにとって十分信頼に値するものだった。

この契約内容で6割も貰えるなんて、なんて良心的なんだろうとマリエラはホクホクだ。約束の納品は3日後で、上級と中級ポーションを10本ずつ、解毒ポーションは上級、中級を5本ずつ、魔物除けと低級ポーション、低級解毒ポーションは各20本買い取ってくれることになった。

契約書は明日用意します、とマルロー副隊長もにこにこしている。

(なんか、噛み合ってない気がするんだけど……、ま、いっか)

魔の森を抜けてきて疲れているんだから、契約書は遅くなってもいいのでゆっくり休んでほしいとマリエラは思った。

先に貰う品物については、街の商店を見てからと答えておいた。

ちなみに、低級ポーションと魔物除けのポーションは、先ほど売った大銀貨1枚程度が相場らしい。ディック隊長に「銀5から交渉で大銀1が相場」だと言ったら、銀5の後いきなり相場の大銀1に上げるものだから、と苦笑していた。

(奴隷商人のレイモンドさんとの交渉の時も思ったけど、ディック隊長は交渉ごとに向いてないと思うな)

「大切な交渉は私が担当しますし、ああ見えて一番大切なところははずさない男なんですよ」

マリエラの疑問を読んだかのようにマルローがにこやかに教えてくれた。どちらが隊長か分からない二人だけれど、とても信頼し合っているようにマリエラには思えた。

## 04

(いい話ができたけど、だいぶ時間が過ぎちゃった。日が暮れる前に日用品とジークの服を買いに行かなきゃ)

少し慌ててマリエラが食堂兼酒場に下りると、黒鉄輸送隊のメンバーが食事をしていた。

まだ日が高いのにお酒も飲んでいる。

ディック隊長は、両側に胸の大きなお姉さんを二人も侍らせてご機嫌だ。他の隊員にも一人ずつ横に座って酌をしている。

お姉さんたちは皆、露出の多いセクシーな格好だ。

「マリエラちゃん、遅かったね。今食事を持ってくるわね」

目のやり場に困っていたマリエラにアンバーさんが声をかける。接客用に着替えてきたのか、赤い髪に赤いドレスがよく似合っている。特盛りのフルーツバスケットを支える肩紐が限界に挑んでいる。あの肩紐は特殊な魔物素材に違いない。

「アンバー、早くこっちへこいよ。なぁ」

ディック隊長は駄目な大人の代表みたいになっていて、さっきのマルロー副隊長の信頼溢れる台詞が台無しだ。

この宿屋はどうやら人間の三大欲求全てを満たせる場所らしい。

三大欲求、其れ即ち『食欲、睡眠欲、海水浴』というやつである。

（マルロー副隊長が商談してる間に、この人ときたら……）

アンバーさんにうまくあしらわれているディック隊長を見て、マリエラはマルロー副隊長にちょっぴり同情した。

先に買い物をすると言って宿を出ようとするマリエラに、リンクスが声をかけた。

「買い物行くのか？　だったら案内してやるよ！」

リンクスは風呂に入ったのかサッパリとして、軽装に着替えている。

自分とジークの服が欲しいというマリエラを、裏道を抜けて北西区画近くの通りに案内するリンクス。

「北東区画の大通りは迷宮で稼げる冒険者向けだから、ちょっと高いんだ。日用品とか普段着なんかはこの通りが手頃で質もいいぜ」

『ヤグーの跳ね橋亭』も上の下くらいの宿で、宿代や夕食代などは国の補助金で手頃だが、お酒やおつまみはお高いらしい。お酌をしてくれるお姉さんの飲食費も加算されるシステムで、仲良くなればさらに『サービス』してくれるとか。もちろん有料でだが。

迷宮都市は人口も少なく、訪れる冒険者の数も少ない。人口を増やすため、生活に必要な最低限の物は物価を抑え、冒険者を誘致するような政策が取られているらしい。店側も懐が暖かいお客になるべく多くのお金を落としてもらえるように、色々とオプションを考えているそうだ。

「ディック隊長がアンバー姉さんに入れ込んでてさ」

身請けしようと頑張っているそうだ。

「アンバーさんにうまくあしらわれてたけど、可能性あるの？」

首をかしげるマリエラにリンクスは笑いながら、「ま、隊長だからな！」と肯定とも否定ともつかない返事をした。

案内してくれた店に売っていた服は、シンプルなつくりの物ばかりだった。二百年の間に着方も分からないファッションが流行ったりはしていないらしい。

「その外套ならこっちの服が合うんじゃない？」

お店のお姉さんが選んでくれた上着もズボンも丈が短い。

「こ、こここれ、脚でちゃう」

「うん、かわいいでしょ？　中にこっちのボトムスを合わせるといいよ。薄いけどキャタピラの糸使ってるから丈夫だし」

店員が薦めてきた服は、二百年前に比べるとずいぶん裾が短かった。脚がでちゃうと戸惑うマリエラだったが、やたらとぴったりとしたズボンを穿くのだから脚を露出しているわけではない。

（上に短いズボンを重ねて穿くから脚を出している気がするだけよね？）

台の上に着る順に重ねて見せてくれた衣装は、とてもかわいい。上着には綺麗な縁取りがついていてさらに3色のラインが入っているし、ズボンは短いけれど裾には外套と同じ色のアクセントがついている。

「この色合いなら、青の腰紐がいいアクセントになるわね」

そう言って出してきてくれた飾りのついた腰紐をあわせると一気に華やかさが増す。

（こんなかわいい服、着たことない……。でも、脚……）

ちらちらと脚の部分を見るマリエラの意図に気付いたのか、店員が言った。

「このボトムス、黒だから脚細く見えますよ」

「これください」

一式丸ごと購入するマリエラ。迷宮都市デビューだ。

(よぅし。脚、出しちゃうぞ！　出しちゃうぞ！)

勢いに任せて下着やインナーシャツも3着選ぶ。ジークの分はサイズが分からなかったのでリンクスに見立ててもらい、大き目のシャツとズボンに下着を3着。お店の端には裁縫道具もおいてあったから、ジークのボサボサの髪を切るための鋏(はさみ)も購入した。衣類の値段は高めで銀貨12枚だった。


次は雑貨屋。

手ぬぐいを1束、石けん2個に歯ブラシ2本、ブラシと、これらを入れる背負い袋だけで大体銀貨2枚。生活に必要なものばかりだからか、都市が孤立した状態なのに、防衛都市と変わらない物価だった。

まだ所持金に余裕はあるけれど、必要なものはたくさんある。

(まずは、注文されたポーションの材料を確保しなくちゃ。薬草の相場はどうなってるのかな。生活雑貨の物価は変わりなかったけど。あとは住むところも確保しなくちゃ。今は重体だから仕方ないけど、いつまでもジークと同室なのも困るし。かといって納屋に寝かせらんないし)

必要なものを指折り数えながらマリエラは考える。

（頑張って稼ごう。ジークにお腹いっぱいご飯を食べさせてあげたいし）

勢いで購入してしまった奴隷だったが、マリエラは思いのほかジークのことを気に入っている。たくさん食べてゆっくり眠って、早く元気になってほしいと思う。借金奴隷の時に、主人の息子に怪我をさせて犯罪奴隷堕ちしたとレイモンドは言っていたけれど、手を顔に近づけただけで怯えるほど日常的に暴力を受けていたのだ。極悪人とは思えない。何よりも。

（あの、ひとつしかない蒼い瞳は綺麗だわ）

ジークの蒼い瞳が、彼の本当の人となりを表しているようにマリエラには思えた。

店を出ると、外はもう、夕暮れ時が迫っていた。

迷宮都市の外壁の向こうに夕日に染まった山並みが見える。二百年前と変わらないマリエラの知っている風景だ。街は随分と様変わりしていたけれど、人々の暮らしは続いていた。変わらないものがあるのなら、この街に居場所を見つけられるかもしれない。

（ジークだっているもの。魔の森の氾濫だって生き延びたんだし、静かに暮らしていくくらい、きっと、きっとできるよね）

ひとしきり夕暮れの風景を眺めた後、「おまたせ」とリンクスのほうに駆け寄る。

「腹減った〜」

夕餉の支度だろう、漂ってくる美味しそうな匂いに、リンクスがお腹をさすっている。

「さっきまで、食べてたじゃない」

「肉は別腹って言うだろー。成長期なめんなー」

「なにそれ、あはは」

夕日に影が長くなる。

「ははっ、脚なっげー。オレ、ディック隊長みたく、でかくなるんだ」

リンクスの影が足を広げて大またで歩く。

「私も、まだ背伸びるかな？」

「マリエラは、背より胸のほうが心配じゃね？」

「なにそれ、酷い。あとでアンバーさんに方法教えてもらうもん」

二人の影法師が仲良く並びながら帰路を急いだ。


『ヤグーの跳ね橋亭』に戻ると、ディック隊長が酔いつぶれていた。

テーブルの上に置かれたクッションを抱えるように突っ伏して、寝言を言っている。

「アンバーぁ」などとつぶやきながら、クッションを掴む手をモニュモニュと動かしている。手付きがなんだかいやらしい。

やっぱり、駄目な大人だ。

黒鉄輸送隊の面々は慣れているのか、ディック隊長をほったらかして、めいめいお姉さんたちと会話や食事を楽しんでいる。

他にも冒険者らしき団体や、数人の騎士が食事を始めていて、アンバーさんは忙しそうに接客してまわっている。アンバーさんは売れっ子らしい。

マリエラとリンクスがカウンターに座ると、元冒険者といった風体の店主らしき男が注文を聞いてきた。今日のおすすめメニューは、オーク肉のカツレツか、ヤグーの乳の具だくさんシチューだそうだ。

「オレ両方。マリエラは？」

成長期の胃袋には、空間魔法でもかかっているのか。

どちらを選ぼうか悩まなくて済むのは、うらやましいなと思いながら、「ヤグーの乳の具だくさんシチューで。あと、連れ(ジーク)に何か消化にいいものを持って上がりたいんですけど」と頼む。注文が終わるとリンクスがマリエラを黒鉄輸送隊のテーブルに誘った。

「マリエラ、黒鉄輸送隊(みんな)とまだ挨拶してねーだろ。料理待ってる間に紹介するよ」

黒鉄輸送隊は、ディック隊長とマルロー副隊長が始めた輸送隊で、斥候(せっこう)のリンクスと調教師のユーリケのほか4人、合わせて8人の隊員と、8頭のラプトルで構成されている。

装甲馬車のメンテナンスが得意なドニーノは、職人然とした三十代後半の男性で黒鉄輸送隊の最年長だそうだ。肉にかぶりつきながら馬車の装甲について熱く語っているのだが、お酒が回るにつれて、装甲の鋼の種類だとか溶接のテクニックだとか、話がマニアックになっている。お姉さんたちはニコニコと相槌(あいづち)を打ちながらお酒のお代わりを作っているけれど、たぶんまったく分かっていない。内容は伝わっていないようだがコミュニケーションは図れているようで不思議だ。

ドニーノの話を唯一理解していそうなのが、盾戦士のグランドル。背丈はディック隊長に次いで高いが、マルロー副隊長よりもスリムなカイゼル髭のおじさんで、ドニーノと対照的に野菜スティックをぽりぽりと齧っている。

（こんなに頼りなさそうで盾職が務まるのかな。甲冑どころか盾も持てなさそうだけど）

内心首をかしげるマリエラに、隣の男がフランツだと名乗る。治癒魔法が使えるフランツは、室内だというのにフードを目深に被り、顔の上半分を隠すような仮面をしている。

ユーリケの育ての親なのだそうで、ユーリケと二人で行動することが多いのだそうだ。

双剣使いのエドガンは二十代半ば頃の青年で、お店のお姉さんたちになにやら封筒を渡しては、無駄に格好をつけている。普通に渡せばいいのに人差し指と中指で封筒をはさんでナナメの角度から流し目つきで渡しているが、お姉さんたちは皆エドガンの視線やしぐさは受け流し、受け取った封筒に夢中になっている。

個性的な面々だなと思いながらも名乗るマリエラに、「帝都に手紙出したいなら、遠慮なく言ってくれ」と、エドガンがさして長くもない前髪をいじりながら言った。

さっきから何を渡しているのかと思ったら、『ヤグーの跳ね橋亭』から帝都の定宿まで無償で手紙を運搬しているらしい。お店のお姉さんの話によると、迷宮都市から帝都まで手紙を出そうと思ったら、商人ギルドが運営しているヤグー隊商に頼むか、個人的に冒険者か黒鉄輸送隊のような私設部隊に頼むしかない。いずれにしても送料が高額で、彼女たちの小遣いで容易に出せるものではない。手紙を受け取った人たちは皆大切そうに読んでいて、とても感謝していることが分かる。

「ついでさ。ついで。帝都の宿に取りに来られない場合は、帝都からの送料がいるしな」

いいことをしているのに、エドガンが格好をつけるせいでどうにも台無し感がある。エドガン個人の活動ではなくて、黒鉄輸送隊の事業なのになぜかエドガンが鼻高々だ。

マリエラの知る冒険者には、荒くれ者よろしく食事を食い散らかしては大声で話し、女性店員をいやらしく撫で回した挙げ句、店から蹴り出されるような者もいたが、彼らにそんな下品さはなく、節度のある楽しみ方ができる大人な人たちだった。

「アンバーぁ……」

(ひとり駄目な大人がいた！)

出会ってすぐの威厳ある姿はどこへいったのか。

こういう時に頼りになりそうなマルロー副隊長が見当たらない。ユーリケもだ。

「ね、リンクス。隊長ほっといていいの？　マルローさんもユーリケもいないけど二人は？」

マリエラの心配を、「隊長はいつものことだよ」とリンクスが笑い飛ばす。

「ユーリケは魔の森でほとんど寝てねぇから、もう寝てるよ。副隊長は家に帰った」

なんと、マルロー副隊長は妻子持ちで迷宮都市に家があるらしい。

そうこうしている間に、料理が運ばれてきた。

ヤグーの乳のシチューには鶏肉と野菜がたっぷり入っていて、良い匂いが漂ってくる。鶏肉も野菜もよく煮込まれていて、口の中でホクホクととろけそうだ。ヤグーの乳は少し獣くさいのだが、食べてみると複数のハーブを上手にブレンドしていて獣くささがなく、具材の旨みが凝縮されて、深みのあるスープになっている。

付け合わせのパンは、もっちりとした白パンで、サラダにはとろりと濃厚なドレッシングと、芋の細切りを油でカリッと揚げたものがかけてある。

「美味しい……」

温かいスープが胃の腑に染みると、急にお腹が空いてくる。目が覚めてから、いろんなことがあって気が付かなかったけれど、すごく空腹だったようだ。あっという間に料理を食べ終わってしまった。

「なぁ、明日どうすんの？」

随分とがっついて食べたのに、リンクスのほうが先に食べ終わっていた。

「はやっ。もう食べたの？　二人前あったのに……。明日は薬草を買いに行くつもり」

驚きながら答えるマリエラ。

「薬草ならオススメの店あんぜ。休みだから一緒に行こうぜ。何時くらいがいい？」

お腹をさすりながら誘うリンクス。二人前も食べたのにお腹は食べる前と変わらずぺたんとしている。やはり空間魔法でもかかっているのか。

魔の森を走り続けてリンクスたちも疲れているだろう。マリエラも二百年ぶりのベッドだ。明日くらい寝過ごしたっていいだろう。昼前に出かける約束をした。

タイミングを見計らったかのように、店主がトレーを持って来た。トレーにはヤグーの乳のリゾットが載っていて、細かく刻んだ野菜や肉、穀物にとろりと溶けたチーズが絡まっている。シチューがあんなに美味しかったのだ。リゾットも美味しいに違いない。そう思わせる出来栄えだ。

「うわ、うまそう……」

「リンクス、お前さっき二人分食ったろう……」

店主にまで呆れられていた。

店の女たちもクスクスと笑っている。マリエラも一緒になって笑った。リンクスのおかげで、今日はたくさん笑った。明日もきっと楽しいだろう。

「じゃあ、また明日な！」

照れくさそうに頭を掻いて、リンクスは黒鉄輸送隊のテーブルに向かって行った。視線がお姉さんでもお酒のグラスでもなくツマミに向いているのは、気のせいではないだろう。

「おやすみなさい」

マリエラが挨拶をすると、皆がおやすみと返してくれた。

なんだか温かい気持ちになったマリエラは、ほかほかと湯気をあげるトレーを持って部屋に向かった。

## 05

買ったばかりの背負い袋と、リゾットのトレーを持って部屋に入る。

ドアを開ける音で起こしてしまったのか、ジークがベッドから起き上がろうとしていた。

一つしかない蒼い瞳が忙しなくさまよっている。少し混乱しているのかもしれない。

「ジークムント」

名前を呼ぶと、蒼い瞳がマリエラを捉え……湯気をあげるリゾットに釘づけになった。

（おまえもか……）

腹ペコさんがここにもいた。


「起きられる？」

トレーを机の上に置くと、ジークは誘われるようにベッドから起き出す。熱が下がったのか顔色はずいぶんとましになっているが、栄養の足りていないガリガリの体はプルプルと小刻みに震えていて、生まれたてのヤグーみたいだ。

「と、とりあえずシーツ巻いたら？」

治療の時ならいざ知らず、脚丸出しの腰布ルックは目のやり場に困る。とりあえず布面巻き付ける。

積の多いシーツを巻いてもらいたい。ジークもばつが悪そうな様子で、ささっとシーツを

「椅子に座ってね」

椅子に座るのを躊躇するのは、ずっと床に座らされていたからだろうか。

椅子に座っても、ゴクリ、と生唾を飲み込みながらリゾットを見つめるだけで、なかなか手をつけようとしない。

「食べていいよ。熱いから気をつけてね」

それを聞いてジークは、ようやく匙に手を伸ばす。右手は指先に力が入らないらしく、柄を握るように左手で持ちなおして、リゾットをすくう。匙に顔を近づけるようにして、まず一口。

ジークの蒼い目が見開かれる。一口、もう一口。

よほど空腹だったのだろう。うまく動かない右腕で皿を抱え込むようにし、左手で握った匙に食いつくように、ガツガツと食べ始めた。

「はい、お水」

リゾットはよく煮込まれて具材は柔らかくなっているけれど、それにしたって、すごい勢いで食べている。喉を詰まらせてはいけないと、コップに水を注いで、机に置こうとして気が付いた。

(ジーク、泣いてる)

ジークムントは、ぼろぼろと涙を流しながらリゾットを食べていた。

（舌を噛んだとか、口をやけどしたとかじゃ、ないよね。やっぱ）

一粒も残さずそれこそ舐めるように綺麗にリゾットを完食し、水を飲みながら、声を殺すようにして涙を流している。

「えっと、これで拭いて、ね？」

とりあえず買ってきた手ぬぐいを1枚取り出し、左手に握らせる。ジークは手渡された新しい手ぬぐいを見ると、「ヴゥ……」と、唸るようにさらに泣き出してしまった。

（うわぁ、どうしよう……）

手ぬぐいのどこに泣く要素があったのか分からないが、堰を切ったように涙を流すジークはまるで幼い子供のようにマリエラには思えた。

「大丈夫、大丈夫だよ」

そっと、ジークが怯えないようにゆっくりと手を近づけて頭を撫でる。

「怖かったね、痛かったんだよね。でも、もう大丈夫。腫れも引いてるし、明日には熱も下がってるよ」

小さい子供をあやすようにジークの頭を抱き寄せて、よしよしと撫でる。

黒狼に手足を噛まれてからずっと痛かったんだろう。いや、その前からずっと酷い目に遭っていたのかもしれない。狭くて暗い馬車に押し込められて、魔の森を抜ける間、ずっとずっと怖かったろう。迷宮都市に着いてからも、すぐに死ぬような目に遭うんじゃないかと不安だったに違いない。

温かい食事を口にして安心したんだろうとマリエラは思った。

マリエラがジークに与えた治療や食事は、マリエラの想像よりはるかに強くジークムントの心を揺さぶっていた。

ジークムントは、奴隷になってからずっと人間扱いされてこなかった。家畜より酷い扱いを受けていて、それが当然だとさえ思い込まされていた。手足の傷だけでなく、炎症を起こした体も頭も痛くて痛くて思考すらまともに働かない。こんなに痛くて辛くて、体力はどんどん奪われて、長くはないと自分でも分かっているのに、死ぬのは嫌だと思ってしまう。近づいてくる死が怖くて怖くて仕方がなかった。

そんな痛みを、苦しみを、マリエラはあっという間に取り去ったのだ。汚れた傷口をすすぎ、薬と温かい寝床を与えた。熱に浮かされて夢を見たのかと思ったほどだ。夢ではないと分かったのは、温かい食事を口にした時だ。

(温かい食事などいつぶりだろう。椅子に座って食事をするなど。スプーンの使い方さえ忘れていたのに)

リゾットは温かかった。肉や野菜、穀物、ヤグーの乳。こんなにいろいろなものが入った料理を最後に食べたのはいつだったか。

椅子に座って料理を食べる、そんな当たり前で人間らしい時が自分にもあったのだと、ジークムントはリゾットを食べるうちに思い出していた。

なぜ、なぜ、なぜ――。

恨み続け、いつしか考えることもなくなっていた、自らの境遇を思い出す。

ここまで堕ちた人生だ。自分に非がなかったとは思わない。

けれど、理不尽に奪われ貶められたことも事実だった。

そして、今、マリエラと名乗ったこの少女は、失ったぬくもりを、尊厳を、無条件で与えてくれた。

たった大銀貨2枚の、汚れて異臭を放つ惨めな男を当たり前のように手ずから癒やし、当たり前のように温かな食事を与えた。

みっともなく泣き出した自分に、真新しい手ぬぐいを差し出す。

まるで、人間にするように。

それがジークムントにとってどれほど得がたいことか、この少女には分からないだろう。

今だって、戸惑ったようにジークを抱き寄せてあやしている。

全てを失った自分に、全てを与えた少女を、ジークムントは一生守ろうと誓った。


「まだ、ちょっと熱があるから、今日はもう寝ようね」

ようやく泣きやんだジークの顔を別の手ぬぐいで拭いてやりベッドに寝かしつける。

ジークの左手は、渡した手ぬぐいを握ったままだ。

（そういや孤児院にもお気に入りの手ぬぐいを離さない子がいたなー。ジークもそういう系？）


机をジークのベッド脇に押しやり、夜中に飲めるように水差しに水を足しておく。

「私はお風呂入るから、ちょっとうるさいかもだけど、ちゃんと寝るんだよー」

ジークをベッドに寝かしつけると、マリエラは背負い袋を持って浴室へ向かった。


（二百年ぶりの！　お風呂だー！）

ジークが寝ているので声は出さないが、マリエラのテンションはマックスだ。

（まだ魔力に余裕がありそうだし、今日は贅沢に！）

《ウオーター、命の雫、固定化、加熱》

生活魔法で風呂桶に溜めた水にたっぷりと《命の雫》を加えて沸かす。

《命の雫》を汲み上げるにはそれなりに魔力を消費するので、普段はこんな贅沢な使い方はできないが、なんだか今日は魔力があまり減っていない。《命の雫》風呂は疲労も回復するし、お肌もぷりぷりになるのだ。

外套を脱ぐと、中に着ていた服はぼろぼろになっていた。特に縫い目が酷く、半分以上ほつれている。デイジスの繊維で織った自動修復機能のある外套と違って中は普通の布だから朽ちていてもおかしくないが、服がこれほど劣化しているのに体がなんともないというのが不思議だ。

ラだ。

（まー、体力には自身があるからね！）

そういう次元の話ではないのだが、ふんぬと力持ちなポーズをとった後、服を脱ぎ捨てて湯を浴びる。仮死の魔法で眠っていたから、汗や垢が溜まっているわけではないが、埃がすごい。何度も湯ですすいだ後、石けんでしっかりと洗う。特に髪は念入りに。石けんだけだと洗った後、髪がキシキシになるのだが、今日は《命の雫》の効果で髪までツヤサラだ。

隅々まで綺麗に洗った後は、もう一度お湯を張りなおしてゆっくりつかる。

（は～、生き返る。いや、今日生き返ったばっかりだけど）

本当に、長い一日だった。

色んな人にも出会った。

（そういえば、リンクスが失礼なこと言ってたな）

お湯に浮かびようがない、すっきりとした胸元を見る。折角の《命の雫》風呂だ。乳神様にお祈りしよう。マッサージするといいとか、夜の店のお姉さんたちが昔言ってたし。ご利益がありますように。むにむに。

明日はジークの髪を切って、薬草を買いに行って、街のお店を見て回ろう。ジークの靴も買いたい。

風呂から上がって買ったばかりのシャツに着替える。余裕があればパジャマも欲しい。髪を乾かしてブラシで梳る。歯を磨いたら寝るだけだ。

「ジーク、おやすみ」

自分のベッドにもぐりこんで挨拶をする。ジークはもう眠っているのか返事はない。

（お休みの挨拶なんていつぶりだろう……）

そんなことを思いながら、ジークのほうをぼんやりと眺める。部屋の明かりは消していない。今から寝ようというにはずいぶんと明るい状態だ。

壁を、天井を、魔の森の地下室とは違うこの部屋を眺める。魔の森の氾濫（スタンピード）ははるか昔に過ぎ去ったのだ。このまま瞼（まぶた）を閉じたなら、明日の朝には目が覚める。

（大丈夫、普通に眠って起きるだけ。大丈夫、明日の朝目覚めたら、きっとジークは「おはよう」と挨拶をしてくれる。大丈夫、ジークも、リンクスも、今日出会った黒鉄輸送隊の人たちも、いなくなったりしないから）

大丈夫、大丈夫だとマリエラは自分に言い聞かせる。それでも明かりを落とすことができない。あの地下室で揺らめいていたランタンの薄明かりが思い出される。薄暗がりは恐ろしい。魔の森から溢れ来る魔物たちの足音を、地下まで響いてきた死の地響きを、まざまざと思い出す。

（大丈夫、大丈夫、大丈夫。そんな音は聞こえない。大丈夫、だって今は一人じゃない）

広いベッドの上で膝を抱えるように小さく丸まったマリエラは、それでも魔物の足音が聞こえてくるんじゃないかと耳を澄ます。

彼女の耳に届いたのは、まだ騒いでいるらしい酔客たちの笑い声、窓の外から聞こえてくるラプトルたちの鳴く声に、ジークムントの静かな寝息。人が、街が生きている音を聞いているうちに、いつの間にかマリエラは眠りに落ちていた。

The
Survived
Alchemist
with a dream
of quiet town life.

01

book one

# 第三章
# 隷属の絆

Chapter 3

# 01

キィ、パタン。

ドアを閉める音で、マリエラは目を覚ました。

音のしたほうを見ると、見慣れない男が半裸で水差しを持っている。半裸というか、腰布しか身につけていないから、面積的にはほとんど全部見えている。

（これがうわさで聞く不審者というヤツ？）

いや違う、ジークだ。ジークムント。

「お、おはよう、ございます、マリエラ様」

（おぉ、挨拶してくれた。昨日はほとんどしゃべらなかったのに、泣いて落ち着いたのかな）

ジークのインパクトのある朝の挨拶のおかげで、昨夜の不安はきれいさっぱり吹き飛んでしまった。

「おはよう、ジーク。マリエラでいいよ」

「そういうわけには、いきません」と言いながら、手に持った水差しからコップに水を注いで、おずおずと差し出してきた。

「水を、汲んできました。よろしければ」

たどたどしい善意を少しくすぐったく感じながらコップを受け取り一口飲むと、ごくわずかだけ《命の雫》が混じっているのが分かった。

「井戸水？　ジークは生活魔法が使えないの？」

「少しは、使えますが。井戸水のほうが、体にいいと、聞きましたので」

地下水には地脈の力である《命の雫》が溶け込んでいる。ごくわずかなので効果が実感できるほどではないが、常飲すれば「井戸水を飲んだほうが丈夫な子に育つ」と言われる程度には効果がある。

（わざわざ汲んできてくれたんだね。その格好で……。昨日のうちに着替えを渡しておけばよかった）

リゾットを食べて泣き出すものだから、あやして寝かしつけるのに必死で忘れていたのだ。

「ありがとう」

お礼を言って飲み干す。ジークはドアの近くに立って控えている。ずいぶんと丁寧な口調でしゃべるけれど、その格好はいただけない。

ジークに部屋の外に出てもらい、急いで昨日買った服に着替える。出しちゃった脚が気になるけれど、思ったとおりとてもかわいい。しかも動きやすくて着心地がいい。

ジークを部屋に入れて怪我の状態を診る。熱はすっかり下がっていて、右手はちゃんと動くそうだ。まだ右手の握力は半分くらいしか戻っておらず、腕も引きつったような感覚があるが、「すぐに元に戻ります」と手をグーパーしながら言っていた。

胸の焼印の痕も、跡形もなく、とはいかないけれど薄く印が残る程度に落ち着いている。

重症だった脚の腫れも治まっていて、変色したやけどの痕もピンク色の薄皮が張った状態になっている。齧り取られた肉は戻っていないから普通には歩けないが、とりあえずは一安心だ。

「足も、すぐに、走れるくらいに、治します」

ジークは昨日とうって変わってやる気満々だ。

(ジークってば峠を越えて躁状態？　まー、手足の傷は上級ポーション作って治すけどね。その前に！)

背負い袋を持ってジークと裏庭に行く。ジークは気の利く人間のようで、背負い袋を当たり前のように受け取って運んでいる。

獣舎から踏み台を借りてきて、ジークを座らせて宣言する。

「今から、髪の毛を切ります。髪の毛が目に入るかもしれないので、目を閉じていてください」

「はい……お願いします」

昨日のジークは手を顔に近づけるだけで怯えていたから、鋏を怖がるかと心配していたけれど、ジークはキュッと目を閉じておとなしくしてくれた。

そっとジークの髪に触れる。

(どうなってるんだ……)

固まっている。土とか埃とかが絡んでるんだろうけれど、髪の毛とは思えないくらい重たいし、ブラシが入らない。野生のヤグーの毛にはこんな毛ダマがぶら下がっているが、そんな感じだ。仕方がないので塊をジャキンと切り落とした。

あちこちの毛玉を切り落とす。ブラシが入るようになってから整えよう、とジャキン、ジャキンと景気よく切っていたものだから。

(やばい……切りすぎた……)

3センチくらいしか髪の毛が残ってなかった。

マリエラは作れないが、髪の毛が生えるポーションというものがあると聞いたことがある。なんでも特化型の特級ポーションで、髪の薄い貴族の間で秘密裏に取引されているらしいが……。

(まぁ、じきに伸びてくるでしょ!)

切り残した前髪部分だけは長めにおいておき、後ろは短めに切り揃えておく。

前髪だけ残ってればそれっぽく見えるんじゃない？　という姑息な考えだったが、意外と格好良い髪形になった。

あとは髭だが。

（ヒゲの切り方とか分からない！　あと剃刀とかナイフ持ってない！）

鋏を渡して自分で切ってもらったらいいだろうか、と考えていると、「なになに、髪切ってんの？　へーうまいじゃん、オレも切ってよ」とリンクスが起きてきた。ナイスタイミングだ。

「いいよー。その前にさ、ヒゲってどうしたらいいの？」

「あ？　んなもん、自分で剃らせりゃいいじゃん。ってナイフねーのか。ほれ、俺の貸してやんよ」

さすがリンクス。気が利く。

「ジーク、終わったよ。リンクスがナイフ貸してくれるからおヒゲ剃ってきて。あと、ここに石けんと歯ブラシと着替えと手ぬぐい入ってるから、お風呂入ってくるといいよ」

そう言ってジークに背負い袋を渡すと、「かーちゃんかよ」とリンクスに笑われた。

「お客さん、どんな髪型にしますかー？」

「なんか、かっこよく？」

マリエラがリンクスに聞くと、よく分からないリクエストが返ってきた。

「えー？　むり？」

「ひでえ」

そんなやり取りをしながら、リンクスの髪を切る。リンクスは伸びた分だけ揃えてほしいらしく、全体的に３センチほど切って出来上がり。

「はいー。男前いっちょあがりー」

「やりぃ」

《ウインド》

リンクスが風魔法で切った髪の毛を吹き飛ばす。攻撃魔法のはずなのに、威力を調節して土も巻き上げずに服についていた髪の毛だけを飛ばしている。実に器用だ。

「リンクス、風魔法使えるんだ」

「おー。黒鉄輸送隊はみんな魔法使えるぜ。昨日は魔力ほとんど残ってなかったから、使わなかったけどな」

攻撃魔法を生活魔法レベルに弱めるのは難しいと聞く。若いリンクスが使いこなすのだから、黒鉄輸送隊は優秀な人間の集まりなのだろう。それなのに魔力切れ寸前になるとは、やはり、魔の森を抜けるのは大変なようだ。

話をしながら待っていると、ジークが帰ってきた。

「え……、ジーク？」

髭を剃って全身を綺麗に洗い、新しいシャツとズボンに着替えたジークは、二十歳代半ば頃に見えた。

灰色に見えた髪は銀髪で、深い蒼い瞳とよくあっている。

全体的に痩せこけているけれど、すっと通った鼻筋といい、ぷくりとした唇といい、かなりの美形だ。髪を切ってあらわになった右目の傷が痛々しいが、かえって左半分の端正さを引き立てている。

切りすぎた髪を隠すために残したチョロリと長い前髪が変に色っぽい。

（おっさんだと思ってた……）

ジークが丁寧にお礼を言ってリンクスにナイフを返す。なぜかリンクスは面白くなさそうな顔をしていた。

（半裸のおっさんが、裸足の男前に進化したわけですが）

マリエラ的には、おっさんだろうと男前だろうと、どうでもいいことだった。

「朝ごはん、食べよっか」

そんなことよりお腹が空いたと、三人で朝食に向かった。


食堂には十歳くらいの娘さんが働いていた。初めて見る顔だ。

「エミリー、朝飯ー」

「あー、リンクスだー。おそようございますー」

マリエラも挨拶すると「お姉ちゃん、はじめてのひとだね。あたしエミリー」と元気な

挨拶をしてくれた。

「マスターの一人娘で朝食係、っつーても、マスターが作った料理を温めるだけなんだけどなー」

「リンクスしつれー。焦がさないように温めるのも大変なんだから！　はい、お待ちどう！」

エミリーちゃんはリンクスの説明にほっぺを膨らませながら、三人分の朝食が載ったワゴンを押してくる。

朝食は手のひら2個分くらいある大きなパンとスープ、大きなソーセージにスクランブルエッグとサラダだった。

朝から結構なボリュームだ。

「かー、うまそう！」

リンクスは皿を出されるなり、がつがつと食べ始める。

マリエラが隣の席を指し示すとジークもすんなりと席に着き、「どうぞ」と皿を渡すなり、昨日ほどではないが、掻きこみ始める。

マリエラはパンを三等分にすると、1切れずつリンクスとジークの皿に入れた。

「ふぁりがとう」

「ふぁりがとう、ほはいます」

「飲み込んでからしゃべって」

結局ソーセージも3分の1ずつ二人にわけて、仲良く遅めの朝食が終わった。

「マリエラ、薬草買いに行くんだろ？　今から行かね？」

黒鉄輸送隊の皆はまだ寝ているらしい。手持ち無沙汰なリンクスが先に買い物に行こうと誘う。

「まずジークの靴、買いたいんだけどどいいとこある？」

「うーん、靴かー。どこがあったっけ？」

「あたし、この前、エルバの靴屋で買ってもらった！」

エミリーちゃんのおすすめは、エルバ靴店というらしい。買ってもらったという靴でくるくると回るエミリーちゃん。「目が回っちゃった……」などと言ってふらふらしている。

「それじゃ、エルバ靴店に行ってみるね」

エミリーちゃんに「いってらっしゃい」と見送られて三人は『ヤグーの跳ね橋亭』を出発した。

# 02

エルバ靴店は、一般市民から中級冒険者をターゲットにした比較的安価な既成靴を売る店で、店内には所狭しと、様々な靴が積んであった。

「いらっしゃい。どんな靴をお探しで？」

「彼の靴です。オーク革のブーツがいいんですが」

オーク肉は食肉として一般的で、革の流通量も多い。柔らかくて加工しやすいため、見習い職人の製品も多く、掘り出し物も多い。ただし、戦闘に耐えうる強度はなく、オークのイメージの悪さから、平民の日常履きがせいぜいで良い革という認識はされていない。

靴は革細工のスキルで作られるとはいえ、一つ一つ手作りで安いものではないから、すぐに足が大きくなる子供靴にはオーク革が多用されるが、金銭に余裕がある大人はもう少し良い革の製品を選ぶことが多い。

店員——恐らく彼がエルバだろう——は、裸足のジークとマリエラのボロボロの靴をちらりと見ると、何も言わずに店の奥から何足かブーツを持ってきた。

「オーク革だと、この辺だな」

「靴底の素材は何ですか？」

「この二つはオーク皮、こっちは木であの3足はクリーパー。クリーパーって言っても、子株だからすぐにヘタっちまうけどな」

　クリーパーは湿地帯に生息する蔓(つる)植物の魔物で、棘(とげ)の毒で獲物を麻痺(まひ)させた後、巻きついて血を吸う。獲物を素早く捕獲する蔓は、長さが数メートルもあり、太さは大人の腕まわりほどもある。鋭利な刃物で蔓を切ると、中からドロリとした高粘度の液体が溢(あふ)れ出す。これを原料に作られるのがクリーパーゴムで、高級な車輪や鎧(よろい)の内張り、靴底などに幅広く利用されている。

　クリーパーは足場の悪い湿地帯に生息するうえ、蔓の動きは素早いし毒まで持っていて討伐は難しいから、クリーパーゴムは高級素材である。

　クリーパーの安価な代替品として出回っているのがクリーパーの子株で、森の日当たりの悪い場所にはだいたい生えている。子株にも弱い毒があるが毒針がなく、蔓の動きも極めて緩慢。うっかり蔓を齧った小動物が痺(しび)れている間に巻き付いて、わずかばかりの血を吸う。

　蔓は親指くらいの太さがあるが、ぷよぷよと柔らかく、ウサギなどでも引きちぎれるほど脆(もろ)い。こちらは手袋さえしていれば子供でも採取できるから安価で流通量も多いのだが、性能は全て親株より大幅に劣り、使い捨ての品に使われやすい。

「あれ、このクリーパーゴム、何か混ざってる？」

「そいつは俺の試作品でね。スライムを混ぜてるんだ。クリーパーの子株から、もちっとマシなゴムができねーか試したヤツだ。滑りにくいし疲れにくいから結構いいデキなんだが、耐久性がどうにもね。よそなら修復ポーションでだましだまし使えるんだが、迷宮都市じゃあオーク革の寿命とどっこいさ」

エルバが作ったというゴム底の靴は、どれも良い出来で値段も大銀貨1枚と手頃だったので、ジークの足に合うものを選んでもらう。

「まいど。コイツはサービスだ。ちゃんと手入れすりゃあ、4～5年は長持ちするだろうぜ」

おまけに手入れ用のワックスまで付けてくれた。親切な靴屋だ。

（ポーション代が入ったら、私の靴も買いに来よう）

マリエラが支払いを済ませて外に出ると、ジークは靴を大事そうに抱きかかえていた。

「ジーク？　履かないの？」

真新しいブーツを宝物のように抱えるジークにマリエラが尋ねる。

「あ、足……、まだ、引きずるので……、靴底が傷むと……」

足を引きずっている今の状態で履くと靴が傷むから、ちゃんと歩けるようになってから履く、と言いたいのだろう。

「でも素足を引きずって歩いたら、足が痛いでしょ？」

「あ、足は、平気です……。あの、靴……、ありがとう、ございます」

靴を抱えたまま深々と頭を下げてお礼を言うジーク。笑うことを忘れたように張り付いていたジークの表情は、ほんの少しほころんでいた。その様子を見たリンクスは、分かっていなさそうなマリエラに「行こうぜ」と声をかける。

「新しい靴なんて、すっげぇ久しぶりなんだろうよ。靴を与えない主人（ヤツ）多いらしいしさ。だから、まぁ、気持ちは分かるっつーか？」

リンクスがジークに同意するので、そのまま薬草店へ向かうことにした。


薬草を買いに北東区画の裏路地へ向かう。

迷宮では薬草も採れるため、迷宮都市には薬草を扱う店も多い。規模の大きい商会や専門店まである。

何でも迷宮の中は階層によって環境が異なり、雪山のようだったり、砂漠だったり、南国だったりと、世界中の環境が揃っていて、あらゆる薬草が採取できるらしい。もちろん魔物が出るから、戦えないマリエラ一人では潜れないが、採取専門の冒険者もいるそうだ。採取された薬草は、冒険者ギルドか専門店に持ち込まれる。ここで買い取られた薬草は、迷宮都市内で小売りされるか、専門店や商会の担当者が乾燥などの保存処理をして、迷宮都市の外に運搬される。

この辺りの流れは他の素材も同じで、様々な素材のほとんどが迷宮都市で処理された後、ヤグーに積まれ山脈を越えて運ばれる。

迷宮都市は、もはや独立した国でなく、エンダルジア王国に隣接していた帝国の辺境伯領となっている。道理で帝国貨が使われているはずだ。

迷宮も魔の森も魔物を間引いて管理しなければ、魔物の暴走が起こり、甚大な被害を及ぼすから、迷宮都市には対魔物の軍が常駐し、冒険者の誘致にも積極的だ。そのための費用は迷宮から得られる素材や財宝にかかる税で賄われている。税率は他の迷宮と変わらないが、大量輸送可能な安全なルートがない。ヤグーを使う山岳ルートは、運送コストが高いから、他の迷宮都市より買い取り価格が安くなる。

その分迷宮都市内での税率を下げ、冒険者が探索に使うコストを下げることでバランスをとってはいるが、冒険者や商人にとって魅力があるとは言い難い。マリエラたちは知らぬことだが、迷宮都市の運営は歴代の辺境伯にとって頭の痛い問題だった。


リンクスに黒鉄輸送隊と取引のある薬草専門店に案内してもらう。薬草店は薬草を買い取って都市外へ運べるように乾燥などの処理を行ったり、薬草のまま、店によっては薬に加工して住人への小売りも行っている。ポーションほどの効果はないが、薬草から様々な薬を作る薬師という職業があり、錬金術のスキルを持つ者が薬師をしながら薬草店を営むことが多い。

リンクスが案内してくれた薬草専門店は、規模は小さめだが扱う薬草の種類が多く、質も良いそうだ。

薄暗い店の中では、瓶底みたいな眼鏡をかけた偏屈そうな老人が薬草の検品をしていた。

「ガーク爺さん、生きてっか！」

「リン坊か。女連れで買い出したぁ、いいご身分じゃねぇか」

「うっせえ。今日のお客はこっちなの！　ちーとは愛想よくしろよな」

随分と仲がいい。

店内にはキュルリケやキャルゴランといった見慣れた物から、特級ポーションや特化型ポーションの原料になる珍しい物まで、多種多様な薬草が乾燥状態で所狭しと並んでいる。

ただ、残念なことに、処理の仕方が悪い。薬草は薬効ごとに適した処理の仕方があるのだが、どれも少しずつ温度や圧力条件など細かな条件を外している。しかも、乾燥させてから随分時間が経っており、薬効が飛んでしまったものもある。

(これじゃ、効果は半減ね)

必要な薬草をあげ、未乾燥の物はないかと聞いてみる。

「そこにあんだろ。薬草の乾燥は素人にできるもんじゃねぇんだ。まったく、新人ほど、変なところにこだわりやがる」

「こっちのフィオルカスの花びらは花粉を取らずに乾かしてるし、そっちのルナマギアは乾燥温度が高すぎじゃない。しかも結構前のものでしょ。いらないわよ」

ぶっきらぼうな物言いに少しカチンと来たマリエラが言い返すと、ガーク爺は眼鏡を外してまじまじとマリエラを見た。

「鑑定持ちか？　それとも外から来た錬金術師か？　どっちにしろ一目で見抜くたぁいい

目してやがるぜ。待ってな」

そう言って奥から持ってきた未乾燥の薬草は、どれも採取したてのように状態が良かった。

鑑定は、世界の記憶(アカシックレコード)にアクセスすることで人や物の情報を得るスキルで、十人に一人くらいは所有者がいる。ただし、鑑定といっても、人限定だったり、植物や魔物、武器などに対象が限定されていることが大半で、かなりレベルが上がりにくい。世界の記憶(アカシックレコード)などという、人智(じんち)の外の情報は並みの努力や才能では利用できないのだろう。

鑑定スキルを持っている者は珍しくないが、鑑定スキル持ちのほとんどが、記憶力の良い人止まりという微妙なもので、鑑定持ちの商人は多いがそれだけで食べていけるものではない。

ちなみにマリエラは鑑定スキルを持っていない。薬草の状態が分かったのは、錬金術スキルによるものだ。

料理人が舌で料理に使われた素材や調味料を知ることができるように、経験を積んだ錬金術師は素材の状態を『錬金術スキルによって』知ることができる。レベルが上がれば全く知らない物の情報を得られる鑑定スキルと違って、対象はある程度の知識がある錬金術の素材や錬成物に限られるが、錬金術の素材は植物に限らず、鉱物や動物、魔物の素材など多岐にわたるため、利便性が高い。

もっとも、迷宮都市では錬金術スキルを持っていても、地脈と契約できない＝ポーションが作れないから錬金術スキルは上がらない。日々素材を扱っていても錬金術スキルが低いままでは、マリエラのように一目で状態を見抜くことはできない。帝国辺りで地脈と契約し経験を積んだ錬金術師ならば可能だろうが、契約した地脈を離れラインを結んでいないよその地脈に行けば、《命の雫》は汲み出せないしポーションも作れなくなる。飯の種を失うわけだから、何か特別な事情でもない限り地脈契約(コントラクタ)の錬金術師がよその地脈に移ることは稀(まれ)だった。

「アプリオレの実はアク抜き済みのがこんだけだ。ルンドの葉柄は今日はねぇ。足りねぇ分は明日でいいなら取ってきてやる」

なんとガーク爺自ら迷宮に潜るらしい。

アプリオレの実の処理は完璧だが、量が少し足りない。マルロー副隊長の納期を考えると、自分でアク抜きしたほうがよさそうだ、アク抜きに必要なトローナ鉱石も一緒に頼む。

「新米薬師かと思ってたが、素材の処理からできんのか。薬草を混ぜるしか能のねぇ、その辺の薬師とはえれぇ違いだ。ほかに入り用なもんはあるか？　全部揃えてきてやるよ」

どうやらお眼鏡に適(かな)ったらしく、にやりと笑ってそう言ってくれた。

「ニギルの新芽はありますか？　葉が開いてないやつ。凍らせたものでも構いません。あと、寄生蛭(ビル)の毒腺。できれば油漬けにしたものが欲しいんですが」

「あるぜ。コイツでどうだ？」

ニギルは雪の下で芽吹く球根植物で、芽吹いた直後の新芽の空気に触れていない部分が、筋組織を再生する特化型ポーションの原料になる。魔物にちょっと齧られちゃった冒険者に需要があるので、防衛都市ではニギルを専門で栽培する農家もあったくらいだ。ガーク爺が見せてくれたニギルの新芽は、ベストな時期に採取、凍結してあり、ニギル栽培農家に劣らぬ品だった。

寄生蛭は動物なら人でも獣でも魔物でもかまわず噛み付いてくる蛭で、大きさは大人の親指くらい。毒腺から麻酔作用のある毒を出すので、背中など見えないところに噛み付かれると、気が付かずにくっつけたまま血を吸われ続けることになることから『寄生蛭』と呼ばれている。この蛭の毒は造血作用もあるため、吸血されても貧血にはならない。なんとも気持ちの悪い見た目をした生き物なので、寄生蛭を何匹も背中にくっつけたゴブリンなど、寄生されているゴブリンより、見つけた冒険者のほうが精神的にダメージをうける。

麻痺毒は水に、造血作用のある成分は油に溶けるので、造血成分の抽出は簡単だが、見た目がグロいので、できれば触りたくない。こちらもきちんと処理をされ、原型が分からない形で油漬けにしてあった。

「ガーク爺さんありがとう！　寄生蛭なんて、もうカンペキ！」

ガーク爺のプロの仕事に感動するマリエラ。

「寄生蛭に触りたくねぇだけだろ……」

呆れたように言うガーク爺は、ばれたとばかりに「えへへ」と笑うマリエラを見ながらも、「他にいるもんはねぇか？」と尋ねる。

「ええっと、あとは……」

マルロー副隊長への納品とジーク用のポーションの分を合わせて必要量を注文するマリエラ。

（これならジークの脚を治すポーションが作れるよ！）

店の入り口で靴を抱えて立っているジークを振り返って微笑む。急に視線を向けられたジークは呼ばれたと思ったのか、マリエラのほうに歩み寄る。

「待っててね、ジーク」

「は、はい」

マリエラの意図を汲みかねつつも返事をするジークに、ガーク爺が薬草の包みを渡していく。

「予約分も合わせて22銀貨だな」

ガーク爺の薬草は、完璧な仕事だというのに防衛都市より2、3割安かった。

「そりゃ、全部迷宮で採取できっから、輸送賃はいらねぇし、この街ン中じゃ税金はタダみてぇなもんだしな」

「税金は街から出るときに取られるんだよ。っても、よそと税率は変わんないって、マルロー副隊長が言ってたっけ」

ガーク爺の説明をリンクスが補足してくれた。防衛都市の政策のおかげで安く買えたらしい。残金の半分程度で揃えることができた。

「ポ……薬瓶はありますか？」

「薬草以外のモンは、そっちの隅にあるだけだ」

指し示された店の隅には、薬瓶やら岩塩、水晶の欠片や小さな魔石といった薬草以外の錬金術の材料が乱雑に陳列され、足元にはガラクタが詰まった木箱が無造作に置いてある。中を見ると錬金術で使う、というか、他では使いようのない変わった器具や、紙やインク、ペンなどの雑貨、袋や瓶に入った中身が不明で使いさしの素材などが放り込まれている。どれも中古品で埃を被っている。

（やっぱりポーション瓶はないのね）

一口にポーションと言っても、材料も効能もバラバラで、日の光に弱い物や、温いと変質しやすい物、空気に長く触れるとダメになってしまう物など、ポーションによって管理方法が異なり、そのままでは不安定な物が多い。

ポーションを作る錬金術師からすれば、飲んだり傷にかけたら直ちに効果が出るのだから、変質しやすくて当たり前なのだが、使うほうからすれば、いちいちポーションごとに保管方法を変えるなど面倒すぎる。

だからポーションは、錬金術スキルで作ったポーション瓶に入れられる。ポーション瓶は魔石や《命の雫》を練り込んだ特殊なガラスで作られていて、ポーションの劣化を緩和してくれる。高価なポーションや、劣化しやすい種類のポーションは、瓶に魔法陣を刻んだり、魔法陣の描かれた封紙やラベルを貼るものだ。

ポーション瓶は使い回しがきくから、どこの街でも空き瓶の買い取りと販売は行われているのだが。

（ポーションがないのに、瓶を売ってるわけないよね。しゃーない、作るか）

ポーション瓶の作製は手間のかかる作業で、瓶作製を専門とする錬金術師がいるくらいだ。マリエラの師匠は厳しい人で、瓶の作り方から仕込まれたから、作ることはできるのだが。

（めんどくさい……）

材料を取りに行くところから始めなければいけない。明日は瓶作りでつぶれそうだ。

瓶はなかったが、何か役に立つものはないかと埃まみれの木箱を漁（あさ）っていると、「興味があるなら箱ごと持っていけ」と、タダで譲ってくれた。

何でも昔、外から迷宮都市にやって来た錬金術師が、迷宮都市を出る際に無理やり売り付けていったものらしい。使えそうな物はすでに買い漁られた後で、捨てるのが面倒だったから丁度いいと言われた。

確かにポーションを作れない人にとっては、不要な物ばかり残っている。ラベルのない得体の知れない粉や粒も、鑑定できない者にとっては捨てるのにも困る代物だろう。しかし、マリエラには必要で、しかも買うと高価なものも入っていたからありがたかった。もちろん明らかにゴミも入っていたが。

折角なので、薬瓶や岩塩、魔石や予備の薬草など、入り用な物を3銀貨分追加で買い、大銀貨2枚と銀貨5枚を払って店を出た。

ガーク爺は、「予約分は明日の夕方には揃ってるだろ。薬草が入り用になったらいつでも来な」と、見送ってくれた。


「マリエラ、すげーな」

店を出るなり、リンクスが感心した様子で言った。

「ガーク爺はヘンクツでさ、店には失敗した薬草しか置かねーんだ。見る目のねーやつは、これで十分だとか言って。俺、一発で見抜いたやつ初めて見たぜ。いつでも来ななんて、よっぽど気に入られたんだな！」

ガラクタ箱も貰えたし、薬草の種類が多く質も良い。ガーク爺にも気に入られたようでよかった。師匠の厳しい指導のおかげだ。感謝しなくては。


昼もすっかり回ってしまった。朝食が遅かったとはいえ、お腹が空いた。迷宮周辺には冒険者相手の屋台が出ていて、薬草店に近い一角だけでも、干した果物やパン、串焼きなどを売っている。鬼棗（おになつめ）と杏の干果と、オリーブの実の小瓶、あと案内のお礼も兼ねて、串焼きを買い三人で食べながら『ヤグーの跳ね橋亭』に戻った。

# 03

『ヤグーの跳ね橋亭』に帰るとユーリケが待ち構えていた。

「リンクス兄、馬車掃除さぼるな？」

「さぼんねーよ。でもさ、昼飯食ってからにしようぜ？」

「食後にあの臭いは吐くし？」

装甲馬車の荷台掃除を後回しにしようとするリンクスは、抵抗むなしく連行されていった。さっき食べた串焼きは昼食ではないのか？ という突っ込みはあえてしない。マリエラはにこやかに手を振ってリンクスを見送った。

材料はあと一つ。食堂兼酒場のカウンターで宿のマスターにボルカを1瓶頼む。ボルカは火が付くほど酒精がきつい安酒だ。「そんな物をどうするんだ」と、マスターの顔に描いてあるので、「傷の消毒に使う」と言えば納得したように奥から出してきてくれた。

（これで、材料は揃ったわ！ ようやくジークの薬が作れるよ）

きゅっとこぶしを握ったマリエラは、店の外でガラクタ箱の埃をざっと払うと、ジークと二人で部屋に運んだ。

部屋に入ると、ガラクタ箱から必要な器具を取り出して、ジークに風呂場で洗ってきてもらう。埃を落とすだけなので生活魔法で水を出して洗うだけでいい。ジークが洗っている間に、材料の処理を始める。

上級ポーションは、ルナマギアをベースに錬成する。ルナマギアは冬でも凍りつくことのない地底湖の畔(ほとり)に育つ草で、中でも月光石と呼ばれる淡く光る魔石の光を浴びて育った物だけが、上級ポーションの原料になる。

まずは、ルナマギアを乾燥させる。乾燥温度は10～11度。ルナマギアの生息環境の温度で、これより高くても低くても薬効が減ってしまう。

《錬成空間作成、温度調整10度、減圧、破砕、乾燥》

錬金術スキルで《錬成空間》と呼ばれる不可視の容器を創り出し、温度を10度に調整する。10度という低い温度で短時間で乾燥させるために、《錬成空間》の内部圧力を下げ、さらに内部の空気を乾燥させる。乾燥した空気を渦状に動かし、ルナマギアを乾かしながら破砕していく。

マリエラはさくさくと処理を行っているが、《錬成空間》の維持、温度制御、圧力制御、空気の乾燥と流速制御と五つの操作を同時に行っている。スキルレベルが上がればよりたくさんの錬金術スキルを同時に制御できるが、温度管理がくせ者で、1度以内の温度差で制御できる者は、わずかな熟練者に限られる。『10度』といっても、温度計があるわけでなく感覚頼りで、乾燥中の空気の流れによって温度ムラもできるから、結局は素材の状態を見ながら操作することになる。スキル任せでは成り立たない、職人技の世界である。

そんな難易度の高い温度制御は、マリエラの得意技だった。狙った温度にぴたりと合わせることができるし、乾燥ムラなく一定温度で乾燥することができる。もちろん、マリエラの師匠の仕込みだ。マリエラの師匠は『レインボーフラワー』という、乾燥温度によって色が変わる花を買ってきては、マリエラに乾燥させた。

『レインボーフラワー』は花びらの数によって、最適な乾燥温度が変わる。最適温度にぴたりとあわせて乾燥させれば、名のとおり虹色の色彩を放つ美しいドライフラワーになる。失敗すれば食事抜きになったし、成功すればおかずが増えた。食べ物に釣られたこともあるが、虹色に仕上げたレインボーフラワーの美しさに、幼いマリエラは夢中になった。

薬草園の薬草から魔の森の雑草まで、毎日毎日魔力が尽きるまで乾燥させ、気が付けば超一流の技術が身についていた。

部屋一面、虹色の花で埋め尽くされた美しい光景を、マリエラはよく覚えている。

『薬草を乾燥させる仕事』なんてものは防衛都市にはなかったから、どれほど高い技術を持っているのか、マリエラは自分では理解していないのだが。

ジークから洗った器具を受け取る。
《浄水、洗浄、排水、乾燥、殺菌》
予洗い(よあらい)の済んだ器具を、錬金術スキルで仕上げる。

他のガラス器具も洗ってほしかったのだが、ジークが興味深そうに見ているので、邪魔にならないよう、ベッドに座って見学してもらう。

まずはルナマギアの薬効成分の抽出だ。洗浄した円筒状のガラス器具には金属製の三脚が付いていて、縦に立てられる。ルナマギアの抽出によく使われる器具で、円筒の直径は親指と小指を広げたくらい。1～10本分の抽出ができる、小型の抽出器だ。

円筒容器の下部は漏斗状に細まっていて、コックを開閉して中の液体を取り出せる。下にビーカーをセットしコックを閉じる。円筒上部もすぼまっており、中央に活栓でふたができる穴が、端にはコック付きの空気抜き穴が開いている。活栓にはノズルが付いていて、タンクと送風機を繋いで上部から液体を噴霧できるつくりだ。

円筒容器とタンクには温度調整用の魔道具が付いていたようだが、こちらは買われてしまっていた。送風機も付いていなかったが、温度管理や送風は錬金術スキルでなんとでもなる。容器さえ残っていれば十分だ。

薬草を入れずに動かしてみる。円筒容器は氷点下よりわずかに下、タンクおよび中の水は凍らないギリギリの温度にして噴霧する。ノズル内で凍らないようにノズルの温度管理が重要だ。シューっと噴き出た霧は容器の中央あたりで凍って細かい雪の結晶に変わる。容器内部の気体を制御して中央から上下に渦を作ってくるくると回すと、雪の結晶も流れに乗ってくるくると舞う。

「うまくいきそうね」

ルナマギアの薬効成分は、氷点下以下の水に溶ける。だから、氷点で凍らないように塩を溶かした水か、氷と接触させて抽出する。固体と接触させて抽出するわけだから、接触面積がなるべく大きくなるように、噴霧した水を凍らせて微細な氷を作った後、容器内で攪拌（かくはん）して反応させる。

円筒容器の中は、粉雪がきらきら、くるくると綺麗なものだが、マリエラは円筒容器、噴霧水タンク、ノズルの温度管理と、噴霧用の気体の制御、容器内の雰囲気および気流制御を同時に行っている。大半の錬金術師は、３カ所の温度管理と噴霧用の気体制御は魔道具で行い、容器内の雰囲気および気流制御だけ自分で行うことから考えて、マリエラの錬金術スキルは、決して低いものではないが、この制御がマリエラの実力の上限いっぱいいっぱいだ。抽出容器が手に入らなかったら塩水で抽出しなければいけなかった。塩水で抽出すると効き目が薄い仕上がりになるから、本当に助かった。

容器内に細かく破砕したルナマギアをいれ、タンクの水を《命の雫》を溶かしたものに替える。ポーション１本分の噴霧を終えたら、容器内の温度と気流の制御に集中する。この工程が上級ポーション作製の一番のキモだ。気が抜けない。

どうやらうまくいったようで、白い雪の結晶が、黄色みを帯びた月光石の光を放つ。

容器内の制御を止めてコックを開け、下の容器に抽出液を集める。あとは放置して室温に戻すのだが、今回はジークのえぐれた肉を修復する特化型ポーションだ。凍ったままのニギルの新芽を剝（む）いていく。

ニギルは雪解けが迫ると、一夜にして雪を割って芽を出す。その芽吹く直前の新芽の部分を取り出すと、指先で押しつぶして、まだ冷たいルナマギアの抽出液に加える。これで、液温が室温まで上がる間に、薬効成分が溶け出してくれる。

一番難しい処理は終わったけれど、まだ面倒な工程が残っている。

中級や上級のポーションは効果が大きく、急激な回復をもたらす。このため、全身を調整し反動を抑える成分として、中級ポーションでは『鬼棗』、上級ポーションでは『エントの実』を配合する。『鬼棗』はドライフルーツでも売っているありふれたものだが、『エントの実』は珍しい素材だ。ガーク薬草店ならば取り扱っていそうだが、上級ポーションの材料としてあまりに有名で、薬効から考えても『薬師』が買い求めるとは思えない。

なので、今回は『エントの実』を買わずに、中級ポーションで使う『鬼棗』と薬草で代替品を作る。作り方は、マンドラゴラとその亜種の根3種、葉3種、茎2種、種1種、花弁1種、茸(きのこ)2種、木の皮1種の合計13種類の原料をそれぞれ適切な温度で乾燥した後、所定の分量ずつ計量、配合し、オリーブオイルに漬け込んで時間短縮のため一時間ほど加圧抽出する。通常ならば秤(はかり)や圧力容器を使って行う煩雑な作業だが、『道具なしが基本』だと思い込んでいるマリエラは錬金術スキルだけでさくさく進めていく。

一時間抽出している間に、他の薬液の調整も行う。根に鎮痛成分、葉に消炎成分があるアラウネの毒抜き処理に、低級、中級、上級全てのポーションの原料となるキュルリケ、鬼棗、マンドラゴラの成分抽出。他の材料も処理して油紙に包むか、薬瓶に入れておく。これで、1カ月くらいは問題ない。

作業が終わった頃合に、代替薬が仕上がった。温度が室温より下がり過ぎないように制御しながら、圧力をゆっくり下げる。油が琥珀(こはく)色に仕上がっていて良い出来だ。匙(さじ)1杯分を掬(すく)い取り、ボルカを蒸留した酒精に《命の雫》を込めて溶かす。

完成した4種類の抽出液から残渣(しぼりかす)をのぞいた後、慎重に混ぜ合わせる。混ぜる順序、一度に混ぜてよい量もあるから、最後まで気を抜けない。

《薬効固定》

特化型の上級ポーションがようやく完成した。


「かーんせーい！　はくしゅー！」

「おぉ……？」

マリエラの錬成をまじまじと見ていたジークは、いきなり話を振られて戸惑いながらも、ぱちぱちと手を叩(たた)く。

「疲れたー。1本だけとは思えないほど疲れたよー」

「おつかれさま、です」

いつもならば手間のかかる代替薬は作り置きしてあるし、材料もまとめて処理してある。今日は全部一から作製したからたいへんだった。早速効果を確かめよう。

「はいっ。ジーク右腕出して」

「は、はい」

ジークは、よく分かっていない様子で手のひらを上にして右腕を出す。

「逆、逆」

マリエラはジークの腕を掴み、くるりと手を回して黒狼に噛まれた痕を上に向け、ぽたりぽたりとできたばかりのポーションをかけた。

「うん。成功」

黒狼に噛まれて陥没したままの傷痕は、薄く光を放ちながら見る間に盛り上がり、あっという間に傷痕さえなくなった。

「グーパーしてみて？　ちゃんと動く？　あ、動くね」

今朝の段階で、力が入らず、ゆっくりと動くだけだった右腕は、滑らかに動いていた。

「あ……、うご……、動きます……」

「うんうん。じゃー膝立ちになって、あ、椅子の上でね。後ろ向いて、ズボン上げて左脚のふくらはぎ見せてー」

感動を言葉にしようとするジークをせかして、左脚の傷を出させる。

こちらは、黒狼に食いちぎられた後、止血目的で焼いた傷だ。治癒魔法で最低限の治療をしてあるが、薄皮が張っているだけ。迷宮都市への運送途中で雑菌が入って悪化していた。炎症は昨日のポーションで治まったが、内部組織はいまだに酷いありさまだ。

ふくらはぎには特にたっぷりとかける。えぐれた肉が再生されていく。薄皮の下で筋組織が一本一本再生して盛り上がっていくのが見て取れる。

「っ……」

ジークが左足の指をひくりと動かす。鎮痛成分も配合してあるから痛みはないはずだが、急激に組織が再生される違和感に声が漏れたのだろう。

あっという間にやけどの痕も消えてなくなる。

流石(さすが)は作りたて。効果は抜群だ。

足を治しても、まだ3分の1ほど上級ポーションが残っていた。

「はーい、ジーク、これ飲んで。さ、ぐぐっと。一気一気」

足の様子を見ようと振り返ったジークに、ポーションの入った容器を押し付ける。

今朝の散髪の際に気が付いたけれど、ジークは体中に傷痕があった。鞭(むち)で打たれた痕かもしれない。

ジークは言われるままに上級ポーションを飲み干すと、ぶるっと体を震わせた。

体のあちこちがふわりと光ったから、体中に残ったダメージが一気に癒やされたのだろう。

ジークは、自由に動く右手を見、えぐれていたはずの左足を見ると、ベッドから静かに下りて立ち上がった。

そのまま左足を踏み出す。一歩、一歩。違和感なく歩く。

両手を上げて伸びをし、軽く飛び跳ねる。腕を回し、腰をひねる。体の調子を確認するように動かしていく。うつむきがちだった背筋もしゃんと伸びていて、背が高く若返ったように見える。

「動く、動く。脚が、腕が……。肩も回らなかったのに、腰も痛くない。腹も引きつらない……」

（どんだけ怪我にまみれてたんですか、ジークさん……。てか、上級ポーション効き過ぎじゃない？　迷宮素材すごいわー）

泣き出しそうな表情で、喜んでいるジークを見ながら、錬金術師になってよかったとマリエラは思う。

怪我から、病から回復した人が喜ぶ顔を見るのは、何よりのご褒美(ほうび)だ。

体の調子を確かめ終わったジークは、くるりとマリエラを振り返り、片足を床について座った。

また土下座か⁉　と一瞬身構えたが、今度は片足を立てている。

まるで騎士が誓いを捧(ささ)げるようなポーズだ。

「マリエラ様、ありがとうございます。こんな……、こんなに自由に動く体に戻れる日が来るとは……夢にも思いませんでした。本当に、この気持ちを、感謝を、うまく言葉にできなくて、もどかしい……。昨日から、貴女(あなた)に救っていただいてからずっと……俺、俺は……心からお仕えします。貴女の、マリエラ様のためなら、どんなことでも……」

感極まった様子で、ジークが言葉を綴る。ひとつしかない蒼い瞳は潤みきっていて、熱に浮かされたように途切れ途切れに語る言葉に、感謝の気持ちが伝わってくる。

本当に、綺麗な瞳だなとマリエラは思う。治せないのが残念だ。

「目、治せなくてごめんね。特級ポーションが作れるようになるまで、我慢してね」

「そんな……、十分です。俺は、死ぬんだと思っていたのに、こうして、もう、どこも痛くない。本当に、俺、何だって、何だってやります……」

ジークのテンションが変な方向に上がってきた。

「ねぇ、ジーク、お願いがあるの」

(何でもしますとか、簡単に言っちゃ駄目なんだよー)

「っ！　はい！」

「あそこのガラス器具、洗ってほしいな！」

「!?」

後片付けはジークに任せて、夕食時まで昼寝した。

マリエラが昼寝をしている間にジークはガラス器具を洗って乾かし、散らかしていた薬草は机の上に整頓し、ガラクタ箱の中身も埃を綺麗に払って、見やすいように床に並べてくれていた。

昼寝から起きたマリエラはというと。

「それは、ごみー」

「はい」

「それは、明日持ってくから袋にいれて」

「はい」

「それは今度使うから、袋に戻して部屋の隅っこにおいといてー」

「はい」

ベッドに寝そべりながら、ジークをあごで使っていた。

(あぁ、楽チンだ。師匠ってば、こんな感じだったのね)

このまま寝転がった状態でご飯が食べられたら最高なのに。などと考えていると、マリエラたちの部屋のドアがノックされた。

「はーい」

「マルローです。契約書類が揃いましたので、部屋に来ていただけますか?」

夕食前の一仕事がやってきた。

ジークと二人でマルロー副隊長の部屋に入ると、ディック隊長が待っていた。ジークを見て、驚いた顔をする。昨日のジークは死にかけのゴブリンより酷いありさまだった。今は痩せすぎだが男前で同一人物とは思えないから、驚く気持ちはよく分かる。マリエラだってビックリだ。しかし、相変わらず分かりやすい人である。黒鉄輸送隊の隊長がこんなに顔に出していいのかとマリエラが心配するほどだ。

反対にまったく顔に出さないマルロー副隊長に勧められるまま、マリエラは長椅子に座る。ジークは背後に控えている。

「本件の機密性を考え、隊長のディックと、私マルロー以外は、情報を伝えておりません。こちらが、契約書になります。確認を」

マルロー副隊長が、複数の書類を渡してきた。一番上の契約書を見ると、昨日、要望したことが全て書かれている。守秘に関してはもちろんのこと、万一情報が漏れてマリエラが危険にさらされた場合は黒鉄輸送隊が問題の解決に当たり、状況によっては逃亡までを幇助（ほうじょ）する、と明記してある。

こんなにきちんとした取引は初めてだ。今までは商品と代金をその場で交換するやり取りばかりで、契約書など交わしたことはなかった。マルロー副隊長に渡された契約書は、商業ギルド発行の魔法効力のある物で、とてもきちんと作られているように思える。

「あの、『個々の取引に関しては、都度、売買契約を締結するものとする』とありますが？」

代金について書かれていないので、マリエラが聞いてみると、

「『相場』という、変動しやすい指標を魔法契約に盛り込むことはできないのですよ。物の価格は都度変動するものですから。こういった基本契約とは別に、単価契約書を締結するか、商談ごとに売買契約を締結するものなのです。こちらが、今回の売買契約書になります」

流暢にマルロー副隊長が答え、下にあった書類を指さした。そちらが今回の売買契約書らしい。昨日注文されたポーションの種類と個数、マリエラに支払われる単価が書かれている。

単価は低級ポーション、低級解毒ポーション、魔物除けポーションがそれぞれ銀貨6枚、中級ポーション、中級解毒ポーションは大銀貨6枚と、びっくりするような値段が書かれているが、上級ポーションと上級解毒ポーションは記載がなく、合計金額も空欄となっている。

「あの、上級のところが空欄なんですが」

「それなのだがな……」

マリエラが質問すると、今まで黙っていたディック隊長が、ようやく口を開いた。

「上級ランクのポーションは10年以上、市場に出回っていないのだ」

市場に出回らないので『相場』が分からないそうだ。

「迷宮都市のポーションは、辺境伯や各家が保管しているものを除けば、アグウィナス家

からしか流通がなくてな。辺境伯との取り決めに従い、迷宮討伐軍に一定量の供給があるのだが取引価格など開示されておらんのだ」

迷宮都市のポーション事情をさらっと説明してくれた。アグウィナス家という家名は聞いたことがある。二百年前、エンダルジア王国の筆頭錬金術師だった家系だ。魔の森の氾濫（スタンピード）を生き残り、家まで存続していたらしい。王国が滅びたというのに、二百年たった今でもポーション販売の実権を握っているとはすごい一族だ。

「上級ランクのポーションは、売値に基づいて金額を決定したいのだが、相場が分からん以上、買い叩かれる可能性もある。これ以下では売れんという最低金額を決めてもらってもいいし、我々が信用できんのであれば、取引に同席してもらってもかまわんが、どうだろうか」

腕組みして、威風堂々というポーズで椅子にどっかりと座っているディック隊長ではあるが、顔を見ると太い眉毛がへにょりと下がっている。見た目と中身にギャップのある人だ。悪いことをする人ではないと、今までのやり取りから分かってはいるが、買い叩かれることはありえそうだ。まぁ、その時はマルロー副隊長が出てくるのだろうが。

「可能であれば、教えてほしいんですが」

「む、なんだ？」

「ポーションはどこへ売るんでしょうか？」

「迷宮討伐軍だ。もうじき定例の遠征があるからな。魔物除けと低級ランクの一部は我々も買い取らせてもらうがな」

取引先を教えてくれるとは思わなかった。こんなにあっさり教えてくれていいのだろうか。ちらと、マルロー副隊長を見ると、いつものすまし顔だが目が笑っていて、なんだか少し楽しそうだ。少し分かってきたのだが、彼はディック隊長の朴訥(ぼくとつ)としたやり取りを楽しんでいるようだ。

「アグウィナス家ではなくて？」

「アグウィナス家に売れば、迷宮討伐軍に渡るか分からんだろう。ただでさえポーションの質も量も下がっているのに、最近は『新薬』などという粗悪品を流していると聞く。討伐軍の被害は増える一方だというのに」

今度は露骨に嫌そうな顔をする。アグウィナス家にいい感情を持っていないようだ。知り合いでもいるのか、迷宮討伐軍よりの考え方をしている。

「分かりました。値段は安くなってもかまいません。私も使ってもらったほうが嬉(うれ)しいですから」

ポーションは怪我を治すものだ。利ざやを稼ぐ道具に使われるのは嫌だから、利用者に直接渡るほうがいい。低級、中級ポーションの値段で、利益は十分以上に出ているのだから、討伐軍の被害が少しでも減ってくれればマリエラも嬉しい。

「そうか！　ありがたい！　連中もきっと喜ぶ」

ディック隊長はとても嬉しそうに握手を求めてきた。握る力が強くて、ちょっと痛かったけれど、分厚くて大きな手のひらはとても温かかった。マルロー副隊長が、商売にまるで向いていないディック隊長とどうして一緒にいるのか、なんとなく分かった気がした。

よし、打ち上げだ！　と立ち上がろうとしたディック隊長の襟首を、マルロー副隊長が引っ掴むともう一度椅子に座らせた。早業だ。喉が絞まってディック隊長がむせている。

「契約がまだです。それと、打ち上げなどしたら秘密にならないでしょう。分かっているのですか」

さらさらとペンを動かし、売買契約書を完成させながらマルロー副隊長がたしなめる。

「マリエラさん、代わりといってはなんですが、滞在中の飲食等はこちらで負担させていただきます。宿泊も1週間延長してありますし、マスターに話はしてありますので、何でも注文してくださいね。あぁ、あと事前に入り用なものを提供するという件ですが、何を準備しましょうか？」

これは接待というヤツだろうか。ジークも一緒でいいのだろうか？

「今回は特にないです。あの、ジークの分もですか？」

小市民臭く聞くと「もちろんです」とにこやかに返事をしてくれた。

(なんて太っ腹なんだろう！)とマリエラが思った直後。

「あ、ディック隊長は自腹でお願いしますね。経費で落ちませんから」

笑顔でマルロー副隊長に釘(くぎ)を刺されて、ディック隊長はがっくりとうなだれていた。

完成した契約書にサインをする。血をたらしたインクでサインすることで、魔法契約が締結される。黒鉄輸送隊は、ディック隊長とマルロー副隊長の連名でサインしてくれた。

ポーションの引き渡しは明後日（あさって）の同じ時間にこの部屋で行うことになった。

マリエラとジークは部屋を出ると、そのまま1階の食堂に向かう。一緒に食堂に行こうとしたディック隊長は、マルロー副隊長に捕獲されていた。「一緒に行ってどうするんですか。時間をずらしなさい」だそうだ。そのまま「お話」が始まりそうだったので、マリエラたちはさっさと部屋を出た。

## 05

ようやく晩ご飯だ。今日の献立は何だろうと話をしながら食堂へ下りる。

日が落ちたばかりの時間で、夕食時にはまだ少し早い。食堂には昨日と同じく、ちらほらと客がいるだけで、黒鉄輸送隊のメンバーは誰も来ていなかった。

アンバーさんがやってきて、マリエラとジークをカウンターに案内してくれた。夜の時間には早いせいか、赤いドレスの上にストールを羽織っていて、暴力的な谷間は隠されている。

今日のメニューは牛系魔物のビーフシチューか肉団子と野菜のデミソースがけらしい。何の肉団子なのか聞くと、「うふふ」と返された。

「なんの肉だろうね？　気になる……。シチューのほうも牛肉じゃなくて牛系魔物だし」

マリエラはビーフシチューを、ジークは肉団子をそれぞれ注文する。

謎肉をジークに強要したわけではない。

「ジークは何にする？　好きなの頼んでいいんだよ？」と言ったら、しばらく考えて肉団子を注文したのだ。

「ジーク、チャレンジャーだね」

「肉、ですから……」

小さな声で答えるジーク。単純に肉が多そうなメニューを選んだようだ。

「お兄さん、ジークさんっていうのね。元気になったみたいでよかったわ。どう？　快気祝いに1杯」

アンバーさんが腕を組みながらジークにお酒を勧める。腕を組むと二つの肉団子が持ち上がってストールがずれそうになる。なんということだろうか。ストールがあるぶん余計に目を引く仕掛けになっている。罠（わな）と言ってもいいだろう。ストールは実に良い仕事をしている。

「いえ、結構です」

ジークがアンバーさんの誘惑をさらりと躱して、マリエラのほうを見る。

「えっと、ジーク、1杯くらいなら飲んでも大丈夫だよ？　私も頼むし乾杯しよう」

怪我は治ったけれどジークの体力は十分ではない。しかし1杯くらいは問題ないし、回復を祝って乾杯するのはいいアイデアだと思う。

「マリエラ様、俺は奴隷です。本当は席に座ることも、許されない。どうか、どうか、これ以上お気を遣わないでください……」

ジークは少し困った顔をして、途切れ途切れにそう言った。

そういえば、ジークは滑らかにしゃべれない。たぶん長い間話をすることがなかったのだと思う。

（こういうところ、どうにかしたいな……）

ご主人様ぶりたいわけではないし、そういうタイプではないから、かしずかれると落ち着かない。途切れ途切れにしか話せない痩せて怪我をしたジークが、懸命にマリエラに仕えようとするさまは見ていて胸が痛むのだ。

（隷属契約があるんだもん、完全に友達みたいってワケにはいかないんだろうけど）

少しずつ仲良くなって、少しでも気心の知れた仲になりたいと思う。師匠と暮らしていた頃のような関係性をマリエラは無意識に求めていた。そのためにも乾杯というのはいいアイデアだと思う。遠慮するジークはほうっておいて、アンバーさんに乾杯用のお酒をお願いする。

「二人の初めての乾杯ね。どれがいいかしら？」

アンバーさんがカウンターの向こうから何本かボトルを取り出す。

（うん。まったく分からない）

師匠は飲んでいたが、マリエラはお酒を飲んだことがない。

「ジークはどれがいい？」

ジークに投げてから気が付いた。

（しまった。無茶振りだったかも。借金奴隷から犯罪奴隷になった人だもん、お酒の銘柄とか知らないよね）

「マリエラ様は、お酒は、飲まれますか？」

しかし、ジークは落ち着いた様子でマリエラに聞いてきた。

「え？　えぇと……、飲んだことありません……」

「でしたら、そちらのフェリスか、メロウのモスカートが、甘口で飲みやすいかと」

「ジークはどっちが好き？」

そう聞くと、ジークは困った顔をして、「フェリス、でしょうか」と答えた。

「へぇ！　兄さん詳しいね！　さんざ、泣かしてきたクチかい？」

アンバーさんが茶化してくれて助かった。ジークの新たな一面を発見してしまった。いや、気心の知れた仲になりたいとか思ったばかりだけれど、なんだかカッコイイ一面だったせいで、ちょっとドキッとしてしまった。いかんいかんと頭を振って、フェリスとやらを注文する。アンバーさんがボトルを開けてグラスに注いでくれる。

薄い桃色をしたお酒で、しゅわしゅわと泡が出ていて綺麗だ。

「お、乾杯か？　俺たちも参加しよう！　な、マルロー！」

いざ乾杯という段階でディック隊長が合流してきた。マルロー副隊長を強引に引き込んでいる。「しょうがないですね」と苦笑しながらマルロー副隊長もグラスを受け取る。

4人にグラスが行き渡ると、3人の視線がマリエラに集まる。乾杯の音頭というヤツだ。

「ジークの回復を祝って！　あと、この出会いに！」

マリエラの音頭にあわせて「乾杯！」と3人が続け、チンとグラスが合わさった。

初めて飲むお酒は、甘くて飲みやすかった。ほんのりと野いちごの香りがする。乾杯の後、すぐに料理が運ばれてきた。マスターからのお祝いらしく、料理が山盛りになっていた。

ジークはグラスを見つめると、ゆっくりと口に含んだ。すぐには飲み込まず、転がすように味わう。昨日も今朝もがつがつと食べていたのに、料理も、動くようになった右手でフォークを使って、一口一口綺麗に食べている。

「旨(うま)い……」

ジークがポツリとつぶやく。お酒の銘柄を知っていて、綺麗に食事をするジーク。彼はどんな人物なのだろうとマリエラは思った。ちょっと胸がドキドキして顔がぽわぽわと熱いのは、きっとお酒のせいだろう。

（それにしても、気になるな……）

隣に座るジークをちらちらと見る。一口で食べるには大きい肉団子を切り分けて口に運んでは味わって食べている。

「その肉団子、何のお肉？　おいしいの？」

思わず疑問が口に出た。これもお酒のせいに違いない。お酒は人を素直にさせるのだと師匠も言っていた。

ディック隊長は、「そのストールも似合うな！」などと言って、アンバーさんのストールをめくろうとして手の甲をつねられている。彼もお酒で素直になったのか。いや、アンバーボンバーの影響か。

「あー、なに、宴会始めて！　ずりー！　俺らさっきまで荷馬車掃除してたのに！」

リンクスたちがやってきた。積み荷（奴隷）の排泄（はいせつ）物で汚れた装甲馬車の清掃に今までかかっていたようだ。

夕食のビーフシチューと肉団子と野菜のデミソースを見て、「うげ、黒々としてる……」などと言っている。

（何を想像してるかは、聞かないでおこう……）

続きを聞いてほしそうなリンクスから視線をはずして、マリエラが一緒に掃除をしていたユーリケたちを見ると、ユーリケだけでなくそばで装甲馬車の修理をしていたらしいドニーノとフランツまでげんなりした顔をしている。

「うわー、食欲わかねーわー」

などと言いながらもリンクスは昨日同様、両方を注文していた。ちなみに肉団子は、牛系魔物とオーク肉の合い挽き(び)だった。

マリエラがちらちら、ちらちら肉団子を見ていたので、ジークが1個分けてくれたのだ。お返しにビーフシチューの牛系魔物肉をジークの皿に取り分ける。

「肉団子、肉汁がじゅわっと染み出ておいしいね！」

「シチューの、肉も、やわらかくて、おいしい、です」

互いの料理の感想を言い合う二人に、リンクスも参加してくる。

「どっちの肉もでっかいのがいいよな！」

リンクスは質より量らしい。シチューのお肉はとても軟らかく煮込んであって、臭みもなく牛肉だという以外、特徴が摑めない。

「結局、牛系魔物って何だったのかな。こちらのほうが謎肉だったかも」

そう言って笑うマリエラ。肉の謎は解けなかったけれど、楽しい宴会は夜が更けるまで続いた。


（ディック隊長はアンバーさんのストールを被ってその辺に伸びていたでしょ、マルロー副隊長はマスターと楽しげに話しこんでた。リンクスとユーリケは馬車掃除の文句を言いながら料理を完食してたし、ドニーノさんやフランツさんも装甲馬車の話題で盛り上がっ

てたよね。ジークもにこにこしてたから、楽しかったんだよね。うん。ここまでは、ちゃんと覚えてる）

昨夜の宴会を思い出すマリエラ。なぜだか自分がいつ部屋に戻ったのか覚えていない。師匠が昔話していたお酒の初級魔法『記憶飛んじゃった』というやつか。

（ちゃんと着替えて、ベッドで寝ていたから、まぁ、大丈夫なんじゃないかな！　それにしても、頭痛いよ……）

かなり早い時間に目が覚めてしまったようだ。窓の外は真っ暗で、みんな眠っているのだろう、夜の喧騒（けんそう）は聞こえてこない。

低級解毒ポーションを作っていると、ジークが目を覚ました。

「起こしちゃった？　ジークも解毒ポーションいる？　二日酔いの専門薬じゃないけど、多少は効くよ」

「いえ、大して飲んで、いませんので」

ジークはまったく平気そうだ。多めに買っておいた薬草で、ちゃっちゃとポーションを作って飲む。解毒ポーションでも効くもので、頭痛は水に溶けるように消えたけれど、今度はトイレに行きたくなった。

「ちょっとトイレ行ってくるね」

綺麗にたたまれた服に着替えて急いでトイレに行く。

用を済ませてから部屋に戻ろうと階段を上がっていると、ディック隊長の部屋のドアが音もなく開いて、中からアンバーさんが出てきた。

アンバーさんは部屋の中を振り返り、おそらく眠っているであろうディック隊長をじっと見つめている。小さな窓から差し込む薄明かりでよく見えないけれど、アンバーさんの口元は優しげに微笑んでいて、その表情はとてもいとおしげに見えた。みんなの前ではあんなにすげなくあしらっていたのに、こんな表情(カオ)をするなんて。ディック隊長はアンバーさんの想いに気がついているのだろうか。

部屋の中を見つめていた時間はほんの数秒だったのだろう。けれど、マリエラには時間が止まったように感じられた。なんだかとても切なくて、胸がきゅうっとする。

ディック隊長を起こさないように、静かにゆっくりとアンバーさんはドアを閉めて、そしてマリエラに気が付いた。彼女はにっこりと微笑むと、「まだ早いわ、もう少し眠れるわよ」とすれ違いざまに囁(ささや)いて、階段を下りていった。

(な……何が早いのかしら……)

なんだかドキドキしてしまうマリエラだった。


部屋に戻るとジークが起き出していた。服も着替えベッドも整えている。

「まだ早いよ。もう少し眠れるよ」

アンバーさんに言われた言葉を使ってみる。

「目が覚めましたので」

にこりと微笑んで答えられた。あーれー？　おかしいな、と首をかしげながら、昨日入りそびれたお風呂の支度をする。ジークは昨日、ちゃんと済ませて寝たそうだ。

「飲み物でもいただいてきます」

マリエラが風呂に入ろうとすると、さりげなく席をはずすジーク。紳士的な気配りの仕方だ。折角なので、宿の人がいたらお弁当の準備と、スコップとナタを借りられないか聞いてきてもらう。今日は採取に出かけるのだ。

ジークを待たせてはいけないと、マリエラは大急ぎでお風呂に入る。

お風呂から上がると、ジークは部屋に入らずに廊下に立って待っていた。気を遣ってくれているのだろうが、気遣われることに慣れていないマリエラは不便さを感じてしまう。

（明日の取引が終わってお金が入ったら、どこかに家でも借りよう）

そんなことを考えながらマリエラは、ジークが持ってきてくれたお茶を飲み、今日の予定を話す。

「マスターが、弁当を、カウンターに、準備してくださる、そうです。道具も、自由にと」

マスターはまだ起きていて、朝食と昼食はお弁当にしてくれるそうだ。スコップとナタも裏の物置から勝手に持って行っていいらしい。

「じゃあ、貸しヤグー屋が開くくらいの時間に出発しよっか」

昨日のうちに準備した背負い袋はジークが持ってくれた。ガラクタ箱に入っていたいくつかの素材に岩塩や魔石、薬草をくるんでいた麻袋、部屋の木製コップも借りて入れてある。マリエラのポーチにはお金とガラクタ箱に入っていた紙片、あとは手ぬぐい。念のために魔物除けのポーションを作ってかければ準備は完了だ。

空が明るくなってきた。弁当を受け取って、スコップとナタを借りて出かける。

今日は、ポーション瓶の材料を採取するのだ。

第四章

# 追憶の日々

## Chapter 4

# 01

夜が明けたばかりの街を、北へ向かう。

北の通りは、商業区画と農民や畜産業に就く人々が住まう区画の境にあたり、北門付近には貸しヤグー屋があって誰でもヤグーを借りられる。貸しヤグー屋は畜産農家が兼業で行っている場合が多く、朝早くからでも貸し出しを行っている。

「すいませーん、二人で乗れる強い子を1日お借りしたいんですがー」

「見ない顔じゃのう。こいつは強いけん、細っこい兄ちゃんと、ちっこい嬢ちゃんなら、問題なか」

マリエラが尋ねると、立派なオスを貸してくれた。

貸賃は餌代込みで1日銀貨1枚。それとは別に保証金が大銀貨2枚で、これは返却時に返してくれる。

餌袋から野菜を与えると、すぐに懐（なつ）いてくれたようだ。賢い子だ。

敷地内で軽く騎乗の練習をする。マリエラも乗れるのだが、ジークのほうが圧倒的に上手（うま）い。これが運動神経の差か。ヤグーも機嫌よく走っていて足並みも軽やかだ。保証金の都合で1頭しか借りられなかったのだが、2頭借りていたらマリエラは付いていけなかったかもしれない。

マリエラを前に乗せ、二人乗りで北門に向かう。迷宮都市には8個の門があるが、東西南北の4門はいずれも小さく、門の幅はヤグー1頭通るのでギリギリといった小門だ。迷宮都市の住人が畑に向かったり、周辺での採取や狩猟に出かけるための通用門で、大型の魔物が通れず、小型の魔物の侵入も防ぎやすいように、小さく設（しつら）えてある。通行するには不便であるが、交易を目的としていないから検問は簡単に済まされる。

見ない顔だと止められはしたが、背負い袋を開いて見せて採取に行くのだと伝えると、「魔の森から遠くても魔物が出るから気をつけるように」と送り出してくれた。親切な衛兵だ。

北門を抜けてやや北西寄りにヤグーを走らせる。迷宮都市の北側は川が少なくて低木が多い放牧に適した土地だ。北西側には山脈から流れる川が何本も通っており、農業地帯が広がっている。川沿いに北上すると森にたどり着く。魔の森に比べるとずっと浅い普通の森だが、低レベルの魔物が稀（まれ）に出るので注意が必要だ。

もっともマリエラたちは魔物除けポーションを使っているから、この程度の森であれば安全に行動できるのだが。

「マリエラ様」

ジークがちらと後ろを振り返ってマリエラに声をかける。

「あー、やっぱ、付いてきちゃったか」

たぶんリンクスだと思う。大きな取引の前だし、護衛を兼ねて監視が付いてもおかしくはない。

(今日行くところは、あんまり人に知られたくないんだよね。ごめんね)

ヤグーを止め、ポーチから紙片を数枚取り出すと3枚を餌と一緒にヤグーに食べさせて、残りをジークに渡す。昨日、昼寝の後に描いておいたものだ。

「これに魔力こめて。いいと言うまで握っていてね」

再びヤグーを走らせる。

二人を乗せたヤグーは森の中をすいすいと進む。まるで森の木々がよけているように。

二人と1頭の姿は森の気配に溶けるようにおぼろげで、気配もどんどん薄く森にまぎれていく。

すい、すい、と木々をよける。いや、木々がよけているのか。そのたびに、鷹より鋭いはずのリンクスの目は、彼らの姿を見失う。すい、すい。二人の気配はとうに消え失せている。すい、と木の陰に彼らの姿が隠れ、そして、全く見えなくなった。

「うっわ、見失った。マジか。ジークすげぇな。いや、マリエラがなんかしたのか？」

森の中にリンクスの影が浮かび上がる。彼は黒鉄輸送隊の斥候で、その能力は魔の森でも十分に通用する。まさか森の中でマリエラたちを見失うと思わなかった彼は、頭をぼりぼりと掻いた。

「マルロー副隊長に怒られっかなー。でもまー、あれなら無事に帰って来られると思うんだよなー。こんなことなら、ジークにナイフ貸したままにしとくんだったぜ」

リンクスはマリエラたちの護衛に付いて来たのだが、見失っては仕方がない。リンクスを撒ける腕があるのだ。武器の類いがスコップとナタだけなのは少々心配だが、このあたりの森ならば問題はないだろう。魔の森をうろついていただけあって、マリエラもああ見えてそれなりにできるというわけか。

森の中に浮かんだリンクスの影はふっと消え去り、迷宮都市へと戻っていった。


リンクスを撒いた後、そのまま森を抜け、川を何本か渡って、小一時間ほど走っただろうか。マリエラたちは1本の川べりを遡り、滝の近くにたどり着いた。

「流石にもう大丈夫でしょ。付いてきてないよね？」

マリエラには探索能力などないから、あてずっぽうである。

「はい、とうに撒いたようですが、これは？」

ジークが手綱とともに握っていた手のひらを開いて、くしゃくしゃになった紙片を伸ばす。手汗で湿ってにじんでいるが、紙片にはなにやら図形のようなものが描かれていた。
「あーそれね、森招きと気配遮断と惑わせの魔法陣だよ」
『森招き』は森での移動を楽にするもので、木の枝や藪に足を取られず進むことができる。『気配遮断』は文字通り、気配や魔力を遮断して姿をくらますもので、これに『惑わせ』を併用することで、たいていの追っ手や魔物から簡単に逃げることができる。どれも熟練の狩人などが身につけている、スキルともいえない技術だ。

いくら魔物除けのポーションを使っていても、効きにくい魔物もいるし、見つかってしまう場合もある。街の中にも、身寄りのない若い娘に手を出そうとする悪人はいる。そういった危険から身を守り、上手く逃げおおせるために、マリエラの外套にはこの手の魔法陣が複数縫いこんである。

こういった魔法陣は古代文明の遺産と言われ、二百年前でも大半が失伝している。効果によって材料の質を選ぶものの、魔石の粉を溶かしたインクで描くだけで誰でも効果が得られる便利なものだ。ただし、図形が完璧でないと発動せず、円が歪んだだけでもまともな効果は得られない。

どれほど上手く描いたとしても所詮は人の手。どこかしら歪んでしまい本来の効果は得られない。発動して本来の半分も効果が出れば御の字という代物である。まして、それを写した物など通常は発動すらしない。本は人の手で書き写す『写本』でしか増刷するすべがないから、マリエラが使ったような、他のスキルや魔法で補えたり、訓練しだいでなんとかなる程度の魔法陣が受け継がれなかったのは仕方がないだろう。

完璧な魔法陣(オリジナルの)は、世界の記憶(アカシックレコード)に記録されているのみである。

現在でも人づてに受け継がれているのは、ポーション瓶に刻まれる劣化防止の魔法陣や、ジークが押された焼印の隷属契約の魔法陣などごくわずかで、それすら魔法陣が完璧でないから、『劣化防止』は遅延効果を付与するにすぎないし、『隷属契約』は契約スキルと併用することで効果を発揮している。隷属魔法などという使い方によっては危険な代物が、片方だけでは満足な効果が得られない、というのはある意味僥倖(ぎょうこう)だったかもしれない。

そのかわり、魔法陣に刻まれた図形の研究が古くから行われていて、魔工技師と呼ばれる人々が魔法陣の解析結果から様々な魔道具を作りだしている。人の歩みは止まることがなく、失われたものがあれば、創られるものもあるのだろう。

「魔法陣……。失伝したと、聞きました」

滝のほとりの開けたところにヤグーを繋(つな)いで、包んでもらった朝食を食べる。ハムと野菜をバゲットに挟んだサンドイッチで美味(おい)しそうだ。

「師匠がね、高レベルの鑑定持ちでさ。いくつか頭に焼き付けられたんだ」

マリエラの師匠はすごい人だった。世界の記憶(アカシックレコード)から情報を引き出せるほどの高レベルの鑑定スキルに加え、魔法も使えた。もちろん錬金術のスキルも持っている。

天才どころか超人の域である。その分、常識というか、人格や行動も突き抜けていて、並みよりもどんくさいマリエラは何度も死にそうな目にあった。戦闘行為など一切していないのに、だ。

師匠の能力を考えれば、魔の森の狭い小屋に住んでマリエラのような錬金術スキルしか持たない平凡な子供を弟子にするような人物ではなかったが、それも含めて突拍子もない行動の一環だったのかもしれない。

魔法陣も師匠が気まぐれに覚えさせたものだ。

曰く、「どんくさすぎて死にそうだから、便利そうなの教えてやるよ」。

おいでおいでと呼ばれて近づくと、頭に手をおかれた。撫でてくれるのかと子供心に期待したら、「《転写》！」と叫んで脳に直接焼き付けられた。転写は短時間だったけれど、ものすごーく痛かったのを未だに覚えている。

それから、師匠の『なでなで』を十分警戒するようになったのだが、「おぉ。できたか、マリエラ。すごいな。えらいぞ～」と満面の笑みで褒めて、ぐわしぐわしと頭を撫でてくれた次の瞬間に、「隙あり！　《転写》！」とやるものだから、結構な数の魔法陣を覚えさせられた。あれは、半分遊んでいたに違いない。「ぎぃやぁ～」と叫んで転げまわるマリエラを指さしてゲラゲラ笑っていたし。

一番酷かったのは『仮死の魔法陣』で、図形が複雑な分、頭が焼ききれるかと思った。

珍しく、というか初めて師匠が《転写》する前に神妙な顔で説明をしてくれた。

「今まで、多くの魔法陣を刻んで耐性も付いただろうが、多少痛みは増すだろう」

とかなんとか。今までの転写は遊んでいたんじゃなかったのかとマリエラは目をぱちくりさせた。転写してもらった魔法陣はどれも貴重で、たいへんありがたいものなのだが、師匠の遊び半分だとばかり思っていたのだ。師匠に「この魔法陣の作製をもって、卒業としたい」なんてまじめな顔で言われたマリエラは、神妙な顔をして「かしこまりました」と答えた。

『仮死の魔法陣』を転写した時の激痛は、思い出したくもない。多少どころの騒ぎではなく、3日ほど寝込んでいたらしい。ベッドの周りにポーション瓶がいくつも転がっていたから、死にかけていたんだと思う。師匠は「寝過ぎだぞ」とか言っていたけど、目の下に隈ができていたから、寝ずに看病してくれたのだろう。そういうところを見せる人ではなかったけれど、長い付き合いだ。それくらいマリエラには分かった。

魔法陣は覚えただけでは使えない。オリジナル通り、完璧に描かなければ発動しないから、あとは地道な努力に地道な作業を繰り返すだけだ。マリエラに特別な才能はないけれど、地道に頑張ることとは得意といえた。それでも『仮死の魔法陣』はたいへんだった。材料費が高いだけでなく、複雑で大きい。忙しい日々の合間を縫ってちまちまと描き続け、ようやく卒業課題の2枚分を描き上げた。

師匠は課題の魔法陣を検分すると、「卒業だ。よく頑張ったな」と褒めてくれた。マリエラが十三歳の時だった。

感動して思わず泣いてしまった。「あじがどうござびばず～」と泣くマリエラを、小さい子供にするように、師匠はよしよしと撫でてくれた。

よしよし、なでなで、ぐわしぐわし。

「油断大敵！　《転写》！」

「へ⁉」

## 02

「くそ師匠……」

師匠の思い出話をしていたら、なんだか腹が立ってきた。

むっしむっしとバゲットサンドに齧（かじ）りつく。

「最後の《転写》も強烈でさ、1日くらいかな、意識を失ってたんだけど、目が覚めたら師匠いなくてね」

師匠は手紙を残して消えていた。『仮死の魔法陣』は1枚貰（もら）っていく、最後の転写は代金代わりだ。この小屋は卒業祝いにくれてやるから、達者で暮らせ。地下に『仮死の魔法陣』を置いておくのを忘れるな。そのようなことを汚い字で書いたメモが残されていた。

「魔の森の氾濫（スタンピード）を生き残れたのだって師匠のおかげだし、というか、今まで生きてこられた全ての知識は師匠のおかげで、感謝してるんだけど。けどねー、なんていうかな、なんかむかつく」

　めちゃくちゃな人だったけれど、師匠との思い出はどれもこれも笑えるものばかりで、感謝だってものすごくしているのに、急にいなくなるなんて。師匠がひょっこり帰ってきてもいいように小屋の寝室はそのままにしていたのに。

「二百年も経（た）っちゃうんだもんね……」

　そうつぶやいてマリエラは水面を眺める。ひらりと木の葉が水面に落ちて、水の流れゆくまま岩間に運ばれる。何枚かの木の葉が一緒にくるくると回ったかと思うと、押し流されるように下流へと運ばれていった。岩間に挟まり残っている葉は一枚だけで、いまさら流れに乗ったとしてもさっき出合った葉っぱには追いつくことはできないだろう。まるで、二百年の時間に置き去りにされた自分のようだとマリエラは思った。あの時出会った人たちには、もはや会うことなどできはしないのだ。

「きっと、伝わっていますよ」

　ジークがとても優しい顔をしてそう言った。

「そっか。そうだね。あの師匠だもんね」

　ずっと伝えたいと思っていた感謝の気持ち。言葉にして伝えられなかったけれど、あの師匠が気づいていないはずはない。師匠はすごい人なのだから。

「マリエラ様は、魔の森の氾濫（スタンピード）を、生き残った、錬金術師様、だったのですね」

「うん。秘密だよ」

「もちろんです」

特に、ランタンの火のせいで、酸欠で二百年も眠り続けたところは、恥ずかしいから、秘密にしておいてもらいたい。そんな風に思いながら見つめていた岩間には新しい葉が流れ着き、1枚だけ残った葉を巻き込んで一緒に下流へ流れて行った。


「さーてとっ、朝ごはんも食べ終わったことだし、早速作業を開始しよっか」

マリエラはうんしょと立ち上がると、周辺の石を拾いだす。ジークも見よう見まねで手伝って二人で小さな竈（かまど）を組み上げる。上部に段をつけてあり、容器を入れて下から加熱できる形だ。

竈のサイズのわりに厚みは分厚く組んでいく。石の隙間は森から泥を取ってきて、埋めてはスキルで《乾燥》させていく。上段にはガラクタ箱から持ってきた坩堝（るつぼ）を、手前側に傾けて斜めに置く。坩堝の上も周りも取り出し口以外はぐるりと囲った竈で、どちらかというと炉に近い。取り出し口の反対側には材料の投入口が開けてある。

二人で作業すればあっという間だ。竈ができたので、ジークにはヤグーをつれて薪（たきぎ）を取ってきてもらう。

マリエラはというと、外套と靴、ポーチを脱ぎ捨て、麻袋とスコップを持って滝口へと向かった。

滝は大きく、大柄なディック隊長が5人縦に並んだくらいの高さがある。離れてみると1段に見えるが、この滝は2段になっていて、ディック隊長が万歳したくらいの位置に、ちょっと開けた段差がある。ディック隊長が万歳している様子を想像して、マリエラは思わず笑ってしまった。

滝口は大岩がごろごろと重なった形をしていて入り組んでいる。

「まだあった。よかった」

滝のすぐ横に崩れ落ちたように立っている大岩と、滝のある岩山の間には、マリエラがギリギリ入り込めるくらいの細い隙間がある。入り込むと中は少し広くなっていて、入り口から奥に向かって上り坂になっている。最奥の壁面は、ゴツゴツ出っ張っていて、出っ張りを足場にすれば滝の段差に登ることができる。

この岩の隙間には、滝の段差で跳ねた水滴が降り注ぎ、足元も壁面も苔がびっしりと生えていた。

「うっはぁー！　大漁！　さすが二百年ぶり。すっごい茂ってる」

この苔はプラナーダといい、先がほんのり桃色になっている。清浄な水とわずかな日照によって生育する苔で、成長速度が極めて遅く希少なものだ。体に蓄積された疲労を回復し、縮まった寿命を戻すと言われている。取引価格は高額だが、滅多に市場に出回らないものだから、この場所も秘密だし、採取した苔も使う分以外は大切に保管しておくつもりだ。

手の届く範囲の苔を採取して麻袋に入れると、隙間から外に押し出す。

苔を取り去った岩肌は、マリエラでもなんとか登れる段差と高さになっている。

足を滑らさないように慎重に登ると、滝の段差部分に出た。

「おぉ、こっちも大量！」

下から見ると分からないが、段差部分は奥に広い空間があって、足元には大量の白い砂が溜(た)まっている。

この砂がポーション瓶の原料に最適なのだ。

防衛都市時代からマリエラがいる川の下流はポーション瓶用の砂の採砂場で、良質な砂が採取されていた。良質といっても天然物である以上、いくらかの不純物が含まれる。採取された砂は、専用の設備で不純物をより分け、溶融する際も様々な副原料を添加して、不純物を取り除いてポーション瓶用のガラスに精錬される。

錬金術のスキルがあれば、マリエラが造ったような簡易の竈でもガラスを作り出すことはできるが、よほど良質な原料を使わない限り品質の低いガラスになってしまう。

その最高品質の原料がここの砂で、プラナーダ苔を採取しに来てこの場所を見つけた時は、苔も砂も手に入る宝箱のようなこの場所に小躍りして喜んだものだ。どういう理屈かは知らないが、上の滝から流れてきた石や砂のうち、特にポーション瓶に適した砂ばかりがここの段差に溜まるのだ。

二百年ぶりの砂溜まりには、採砂場としては量が少なすぎるが、マリエラ個人が使用するには十分すぎる量が溜まっていた。

滝から少し離れてはいるが砂溜まりには大量の水しぶきが飛んでくる。マリエラの髪も服もあっという間にびしょびしょになって、季節柄少し寒い。しかも水しぶきにまぎれて、たまに小石が飛んでくる。

(いてて、また石飛んできた。うぅ、ポーション瓶のためだし。がまん、がまん)

ざっくざっくとスコップですくっては、麻袋に入れていく。

担いで下りられるくらい集めたら、口を縛って背負う。

「う……重。ちょっと入れすぎた」

「マリエラ様」

いいタイミングでジークが来た。あの細い隙間をどうやって来たのだろう。いくら痩せていても骨格が違う。ジークに通れる隙間ではないのだが。

「あれ？　ヤグーまで？　どうやって？」

振り向くとヤグーに乗ったジークがいる。

プラナーダ苔の入った袋が落ちていて、上から音が聞こえたので、ヤグーに乗って登ったのだそうだ。

そういえば、ヤグーは絶壁大好きな生き物だった。結構な絶壁で、登れる足がかりなどなかったと思うのだけど、ヤグーはふんすふんすと鼻をならしてたいそう機嫌よさそうだ。

もっと上まで登りたそうにしているヤグーをなだめて、砂袋を竈まで運んでもらう。

ヤグーは砂袋とジークを乗せたまま、タタンと一回壁を蹴っただけで下りてしまった。ヤグーもすごいが操るジークもすごい。ヤグーとジークはすぐに戻ってきて、今度はマリエラを乗せて下りる。段差自体は『ディック隊長が万歳したくらいの高さ』で、たいして高くはないけれど、ヤグーの高さが加わるとなかなか怖い。「ぎゃぁ」と叫んでヤグーにしがみつく。ヤグーから降りると、ヤグーに「ふんっ」と鼻で笑われてしまった。

竈の横には薪が山盛りになっていて、魔法で乾燥までしてあった。竈の中にはすでに火が燃えている。

（男手が(俺がいる)あるのに、マリエラ様はどうして自らスコップを握り締め、ずぶぬれで肉体労働などしているのだろうか……）

「体動かしたら、なんかスッキリしたかも」

などと言っているマリエラをジークは火のそばに連れていく。水遊びをし足りない子供のような顔をしているけれど、夏はもう終わりだ。

「砂は、俺が、採って来ますから、服を、乾かして、ください」

砂を竈横にある平たい石の上に広げると、ジークは空の麻袋を持って再び砂溜めに登っていった。

「《乾燥》そして《乾燥》」

マリエラは自分と砂を乾かして、脱ぎ捨てた外套を着て靴を履く。

ジークが置いていった背負い袋から、素材をいくつか取り出す。ガーク薬草店で購入したトローナ鉱石と、ガラクタ箱に入っていた半分以上固まった白い粉、あとは金属らしき小さな粒。粉にした魔石。

白い粉はラム石で、長らく放置されていたため空気中の成分と反応してこのままでは使えない。

《錬成空間、粉砕、加熱》

水が湯になるよりはるかに高く、けれど蠟燭（ろうそく）の炎よりは低い温度に加熱する。

トローナ鉱石もラム石に合わせて必要量を削りだし、同じように加熱処理する。

次は砂。

《錬成空間、粉砕、命の雫（しずく）、固定、混合》

乾かした砂を粉砕し《命の雫》を染みこませた後、処理したラム石とトローナ鉱石、魔石の粉も配合する。これで原料は完成だ。

準備はできた。ここからは休みなしになるから、ちょっと早いけれど昼食にしよう。

ジークはすぐに戻ってきた。砂でパンパンに膨らんだ麻袋を2個もヤグーに積んでいる。原料を調整している間も運んできてくれたから、全部で5袋弱。ラム石が足りなくなるくらいの量だ。

昼ごはんはオーク肉のカツのサンドイッチだった。マスタードをたっぷりと練りこんだソースがピリッとして美味しい。今日が良い天気でよかった。滝のほとりで鳥の囀（さえず）りを聞きながらお弁当を食べるなんて、なんて気持ちいいんだろう。お弁当を食べた後はゆっくりとお昼寝がしたいところだが、そういうわけにはいかない。夕方までに瓶を作ってしまわなければ。

ジークが採ってきてくれた砂も乾燥させ、配合までの処理を済ませる。ラム石が全部なくなってしまった。こんなに大量に処理できるだろうか。

「ここからは、ずっと錬成になるから、ジークは好きに休んでいてね」

ジークは今回も見学するようだ。離れたところでこちらを見ている。水でも飲んでりゃいいのに、なぜかヤグーも一緒に見学している。

竈の材料投入口から、坩堝に一回分の原料を入れる。熱気が集中してここから出ているから、当然手で入れずに《錬成空間》を利用して挿入する。

竈では薪がなかなかの火力で燃えてはいるが、こんな温度では砂は溶けない。もっと温度を上げる必要があるが、錬金術スキルで上げられる温度はろうそくの炎程度で、砂を溶かすほどの高温に上げることはできない。

ガラクタ箱に入っていた金属の小粒を取り出して火に入れる。

《火花》

空気中の酸素と魔力を吹き込んでスキルの力で金属の小粒を燃やすと、パチパチと音を立てて、赤やオレンジ、緑といった様々な光を放つ。

《来たれ、炎の精霊》

魔法陣が描かれた紙切れを火にくべる。精霊魔術のスキルや精霊の力を借りるスキルを持っていれば、詠唱だけでも精霊を呼べるのだけれど、どちらも持っていないマリエラは、魔法陣と『炎』と『火花』の供物で精霊を招く。もっとも、こんな小さな炎や火花では大した精霊は呼べないのだけれど。

炎がぐるりと揺らめいて、小さなトカゲの形をとる。

「サラマンダー？　こんな小さな炎で？　珍しい」

サラマンダーは有名な火の精霊で、本来こんな小さな炎に宿ることなどない。高名なドワーフが契約したり、大きな炉に宿ったりする。こんな小さな炎では、ウィスプが来てくれれば御の字なのに。

ぱくり、ぱくりとサラマンダーが火花を食べる。

《火花》

美味しそうに見えるので、金属粒を足して火花を追加してやると、しっぽを振りながらぱくり、ぱくりと残さず食べる。

「ねぇ、サラマンダーさん、力を貸してくれる？」

言葉は通じないのだが、こんなちっぽけな火花で力を貸してくれるか不安だったので聞いてみると、ゴゥと火力が強くなった。どうやら力を貸してくれるらしい。

坩堝の中のガラスがどんどん溶けていく。

《錬成空間、取り出し、冷却、加工-ポーション瓶、冷却》

《錬成空間、材料投入、攪拌(かくはん)》

《火花》

溶けたガラスを取り出しては、次の材料を投入して攪拌、溶けるまでの間にポーション瓶に加工。

(さすがサラマンダー。すっごい火力。熱気が来ないのは結界張ってくれてるんだよね?)

結界のおかげで作業はしやすいのだが、溶ける速度がウィスプとは段違いで、マリエラは息をつく暇がない。

サラマンダーは燃費が悪いのか、火花をこまめに追加する必要がある。火花が足りないと火力が下がるし、サラマンダーが小さなしっぽをびたんびたんと縦に振るのだ。火花は金属粒の個数よりこめる魔力の量が重要で、多く魔力をこめるほど、サラマンダーはしっぽを横にふりふり振って良い仕事をする。

「薪っ、燃え尽きちゃう!」

薪が燃え尽きそうになって慌てていると、ジークが薪を足してくれた。

「ありがと、ジーク。助かるー」

サラマンダーもくるりと回って喜んでいる。

下級、中級、上級の各種ポーション瓶をある程度作った後は、成型まで行わず、瓶1個分のガラス塊の状態で冷やしていく。忙しすぎてとてもじゃないが瓶まで成型できない。成型だけなら、ここまでの火力は要らないから、ちょっと魔力を食うけれど錬成スキルだけでもなんとかなる。持ち運びにも邪魔になるから後回しだ。

材料を入れる、火花、溶かす、薪を足す、取り出す、火花、材料を入れる、火花、溶かす、薪を足す、取り出す、火花、材料を入れる、火花、溶かす、火花、取り出す……。

気が付くと、原料は全てなくなっていた。

まだ日は高い、そんなに時間は経っていないようだ。

「サラマンダーさん、ありがとう」

お礼を言って、残りの金属粒にたっぷり魔力をこめて火花を起こす。

サラマンダーは「もう終わり？」とばかりに首をかしげた後、ばくんと全ての火花を平らげた。

「すごいね。あっという間に終わったよ。ほんと助かった」

ここが人の領域だったら、このサラマンダーとも言葉が通じたのだろうか。獣っぽいから通じないのかもしれないが、動作がなかなか愛らしい。できればまた、一緒にガラスを作りたい。

チリン。

サラマンダーは「ぷっ」と、口から何かを吐き出すと、来た時と同様にぐるりと火を揺らめかせて消えていった。

「……指輪？」

サラマンダーが吐き出したのは、虹色に輝くシンプルな指輪だった。火花に使った金属粒を固めて造ったのだろうが、どうすればこんな色合いになるのか。さすがは精霊。不思議なことをする。これをはめていれば、次も来てくれるだろうか。

指輪は右手の中指にぴったりとはまった。なかなか綺麗だ。ありがたく貰っておこうと思う。


そこらじゅうに固めては並べたポーション瓶とガラス塊は、冷めたものからジークが麻袋に詰めてくれた。

すごい量だ。麻袋2個がパンパンになった。全部で300個分以上あるのではないか。

それにしてもとマリエラは思う。魔力があまり減っていない。あれだけ景気よく火花に魔力をこめたのに。サラマンダーよりずっと燃費の良いウィスプでも、これだけの量を造れたことはなかった。眠っている間に、魔力がずいぶん増えた気がする。今度、鑑定紙を買ってきて確認したほうがいいかもしれない。

日はまだ高かったけれど、想像以上に荷物が増えた。ヤグーの背にはガラスが詰め込まれた麻袋が2個と、プラナーダ苔が入った麻袋が縛り付けてある。いくら力持ちのヤグーでも、さらに二人を乗せるのは可哀想だろう。

採取をしながら、ゆっくりと帰ることにする。

このあたりの森は、人が入っていないようで、茸や薬草、木の実などが豊富に実っていた。採取しながら帰っていたら、ヤグーの背には蔓で縛った薬草や素材が山盛りになっていて、迷宮都市に着く頃には日が暮れかけていた。北門の衛兵さんは、マリエラたちのことを覚えていたようで、「大量だな！　遅いから心配したぞ」と言ってくれた。

ジークとマリエラは『ヤグーの跳ね橋亭』の近くで一旦別れた。ジークには荷物を降ろした後、ヤグーを返しに行ってもらう。マリエラは注文の薬草を受け取りに『ガーク薬草店』に向かった。

通りには迷宮帰りの冒険者たちが歩いていて、それなりに賑わっていた。『ガーク薬草店』もまだ開いており、ガーク爺さんが採れたての薬草を渡してくれた。袖で隠してはいたけれど、腕に擦り傷があった。採取の時の傷かもしれない。

「今度、よく効く傷薬持ってくるね。薬草ありがとう」

「普通の薬をたのむぜ」

そんな短い会話を交わして店を出る。

冒険者らしき一団が、美味しそうな匂いをさせている料理屋に吸い込まれていく。

彼らの中には回復職もいるのだろう。通りに大怪我を負った人は見られないが、ガーク爺のように小さな傷を負った人もいるだろうし、病気の民間人など『よく効く薬』が必要な人もいると思う。

（薬屋さんでも開こうかしら？）

そんなことを考えながら、マリエラは『ヤグーの跳ね橋亭』に帰った。

## 03

『ヤグーの跳ね橋亭』には、ジークより先に着いた。採取した荷物は部屋に入れてあったから、ヤグーを返却してじきに戻ってくるだろう。食堂のカウンターで待っていると、店の女性がやってきた。

「ねぇ、アンタ、薬師なんだろ？　薬売ってくんないかい」

年の頃はマリエラと同じか少し上程度。アンバーさんほどではないが、マリエラとは比べようがないほど色っぽいお姉さんである。

「もうすぐ迷宮遠征があるだろ、遠征後は繁盛するんだよ、アタシたち。だから準備しときたいんだけど、どこも品薄らしくってさ」

繁忙期ともなれば魔物との戦闘で昂(たか)ぶった客や、あぶく銭を手に酔いつぶれて暴れる客も増える。しかも武器を持った冒険者だ。そんな客の相手をしていれば、薬が入り用な事態も容易に起こりうる。いつも明るく振る舞う彼女たちだが自由な身の上ではないから、多少の怪我で治癒魔法使いにかかるわけにもいかないという。冒険者たちが酒に溺れる真夜中に開いている治療院も多くはない。こういう時のために、ポーションがあるはずなのに、迷宮都市では手に入らない。

だからポーションより効きが悪くとも薬を備えようとするのだが、遠征前になると薬師は冒険者が必要とする傷薬や香、煙玉ばかりを優先して、彼女たちが必要な内服薬などは後回しにされるのだという。

「『ヤグーの跳ね橋亭』のマスターはいい人でね、必要なお金は出してくれるんだ。ちゃんと薬代払えるからさ、売っておくれよ」

マリエラはなんともいえない気持ちになった。質の低い薬しかないことも、その薬すら十分供給されていないことも。そして、必要な物すら自分で買えない立場の人がいることも。分かっているつもりでも、きっと分かっていなかった。

「どうしたんだい？」

マリエラが黙りこくっていると、アンバーさんがやってきた。

「や、なんかごめん。ムリ言っちゃったみたいでさ」

薬を頼んだお姉さんが、アンバーさんに事情を話す。

「もう。マルローさんから、よろしく頼まれているお客さんなんだからね。マリエラちゃん、この子が変なこと頼んじゃったみたいでごめんね。気にしないでくれるかい？」

「いえ、私こそごめんなさい。お薬作ります。必要なものを教えてください」

「ほんとかい。そりゃ助かるよ」

「ありがとね、マリエラちゃん」

マリエラにできることは少ない。二百年の時間など関係のない次元で、世の中のことを分かっていない。それなのにアンバーさんたちはとても優しくしてくれる。薬が欲しいと言ってくれる。

（ポーションが作れるってバレない範囲で、なるべく効く薬を作ろう）

マリエラはそう思った。仕事があるということは、ここに、居場所を作れるということだから。

「ただいま、戻りました」

ジークが帰ってきた。保証金の大銀貨2枚をマリエラに差し出す。マリエラは1枚だけ受け取って、1枚をジークの手に残した。

「それはジークが持ってて。何か必要なものがあったら使って。あ、着替えとか日用品なんかは、別に買うから。明後日（あさって）になっちゃうけど、それまで我慢してね」

ジークはとても困った顔をしている。それはそうだろう。大銀貨で買えるものは知れているけれど、安い金額でもない。好きに使っていいと言われても、おいそれと使える身の上ではないのだ。これはマリエラの自己満足だ。自分でも分かっている。それでも、何かジークの自由になるものをあげたかった。

「持ってて」

もう一度繰り返して、大銀貨を持つジークの手を握らせた。

夕食を済ませると、マリエラはジークを残して先に部屋に上がった。お風呂に入るから、半刻ほどしてから上がってほしいと伝えている。

なんだか辛気臭い気分になってしまった。こういう時はお風呂に限る。魔力に余裕があるから、今日も《命の雫》をたっぷり溶かしたお湯に浸かろう。

お風呂から上がって髪を乾かす。風呂桶には新しいお湯を張ってある。

部屋にジークは戻っておらず、もしやと思ってドアを開けたら、案の定、廊下に立って待っていた。

「……入っていいから」

「はい」

はい、と返事をしたけれど、明日も廊下で待ってるんだろうな、とマリエラは思った。

「ジークもお風呂入っちゃって。《命の雫》が溶かしてあって体にいいから、しっかり浸かってね」

そう言ってジークを風呂に放り込んだマリエラは、すばやく服を回収する。

(洗濯するぞー。ジークは着替えを持ってないからね。今日は一日外に出かけて汗もかいてるし。洗わなくっちゃ！)

ジークのサイズが分からなかったから、下着以外は1着ずつしか買っていない。シャツもズボンも2日間着たきりだ。マリエラは自分の分も洗濯物を抱えて、裏庭にダッシュする。水場の桶に放り込み、生活魔法の水を入れる。石けんでごしごし洗ったら、水を替えて濯ぐ。

《錬成空間、遠心分離‐超弱め》

鍊金術をこっそり使って脱水しては、濯ぐのを繰り返す。

《乾燥》

生活魔法で乾燥する。生活魔法に《洗濯》や《濯ぎ》もあるのだが、どれも桶が必要で、水場の桶では少し小さい。《錬成空間》のような不可視の容器を作り出すのは、それなりに魔力が必要で生活魔法の使用魔力量を超えてしまう。

洗い立ての洗濯物をもって部屋に戻ると、ジークが風呂場から顔を覗かせた。

「はい、着替え。洗ってきたよ。置いとくね」

手の届くところに置いて寝室に戻る。着替えて部屋に戻ったジークは、ものすごく申し訳なさそうな顔をしていた。

「あの、すいません……」

やっぱりパンツを洗われるのは嫌だったのか。でも洗濯はまとめてしたほうが効率がいいし、何より、ジークにパンツを洗ってもらうのはマリエラのほうが恥ずかしい。次からはパンツは各自で洗うことにしよう。

二人で暮らしていくのは色々とたいへんだな、とマリエラは思った。

寝る前に、今日入手した素材の処理を済ませる。

まずはアプリオレのアク抜き。アプリオレは硬い殻に包まれた木の実で、殻の中身が中級ランクのポーションの基材になる。ただし、アクが物凄く、アクが残った分だけ効力が弱まる。中級ランクの基材に使える素材は他にもあるのだが、アプリオレが一番安価だ。しかも半日くらい時間をかけてしっかりアク抜きをすれば効果は他の代替素材よりも高くなるから、マリエラはいつもアプリオレを使用していた。

《錬成空間、粗破砕、風力分離》

アプリオレを砕いて殻を取り除き、トローナ鉱石を一摘み入れた湯につける。新鮮なアプリオレだったから、一晩かけてアクを抜けばよい仕上がりになるだろう。

次はルンドの葉柄。これは上級毒消しポーションの材料になる高価な素材だ。ガーグ薬草店でポーション1本分が銅貨60枚。迷宮都市以外なら銀貨1枚はするだろう。今回マリエラが購入した薬草の中では、ジークの脚の欠損修復に用いたニギルの新芽に次いで高価な素材だ。ニギルの新芽は1株からポーション1本分しか採れないが、ルンドの葉柄は1株からポーション20〜25本分採れるから、1株捕まえれば大銀貨は固い。

ルンドは毒沼に生息する植物型の魔物で、葉柄部分が浮きのようになっていて、毒沼に浮かんで生息している。ルンド自体の戦闘力は低いが、代わりに沼の毒を利用して近づく獲物を捕らえて、毒沼に引き込んで栄養にする。ルンドの表皮は毒沼の毒によって常に毒状態だが、葉柄に様々な毒を解毒できる中和組織を持っている。この中和組織のおかげで、ルンドは様々なタイプの毒沼に生息できる。

触れば毒を受ける沼地から、どうやってルンドを捕獲するのかガーク爺に聞いたところ、なんと釣り上げるのだそうだ。安全な場所から竿（さお）をふり、引っ掛けては釣り上げる。表面の毒を洗い流して浄水につけておけば、ルンド自身の中和組織によってすっかり毒は消えるのだそうだ。そんな方法があったとは驚きだ。

ルンドの葉柄は皮をむいて、中の組織だけの状態で凍らせてある。温度を上げると傷むから、このまま低温を保った状態で乾燥させる。

《錬成空間、温度制御、粉砕、減圧》

低温を保ったまま減圧すれば水分だけが昇華して少しずつ乾燥していく。

残りは今日採取した素材。プラナーダ苔は土を洗い流さないといけない。これは明日裏庭でやることにして、他の森で採取した素材の処理を済ませてその日は休むことにした。

照明を落とそうとするジークを「寝るまで点（つ）けておいてほしいな」と止めるマリエラ。

昨日はお酒を飲んでそのまま眠ってしまったけれど、部屋を暗くしたらまた、魔の森の氾濫（スタンピード）のことを思い出してしまうかもしれない。

今日は朝から遠出をしたし、帰ってからも洗濯に、素材の処理にと大忙しだった。とても疲れているはずなのに、なぜか瞼（まぶた）が落ちてこない。

「今日は楽しかったね」

話しかけるマリエラの様子に、ジークは椅子に腰掛けて「はい、綺麗な、場所でした」

と答える。『楽しい』という感情は長い奴隷生活で失われてしまっていて、正直まだジークは思い出せていないのだけれど、どことなく寂しそうな様子のマリエラに、一生懸命話をあわせる。

ヤグーの足が速かった。苔がたくさん生えていた。砂も溜まっていて瓶がたくさんつくれた。サラマンダーなんて初めて見た。今日あった出来事が夢幻でなく現実であることを確認するかのように、一つ一つ話すマリエラ。

「薬屋さんを開こうかなぁ……」

「地脈契約（コントラクタ）の、錬金術師を、隠すにも、いいと思います」

「ジークも、一緒に……」

ジークが返事をする前に、マリエラは眠りに落ちていた。目が覚めた時、全てが二百年前の幻になっていた彼女の思いなど、ジークには想像もつかない。

「お供します」

マリエラの眠りを妨げないように部屋の明かりを少し落として、彼は小さくそう答えた。

# 04

　翌朝、マリエラはいつもの時間に目が覚めた。二百年前と同じいつもの時間。

「おはようございます」

　既に着替えまで済ませたジークが朝の挨拶をしてくれる。これは二百年前にはなかったことだ。

（なんだ、普通に眠れるんだ。なんだ、なんだ、なんだぁ……）

　うーんと伸びをして、ジークに朝の挨拶を返す。

「今日は思う存分引きこもって！　張り切ってポーション作るぞー！　でもって、薬屋さんを開くぞー」

　朝っぱらからマリエラのテンションが高い。朝食を済ませるや否や、引きこもり態勢に入っている。

「なにか、お手伝いを……」

　ジークは仕事がないと落ち着かないらしく、そわそわしている。

「うーん、特にないから、遊んでていいよー」

　昨晩は「ジークも一緒に」などと言っていたくせに、朝になったら元気いっぱいほったらかしモードだ。『遊んでいろ』なんて言われたジークは混乱してしまったのか「洗濯を……」などと言い出す始末。何年も『命令されるまま行動』してきたのだから無理もないのだろうが。

「いや、昨日洗ったばっかりで汚れてないし。あ、そうだ。昨日採取したプラナーダ苔がそのままだった。お願いしていい？　生活魔法の水じゃなくて、井戸水を使って土をキレイに洗うの。根っこにも栄養があるから、なるべくちぎらないように丁寧に。貴重なものだから、細かい破片もなるべく流さないでね」

本当に貴重なものだから、自分で処理しようと思っていたけれど、苔の麻袋と適当な道具をマリエラが渡すと、ジークは畏まった様子でうなずいて裏庭へと出かけていった。

さて、まずは低級ランクのポーションから作りますか、とマリエラは腕まくりをする。

デイジスとブロモミンテラから、魔物除けポーションを、キュルリケから低級ポーションを、ジブキーの葉とタマムギの種から低級解毒ポーションを作製する。低級ランクは作るのも簡単。材料もタマムギの種以外は、全て魔の森の小屋の畑から持ってきたもの。タマムギの種も畑で育てられるし、川べりでも採取できるものだけど、収穫時期が秋なので今は少し時期が早い。仕方がないのでガーク薬草店で購入したものを使った。

次いで中級。昨日仕込んだアプリオレのアクがいい感じに抜けている。一旦乾燥して粉にしたら《命の雫》を溶かした酒精で抽出する。鬼棗（おになつめ）の乾燥粉末も酒精で抽出。残渣（しぼりかす）を除いた後、ウロルの花の蕾を漬けて花の色が移ったら蕾を取り除く。漬ける時間が長すぎると失敗してしまうから、見逃さないように要注意。キュルリケとキャルゴランは《命の雫》を溶かした水で抽出する。この3種の薬液を混ぜて濃縮すれば中級ポーションが出来上がる。

中級解毒ポーションは、この3種の薬液にジブキーの葉、タマムギの種、フィオルカスの花の抽出液を加える。ただし3液の比率と混合手順が異なるから仕上げは別に。

「一度にちょっとずつ色々なポーションを作るのって、時間もかかるしめんどくさいな。どばーっと同じのを大量に作ったほうが楽なんだよね」

独り言を言いながらもマリエラの手は止まらない。

上級ランクのポーションは作る前にポーション瓶に刻印が必要だ。

ガラクタ箱からルミネ石と魔石の粉を取り出す。あとは昨日採取したスライムの溶解液とクリーパーの子株。クリーパーの粘液でコーティングした瓶に、ルミネ石をほんの一欠片とスライムの溶解液をちょびっと入れて振り混ぜる。魔石の粉を加えたらガラス用インクの出来上がり。これは危険なインクだから必要な分しか作らない。コーティング済みのガラスペンでポーション瓶に『劣化防止』の魔法陣を描いていく。

マリエラは自作の絵描き歌まで歌い始めてご機嫌だ。だいぶ調子っぱずれな上に、時折「ふふふふーん」と歌詞を誤魔化している。自作なのに歌詞を忘れるいい加減さだが、指摘する者はいない。何しろ今は絶賛お一人様作業中なのだ。

しばらく経つとインクの部分のガラスが溶けて溝に魔石の粉が残るから、最後に錬金術スキルで魔法陣の溝を周囲のガラスで埋めれば完成。どんどん興が乗ってきて、一つ魔法陣を描くたびに、「かんせー、かんせー、かぁーんせーいっ」と声が出る。

「最後はー！　上等なアレだー！」

ご機嫌で器具を取り出そうと振り向くと、入り口にジークが立っていた。

「い、いいいいつからソコに？」

「ふ、ふふふふーん、の辺りでしょうか……」

一番恥ずかしいところから見られていた。

ジークに渡された大きな洗い桶には、プラナーダ苔がとても丁寧に洗ってあった。さぞや時間がかかったろう、と思って気が付いた。

お昼をとっくに過ぎていた。

「ごめん、ジーク、お腹(なか)すいたよね？」

ポーションを作るのに夢中になって、昼ごはんを忘れていた。マリエラにとってはよくあることだが、忘れられたほうは辛(つら)いだろう。

「大丈夫です。３食、食べるなど、なかったですから」

ジークが悲しいことを言う。これからは、お腹いっぱい食べていいんだよ。頬だってこけたまんまじゃないか、とジークの顔を見る。

「あれ？　ヒゲ剃(そ)った？」

まだ、ナイフを買っていないので、今朝はジークのおヒゲがちょびちょびと生えていたのにすっきりフェースに戻っている。というか、表情がすっきりしている。

「あれ？　なんかあった？」

「はい。リンクスに、会いまして。しばらく、短剣を、貸してくれると」

（おぅ、気が利かなくてごめんよ。そしてリンクスありがとう）

お礼を言おうと思ったのに食堂にリンクスの姿はなかった。昼食だけ食べにきて仕事に戻ったのだそうだ。昼食は3色のパプリカと生ハムがたっぷりと入ったオムレツに、カリカリのバゲットだった。具沢山のオムレツなので結構どっしりしている。生ハムのしょっぱさが卵の甘みとよくあって美味しかった。

遅めの昼食の後は、上級ランクのポーション作製が残っている。ジークに頼める仕事はもうない。午前の、仕事がなくてそわそわと落ち着かないジークの様子を思い出す。

「ジーク、昼からは、お願いしたいことがないの。体も本調子じゃないだろうし、休んでいてほしいんだけど……」

「体は、平気です。訓練を、しています。御用がありましたら、すぐに行きます」

（びっくり。朝は汚れ物もないのに「洗濯」とか言っていたのに。本当に何があったんだろう）

良い変化には違いないので、「無理しないでね」と告げてマリエラは部屋に戻った。

（マリエラ様の恩に、報いるために……）

# 05

ジークムントはリンクスから貸し与えられた短剣をぎゅっと握り締めていた。

ジークムントは、魔の森に程近いとある辺境の村で生まれた。父は腕の良い狩人で、母は物心付いた時には他界していた。彼の一族には時折『精霊眼』と呼ばれる魔眼持ちが生まれた。『精霊眼』の加護は、遠見と遠距離攻撃の命中率増加、そして精霊視。精霊視は、精霊たちが望めば、微弱な精霊までも見ることができるという、おまけのようなものだった。父にも祖父にも現れなかった『精霊眼』は、ジークムントの右目に宿った。

『精霊眼』による遠見と遠距離攻撃の命中率増加の加護はすさまじく、ジークムントも歴代の『精霊眼』持ちと違わず、放った矢は獲物の急所に必中し、若くして弓の名手として名を馳せた。

「『精霊眼』に恥じぬ人物となるように」

ジークムントの父は多くはない稼ぎから教師を雇い、ジークムントに教育を施した。その甲斐あって、ジークムントは村には珍しく読み書きや計算、礼儀作法を身につけた青年に育ったが、『精霊眼』と村人としては『特別な教育』はジークムントを驕（おご）った性格にしてしまった。

自分は『精霊眼にふさわしい、特別な人間』であると。

ジークムントの父がその思い上がりに気づくことなく、狩りの最中に魔物に襲われ他界したことは、ジークムントの不幸の始まりだったかもしれない。

いつの時代も若く才能に溢（あふ）れた青年にとって何もない辺鄙（へんぴ）な村は退屈でしかない。父亡き後、ジークムントは村を出て街で冒険者になった。年の近い仲間とパーティーを組み、多くの魔物を討伐した。『精霊眼』を持つジークムントにとって、初級の冒険者が挑む魔物など敵ではなく、彼らは急激にランクを上げていった。

弓を引くほどに高まる名声、舞い込む金、群がる女たち。

自分が『精霊眼』にふさわしい特別な人間であるという思いは、ジークムントの中で絶対の確信に変わっていった。

「誰のおかげで、Bランクになれたと思っている？」

事実、そんな言葉に仲間の誰もが反論できないほど、ジークムントは強かった。彼の矢に貫かれない魔物はなかったのだ。Bランクになるまでは。

ジークムントたちパーティーの人間関係は対等なものではなく、強者（ジーク）と下僕といった様相を呈していた。それは人間関係においてだけでなく、メンバーの強さにおいても当てはまる、歪（いびつ）なパーティーだった。

個々の戦力で見ればAランクに手が届くかというジークムントと、Cランク下位程度の仲間たち。才能の差は歴然で、戦えば戦うほどジークムントはより強く、より傲慢になっていった。暴君さながらのジークムントに、仲間の我慢はとうに限界を超えていた。

ワイバーンは尾に毒を持つ小型の亜竜で、飛行はするがBランクの冒険者であれば問題のない魔物だった。盾役が注意を引き付けている間にジークムントが飛膜を破って機動力を殺げば、あとは地を這うトカゲと同じ。距離をとりつつ攻撃すれば容易に倒せる。ジークムントはそう考えていた。

「ひっ、ひいぃ……」

Cランク下位程度の実力しかないパーティーの盾役はしり込みし、ワイバーンを留めておけない。メンバーの連携もばらばらで、矢を射る邪魔になる始末。挙げ句にワイバーンは最も装備の薄いジークムントに狙いを定めた。

ワイバーンの装甲は厚く、ジークムントの矢は迫り来るワイバーンに致命傷を与えられない。ジークムントがワイバーンを倒し得たのは、食い殺そうと開かれた顎の奥に、たまたま矢を当てることができた、それだけのことだった。

運が良かったのかは分からない。代償にジークムントは『精霊眼』を失った。

『精霊眼』を失ったジークムントに、手を差し伸べる者はいなかった。彼のおかげでBランカーとしての恩恵を受けたであろう仲間たちも、ジークムントの下を去っていった。

名声はかつての仲間が流した悪評に変わり、稼げないジークムントに寄り添う女はいなかった。享楽的にすごしたジークムントに十分な財などあろうはずはなく、ワイバーンの素材を売って得たいくばくかの金を持って、ジークムントは帝都に赴いた。

帝都に行けば部位欠損を治すポーションが手に入る。

情報屋に金を払い、眼球の欠損を治す特化型の特級ポーションを作れるという錬金術師にたどり着いた。先払いだという代金は、金貨10枚。弓を、防具を質草としても到底足りない金額だ。しかし『精霊眼』さえ取り戻せれば、稼ぎ出せない額ではない。ポーション代は借金をして工面した。

白い髭(ひげ)を蓄えた老齢の錬金術師は金を受け取ると、弟子たちとともにポーションを作製してみせた。初めて見る複雑で高価そうな魔道具をあやつり、弟子たちがいくつもの錬成を行う。老齢の錬金術師は一つ一つに指示を出し、出来上がった薬品を混ぜ合わせ、完成のための魔法を行使する。

出来上がったポーションを受け取る。これでようやく『精霊眼』を取り戻せる。しばらくは金の工面に追われるだろうが、なに、少しの辛抱だ。俺にかかれば造作もない。

ジークムントはポーションを飲み干した。

『精霊眼』は戻らなかった。

「だましたのか！」

怒りに震え、飛び掛ろうとするジークムントを警備の兵が取り押さえた。老齢の錬金術師は不思議そうにジークムントの失われたままの右目を見ると、「もしや、魔眼じゃったかの」と問うた。

「『精霊眼』は文字通り精霊が与えたもうた魔眼。その精霊が宿る地脈から作られたポーションでなければ治すことは不可能じゃ。そんなことも知らなんだか」

「俺は『精霊眼』に選ばれたBランクの冒険者だぞ、こんなことが許されると思うのか！」

「ほっほ。Bランクの冒険者がこの帝都に何人いると思うておる。百人は下らんわ。ちなみに、Sランクは3名、Aランクは12名じゃったか。知っておるか？　特級ポーションを作れる錬金術師もこの帝都にはわしを含めて3名しかおらん。こやつらのように上級ポーションを作れる錬金術師は10名程度じゃ。丁度、Sランク、Aランクの冒険者と同じ数じゃの。で、そのBランク冒険者が何を言うておるのかのう？」

金を返せとわめくジークムントに、老齢の錬金術師はあざ笑うように答えた。同じBランクだという警備の兵に部屋から連れ出される際に、老齢の錬金術師はこう言った。

「『精霊眼』などという稀有(けう)な加護に恵まれながら、Bランクにしかなれなんだとは、愚かよの」

ジークムントは魔の森のほとりの村で生まれた。二百年前にエンダルジア王国が滅びて以来、かの地脈に錬金術師は誕生していない。

失われた『精霊眼』は、二度と元には戻らない。

そのことをようやく理解したのは、酒に女に溺れ果て、借金のカタに『借金奴隷』に堕とされた後だった。

ジークムントを買ったのは、非道なやり口で財を成した商人だった。商人は残忍な性格の持ち主で、ジークムントのような思い上がった若者を痛めつけ、屈服させることに喜びを感じる異常者だった。

ジークムントの歪な自尊心など、半年も経たぬうちに跡形もなくなった。厳しい労働と絶え間ない暴力、屈辱と飢餓の中で生命を繋ぐのが精いっぱいだった。任期を終えれば生き延びられる、ただそれだけの日々があと少しで終わるという時に、それはやってきた。

「迷宮都市と商売を行う」

ここ数年のうちに有名になった黒鉄輸送隊の噂を聞きつけたのだろう、商人の息子が魔の森を抜けると言い出したのだ。商人が止めるのもきかず、多少頑丈な馬車と満足な武器も与えぬ奴隷たちを従えて、商人の息子は魔の森に向かった。

数時間も経たずに黒狼の群れに襲われたのは、むしろ幸運だったかもしれない。重い足取りでジークムントは最後尾を歩いていた。古い短剣一つでどうやって魔物と対峙するのだ。

何かに呼ばれたような気がして顔を上げると、薄ぼんやりと光る何ものかが見えた。

（森の精霊か……？）

父から話を聞いたことがある。魔物と違って精霊は人を愛し、助けてくれる存在だと。幼い頃は森に溢れるほどの精霊が見えていたのに、そういえば久しぶりに見た気がする。森の精霊はジークに向かって手招きをしているように見えた。思わず隊列をはずれ、森の精霊に招かれるまま森へと踏み込む。その時だった。黒狼の群れが隊商に襲い掛かった。戦闘訓練もされていない奴隷たちなど、魔物の前では盾にもならない。奴隷たちは見る間にのど笛を噛み切られ、食い殺されていく。馬車は破られ、商人の息子が黒狼に引きずりだされる。自分だけは重装備を着込んでいるおかげで致命傷は避けられているが、執拗な攻撃に腕や脚の防具はひしゃげてはがれ、血が流れている。なにやら叫びながらじたばたとあがいているが、長くはもつまい。

逃げなければ。ジークムントは周囲を見渡す。森の精霊の招きに従い、隊列から外れたおかげで黒狼の初撃は逃れた。黒狼たちは倒した奴隷や商人の息子を貪り尽くすのに忙しいが、痩せ細った奴隷たちだ。じきに食い終わり見つかってしまうだろう。

すっ、と森の精霊が腕を上げ一方向を指し示す。指された先には、まだ傷の浅いラプトルが馬車に繋がれて逃げられずにいた。駆け寄って短剣でくびきを断ち切り、ラプトルに騎乗する。すれ違いざまに商人の息子を引き上げる。

ジークムント一人戻っても命はないだろう。だが商人の息子を助ければ。商人の息子を助けたのはそんな打算からだった。

獲物を奪われた黒狼が追ってくる。鞍も手綱もないラプトルにしがみつき、魔の森の出口に向けてラプトルを駆る。飛び掛かる黒狼を斬り捨てようと短剣を振るうが、剣の心得もなく、不安定な騎乗状態だ。当てることもできず、逆に噛み付かれる。

落としそうになる短剣を何とか左手で摑み取り、右腕に噛み付いた黒狼につきたてる。

「ギャウッ」

一匹は振り落とせたが、まだ何匹も追ってくる。口から泡を吹きながらラプトルが駆ける。噛まれた右腕に力が入らない。体ごとラプトルにしがみつく。流れる景色に目をやると、淡い光が道からそれた右のほうを指さす。

「ままよ」とばかりに、森の精霊の指し示すほうにラプトルを進める。

黒狼の距離はますます近くなり、左方向から迫ってきた黒狼は左脚のふくらはぎに喰らい付く。振りほどこうと脚を振り回すと、そのまま肉を噛みちぎられた。

「ぐあぁっ！」

焼け付くような痛みに意識を手放しそうになる。傷口から滴る血潮に黒狼が狂乱する。止血をする暇などない。

《ファイヤ》

自らの脚を焼く。普段は魔法さえ自由に使うことを禁じられている。商人の利益のために全ての魔力を使うためだ。肉を焼く臭いと、壮絶な痛みに視界が真っ白になる。

再び飛び掛かる黒狼。これまでかと諦めかけたその時、黒狼との距離がすっと広くなった。

（聖樹？）

魔の森に不釣り合いな、若々しい苗木が芽吹いていた。

聖樹とは魔物を寄せ付けない神聖な木で、世界のいずこかにある世界樹の苗木とも言われている。他の樹木に比べて成長が遅いうえ、人の手で植樹すると枯れてしまう。どのようにして増えるのか分かってはいないが、魔の森のような瘴気（しょうき）の濃い場所でも人知れず生えていたりする。この木の袂（たもと）で休めば魔物に襲われることはなく、旅人に一時の安寧を与えてくれる。

黒狼は苗木を遠巻きにしながら追ってくる。三たび浮かび上がった森の精霊が、別の場所を指し示す。間違いない。助かる道を示している。精霊の指し示すまま夢中でラプトルを駆る。黒狼のうなり声が近づいては遠ざかる。どれくらい経っただろうか。

ジークムントと商人の息子を乗せたラプトルは、魔の森を抜けていた。

商人の息子を助け、何とか生き残ったジークムントだったが、商人の息子のために呼ばれた回復術師に表面だけの軽い治癒魔法をかけられただけで、そのまま馬小屋よりも不衛生な奴隷小屋に放り込まれた。黒狼の牙には瘴気毒がある。治癒魔法で表皮がふさがっても、皮下では傷が癒えることなく、じくじくと痛み続ける。痛みと高熱に意識は混濁する。

目を覚ますと、自分が商人の奴隷小屋（もといたところ）と違う場所にいることに気づいた。水と食料を与えられる。家畜の餌のような雑穀で冷え切ってはいたが、死なないために食えるものは何でも食べる。高熱で弱った体が食べ物を受け付けず、吐いては食べ、食べては吐く。

「なんと卑しい」

身なりの整った見慣れない男が、ゴミを見るような目でジークムントを見ていた。

「回復術師から虐待を受けている借金奴隷がいると聞いて保護してみたものの、これではまるで野良犬以下だ。人の言葉が分かるとも思えんが、告知義務があるのでな。よく聞けよ、犬。お前の元主（もとあるじ）はお前を訴えたぞ。息子を守らず怪我をさせて逃げおおせたと。この罪により、お前は犯罪奴隷になった」

熱で頭が働かない。何を言われているのか理解できない。まだ生きてはいるけれど、助かったわけではないのだと、ジークムントはうつろな頭で理解した。


「死にたくなければ、ふつうに振る舞え」

奴隷商人らしき男の命令に従い、ジークムントは何とか立っていた。

大柄の男がなにやら商人と話をし、ジークムントを含め何人もの奴隷を購入していった。腰布だけの姿にされ両手を前で縛られたまま、男女別に鉄板を張り巡らした馬車に積み込まれる。「黒鉄輸送隊だ。迷宮都市に連れて行かれるんだ」誰かがそう言っていた。

帝都を離れ、初めの4日は日に一度馬車から出してもらえた。その時に用を足し、水魔法で洗浄され、食事代わりにヤグーの乳を与えられた。ヤグーの乳には豆や穀物を砕いたものが入っていて、うまいものではなかったが、ジークムントはわずかに体力を取り戻すことができた。

5日目に魔の森に入ったらしい。装甲馬車は激しく揺れた。昼となく夜となく魔物が襲いかかる。走行を邪魔する魔物だけ排除しているのだろう。馬車は止まることなく走り続けた。日に一度、ほんのわずかな時間だけ馬車が止められ、皮袋に入ったヤグーの乳を飲まされる。用を足す時間は与えられない。装甲馬車の床はすのこ状になっており、皆そこに垂れ流す。激しい揺れと饐えた臭いに吐き戻す者が後を絶たず、すのこの下に溜まったモノが馬車が揺れたはずみで飛び散り、頭から降りかかる。

真っ暗な馬車の中、常に聞こえる魔物の声、戦闘を思わせる馬車の揺れに、魔物の牙や爪が装甲馬車につきたてられる衝撃。恐怖と、あまりにも不快な環境の中、怪我と高熱で朦朧とする意識。気がふれそうになるたびに、森の精霊の姿を思い出す。姿といってもあやふやな、輪郭だけの淡い光の存在。あの光がジークムントをかろうじて正気に留めた。

荷台の扉が開かれる。「出ろ」と命じられ馬車から降りる。3日ぶりに降り立ったそこは、牢を思わせる石の塀に囲まれた場所だった。

一列に並ばされ、水をかけられ、「洗え」と命じられる。水は少なく、汚れを落とすというより臭いを抑える程度の役割しか果たさないが、それでもありがたい。次いでやってきた男に状態を確認される。脚を棒で突かれ、激痛のあまり前のめりに倒れる。見ると、黒狼に噛まれ焼いて止血した左脚は黒く変色し、倍近いサイズに腫れ上がっていた。

逆らう体力もないジークムントの髪を別の男が掴んで引き立て、体のあちこちにある傷や傷痕を棒で突いては確認していく。あまりの痛みにジークムントはもはやうめくことしかできない。

確認が終わったのか、しばらくすると大柄な男と腹の出た男が話を始める。

肉壁、鉱山、愛玩(あいがん)奴隷、そんなものにすら、なれないのだと男たちは話し合う。

(死にたくない……しにたくないしにたくないしにたくない)

がくがくと体が震える。

(これほどいたいおもいをして、これほどくるしいおもいをして、これほどおそろしいおもいをして、それでもしななかったのに、しにたくない。しぬのはいやだ)

この恐怖を、混乱を、真っ暗な絶望を、救ってくれたのは一人の少女だった。

少女のものとなった隷属の焼印(しるし)を刻まれた後、再び馬車に乗せられて運ばれた。

「着いたぞ、降りろ」

ジークムントを馬車から出した男が、「お前の主人の持ち物だ」と言って、枯れ草の束を手渡し、「そこの水場で体を洗え」と水場を指し示した。

言われたとおり水場に向かう。清潔な井戸水を汲(く)めるようだ。がぶがぶと腹が膨れるまで飲む。たとえ泥水でも飲める時に飲まなければ、次にいつ水を口にできるか分からない。

桶に水を汲み、頭から被(かぶ)る。体を洗うなど何日ぶりだろう。熱のせいか体は酷く寒いのに、脚や腕の傷は焼けるように熱い。痛みをこらえて急いで洗う。

足音と話し声が聞こえて、水場の陰から覗くと、『ご主人様』となった少女が見えた。あわてて腰布で体を拭いて、枯れ草の束を持って向かう。

前の『ご主人様』だった商人は、待たされると酷く怒り、何度も鞭を振るった。言われるままに体を洗い、勝手に水まで飲んだのだが、少女に命じられたわけではない。勝手なことをと怒られるかと思ったが、少女は何も言わず付いて来るように言った。

少女に伴われて建物の中に入る。どうやら宿屋らしい。そのまま部屋まで連れて行かれる。歩くたびに左脚に引きちぎれるような痛みが走る。熱のせいだろうか、呼吸が苦しく意識が飛びそうになるが、左脚の痛みで正気に戻る。

（まだだ。まだ駄目だ。倒れてはいけない。大丈夫だと、使い物になると思ってもらわなければ。俺は大銀貨2枚だと言っていた。大銀貨2枚など、まともな武器すら買えない値段だ。そんなもの、壊れてしまえば修理などせず捨ててしまうだろう）

ジークムントは痛みをこらえ、意識を繋ぎ、必死で平静を装って少女の後を付いて行く。

部屋に入ると座れと言われたが、左脚が腫れてきちんと座れない。あの商人ならば「座ることすらできんのか」と鞭打たれたのだろうが、この少女は何も言わず、何とか座るまで待ってくれていた。

「私は、マリエラと言います。貴方のことはジークとよんでいいかしら？　隷属契約で貴方は私の命令に逆らえない。これはあっている？」

新しい『ご主人様』は『マリエラ』様と言うらしい。

「はい。お好きにお呼びください。ご主人様。不肖の身を拾っていただいたご恩は決して忘れません。どのようなご命令にも背きません。何なりとお命じください」

前の『ご主人様』だった商人に何度も言わされた言葉を述べ、額を床に擦り付ける。

「犬」「豚」「ゴミ」「屑」。どのように呼ばれようとも、「はい」と答え、「お好きにお呼びください。ご主人様」と付け加える。

家畜より酷い、わずかな食事を与えられるたびに、「片目のない、役立たずを拾っていただき、ありがとうございます」「ご恩は決して忘れません」と繰り返す。

倒れるまで、いや倒れても繰り返される命令は、「どのようなご命令にも背きません。何なりとお命じください」とありがたく承る。

顔を上げてはいけない。額を地面に擦り付け、『ご主人様』が去るまで動いてはいけない。立つこともできないほど鞭打たれたくなければ。商人の下で嫌というほど思い知らされた。なのに。

「マリエラと呼んで。顔を上げてよく見せて」

新しい『ご主人様』は、顔を見せろという。恐る恐る顔を上げる。髪がべたりと顔に張り付く。これでは顔が見えないから、あわてて髪をかき上げる。

『ご主人様』の手が上がる。殴られる、と反射的に体がこわばる。今まで、振り上げられた手がそのまま下ろされたことなどなかったから。しかしその手は、ゆっくりと、本当にゆっくりと動かされ、ふわりと、ジークムントの顔に触れた。

（やわらかい。ひんやりとして、きもちがいい……）

『精霊眼』があった右目に触れ、残された傷痕をなぞる。

その手は、未だに熱を持ち、うずき続ける右腕に触れる。何にやられたのかと問われたので、黒狼と答える。そういえば、傷に触れてくれたのも、ジークムントの怪我の原因を聞いてくれたのも、『ご主人様』が初めてだ。醜く変色し、腫れ上がった脚も丁寧に見た後、「まずは、傷口の洗浄をします」と言った。

『ご主人様』が作り出した薄く光る水がかかるたび、うずき続けた傷から痛みや熱が消えていった。腕も脚も。あれほどの激痛がうそのように消えていく。この不思議な水が放つ光は見たことがある。

彼女は、迷宮都市には絶えて存在しないはずの『地脈と契約した錬金術師』だった。

エンダルジア王国滅亡の物語は、おとぎ話のように語り継がれている。栄華を極めた王国に迫り来る魔物の群れと、立ち向かう英雄たちの悲劇の物語として。立ち向かう勇者たちを、王国の民を平らげ、さらには魔物同士で喰らいあい、最後に残った一体は、地脈の精霊を呑み干して後には迷宮が生まれたと言われている。王国から逃げ延びた人々は再びエンダルジアに集ったが、その地で精霊の声を聞くことはできなかった。

最後の錬金術師が亡くなってからおよそ百年、この地に錬金術師は現れていない。彼女を除いては。

まるで奇跡の物語のようだ、とジークムントは思った。そして、彼にとって彼女は、まさに奇跡のような存在だった。

蔑まれ、汚物のように扱われ続けた体をその手で清め、ポーションを与えた。温かい食事を与え、感極まって泣き出したジークムントをやさしく抱き寄せた。獣のようだった姿を整え、人間らしい衣服を与えた。奇跡の御業で、喰われた脚を、積み重なった古傷を癒やした。

全てを失った己であったが、素晴らしい主を得た。慈悲深い、奇跡の体現者だ。

(俺がのろまなせいで、洗濯までさせてしまった。雑用など、俺がするべきだった。けれどお怒りにならず、仕事を与えてくださった。貴重な素材だとおっしゃった。大切に洗わねば)

「よーう、ジーク。昨日ぶり」

「リンクス、様」

プラナーダ苔を洗うジークムントの前に、リンクスが現れた。いつの間に近づかれたのか気がつかなかった。

「リンクスでいいって。柄じゃねぇ。それよりさ、脚治ったんだ。よかったじゃん」

リンクスの糸のような目がすっと開いて続ける。

「特化型の上級ポーション」

「なっ」

マリエラ様と黒鉄輸送隊の商談にリンクスはいなかった。取引の内容はディック隊長とマルロー副隊長以外知らされていないはず。なぜ、リンクスが。

「ジーク、お前何やってんの？」

動揺を見せるジークムントに、リンクスが鋭い視線を投げかける。

「カマかけたんだよ、馬鹿が。さっきだって、ぼへっと暢気(のんき)に洗い物か？　今なら簡単にマリエラを攫(さら)えんぞ」

「あ……」

ジークムントは慌ててマリエラのいる2階の隅の部屋を見上げ、探知魔法でマリエラの魔力を探る。大丈夫だ。ちゃんといる。周囲に不審な反応もない。

「やればできんじゃん。お前、戦(ヤレ)えるんだろ？」

「目……、目を失って、弓が……」

しどろもどろと、言い訳をするジークムント。リンクスは「はぁ」と大きくため息をついた後、ジークムントの胸倉を掴み、まくし立てた。

「お前、何様？　マリエラ、変わった術を使うみてぇだけど、お前、アイツがそんな特別に見えんの？　隙だらけじゃん。あんなもん(ポーション)持ってんのに、危機感ゼロなんじゃね？　危なっかしくて見てらんねーってのによ、お前まで気ィ抜きやがって。ナニ？　お前にゃアイツが女神様かなんかに見えんの？　命を救ってくださった救世主様とかよ？　その1個しかねぇ、目ン玉でよく見てみろよ。ただの、どんくせぇ女じゃねぇか。しょうもねーカマかけに簡単に引っかかりやがって。秘密が漏れて厄介なのに狙われたらどうすんだ。また救世主様（マリエラ）が助けてくれるってか？　ちげーだろ。お前の仕事なんだよ。何が目が1個じゃ弓が射れませんだ。ボケ。弓なんざはなっから護衛の役にゃたたねぇよ。別の武器使（エモノ）やいいだろうが。もう、動くんだろ？　その右手。どんだけ貴重なモン使ってもらったと思ってやがる」

ドン、とジークムントの胸にリンクスがこぶしを突きつける。その手には一振りの短剣が握られていた。

「貸しといてやる。使えねえとかぬかすなよ。使えるまで練習しやがれ。この街に、ソレ（ポーション）がなくて死んでいったヤツがどれだけいると思ってやがる。そいつらの分も血反吐（ちへど）はいてモノにしろ。甘えんな！」

ジークムントに無理やり短剣を渡すと、リンクスは裏口に消えていった。

(俺は……、俺は、また間違うところだった……)

素晴らしい主だ、奇跡の体現者だなどと、マリエラを『特別な主』だと思おうとした。いや、『特別な主に出会えた、特別な自分』だと思いたかったのだ。マリエラは、特別な力を持った、しかし、平凡な少女だ。

愚かさの代償をあれほど払ったというのに、ちっとも成長できていない。

(だが、気づけた。リンクスが教えてくれた)

預けられた短剣をぎゅっと握りしめる。今度こそ間違うまい。全てを与えてくれたマリエラを守りたいという気持ちに偽りはない。

ジークムントはようやく前を向いて歩き出した。

The
Survived
Alchemist
with a dream
of quiet town life.

or

book one

# 第五章
# 心の寄る辺

## Chapter 5

## 01

「かんせーい！」

うーん、とマリエラは伸びをする。昼食の後、上級ポーションと上級解毒ポーション、いくつか自分用のポーションや試作品を作製し、密閉と劣化防止の魔法陣を刻んだスタンプを作った。なんだかノッてきたので、ポーション類のラベル用のスタンプまで作ってしまい、たった今、全部のラベルを貼り終えたところだ。夢中になり過ぎるのはマリエラの悪い癖だ。時間いっぱいまで作業してしまった。

「疲れたときの一本！　改良型！　美味しいポーション！」

ただの下級ポーションに甘味を加えたものを、ぐいーっと飲み干す。

「ぐぇっ、げほっ、げほっ。まっず！」

甘くて飲みやすいポーションをと、屋台で買った乾燥杏や昨日森で採取した甘みの強い果実のペーストを混ぜてみたのだが、さらりとした果汁の甘い飲み口の後、果実類のアクや渋みと薬草の苦味が口に広がり、ねっとりと喉に絡みつく。ポーションの回復量を上回る不味さだ。

「どうぞ」

いつの間にか戻ってきたジークがお茶を差し出してくれた。こちらは美味しい。今回の『美味しいポーション』は失敗だったが、次こそは。懲りないマリエラがちびりちびりとお茶を飲んでいる間に、ジークはマスターに貰ったというワイン箱にポーションを収納し、材料やら機材やらを片付けてくれた。

マルロー副隊長たちが到着していると聞いて、ポーションを収めたワイン箱をジークが持ち、マルロー副隊長の部屋に向かう。中にはディック隊長とマルロー副隊長が待っていて、ポーションの入った箱を渡すと、ポーション鑑定用の魔道具で中身を確認し始めた。

ポーションは時間とともに劣化するので、こういった鑑定用の魔道具はポーションを販売している道具屋などによく設置されている。大まかな種類と劣化度が分かる程度の簡易なものでさほど高価な道具ではない。

「これは素晴らしい。まるで作りたてのような劣化のなさだ」

マルロー副隊長が感嘆の声を上げる。

(そうでしょうとも。さっき完成したばかりですから)

全てのポーションを確認した後、マルロー副隊長はトレーに代金と数枚の書面を載せて持ってきた。

「中級ランク以下の代金と、受領書および領収書、上級ランクの預かり書です」

中級ランク以下の代金で金貨が12枚と大銀貨が6枚。マリエラにとってはとんでもない大金だ。書類の指示されたところに署名する。というか、こういった書類はマリエラが用意するものではないのだろうか。きちんとした取引の仕組みが分からないので、作れといわれても困ってしまうのだが。「お気になさらず」と言ってくれたので、ありがたく甘えておくことにする。

「上級ランクの代金は先方から受領したのちにお渡しします。ところで、本当に安く譲ってもいいのですか？」

マルロー副隊長が念を押してくる。中級ランク以下でこの価格だ。10年も市場に出ていない上級ランクなど、売り先や売り方によってはとんでもない値段がつくのだろう。

「ちゃんと使ってくれるならかまいません。また買ってくださいとお伝えください」

マリエラとしては中級ランクと同額でもまったく問題がない。あまり高額だと良心が痛んでしまう。ちょっと高めくらいのお値段で、たくさん買ってくれるとありがたい。

「また、ですか。いかほどお譲りいただけるのやら」

じゃんじゃん作るよ！　と答えそうになったが、おりこうぶって「たくさんです」とにこやかに答える。いや、これでも十分バカっぽいのだが。

瓶を作るのは面倒くさいが、ポーションの材料は手に入りやすい。ガーク薬草店のように、多種多様な材料が棚に満載された工房を構えて、錬成三昧してみたい。表立ってポーション店を開くことはできないだろうが、今日受け取った金貨を元手に薬屋を開いて工房を持つのだ。想像するだけでわくわくしてしまう。

これからどうするのか、というマルロー副隊長の問いに「薬屋を開きたい」と答えた。

「それならば、商人ギルドに行くとよいでしょう。薬師として住民登録すれば、店舗や住宅を斡旋してもらえます」

良い情報を聞いた。明日早速行ってみよう。

「いい取引だった。早速かんぱ……」

「ポーションを届けに行きますよ」

「……今度な！」

(ディック隊長、ようやく口を開いたと思ったら、ソレですか)

大柄なディック隊長はポーションの入った箱を抱えて、マルロー副隊長の後をしょんぼりと付いて出て行った。

## ✻ 02

夕食の前に代金を置きに部屋に戻る。金貨だ。それも12枚。

「ねぇ、ジーク。これだけあればお店、開けるよね」

「はい。元手としては、十分かと」

ジークの返事を聞いたマリエラは、金貨を薬草が入った箱の分かりにくい場所にしまうと、夕食前に散歩に行こうとジークを誘った。

「朝からずっと部屋にいたから、体固まっちゃいそうだよー」

大通りを街の中心に向かって歩く。日は傾きかけているけれど、夕暮れというにはまだ早い。大通りにはこの日最後の配達に向かう馬車や、夕食の買い物を済ませた主婦、迷宮で採取した素材を抱えて家路を急ぐ子供たちが行きかっている。

夕暮れ前の街の空気は二百年前と変わらない懐かしさのあるもので、けれど街並みや人々の服装といった目に映る風景は、ここが知らない街なのだと告げている。

「帝都でもこういう服装が流行っているの？　あ、この街だけ？　しかも流行ってない？」

「馬車の車輪、小さくない？　え？　どこもこんなサイズ？」

「いいにおいするね。あ、器持って行ったらお持ち帰りできるんだ」

目に入る違和感を一つ一つ言葉にしては、ジークに確認をしていくマリエラ。その様子は二百年の時間を埋めているようにも見える。

「あ、グライブだ。ジュースにしてくれるんだって」

甘さと酸味のバランスが良いこの果実は疲労回復の効果があって、1杯5銅貨とジュースにしては強気の値段設定なのに冒険者たちによく売れる。もうすぐ迷宮から帰ってくる冒険者向けに店を開いているのだろう。迷宮近くの露店でグライブのフレッシュジュースを2杯買って、そのまま迷宮の外壁を抜ける。

「やっぱり何も残ってないんだね」

かつてエンダルジアの王城が立っていた場所には、マリエラの記憶にある物は欠片(かけら)も見つけることはできなかった。勿論(もちろん)王城など都の外壁の外側からちらりと覗(のぞ)くだけのもので、立ち入ったことなどなかったけれど。初めて入った城壁の中は、迷宮の入り口なのだろう、いつでも封鎖できるように岩の塊のような分厚い石材で組み上げられた迷宮の入り口があるだけで、他に建物らしきものは見受けられなかった。広い城壁の内部は魔物除(よ)けのブロモミンテラが植えられている以外は広場のようになっていて、物売りや荷物運びが迷宮から帰ってくる冒険者たちに声をかけている。マリエラたちのように散歩をしている者もいるようだ。

冒険者たちの邪魔にならないよう端へ行き、適当な石に腰をおろしてジークと二人でグライブのジュースを一口飲む。思っていたよりも酸味が強くてすっぱい。物売りや荷物運び人はマリエラたちを客でないと判断したのか、一瞥したただけで寄っても来ない。

「私たち、どんな風に見られてるんだろうね」

マリエラがポツリとつぶやく。丁度迷宮から出てきた冒険者の一団は、襤褸をまとい大量の荷物を担いだ奴隷を数名つれていた。

迷宮都市は険しい山脈と魔の森に阻まれた陸の孤島。一般人の往来は極めて少ない。魔物の氾濫を防ぐために定期的に討伐が行われ、その度に少なくない命が失われる。

奴隷であっても出産が奨励され、生まれた子供は一般市民として孤児院で育てられるが、後ろ盾のない彼らのほとんどは成人後に冒険者か兵士として生計を立てる。どちらを選んでも、魔の森や迷宮からの魔物の氾濫を防ぐ討伐要員となる。

迷宮都市を管轄する辺境伯からも軍隊が派遣される他、帝国の冒険者ギルドから上級冒険者の強制派遣もされているが、これらをあわせても迷宮と魔の森を抑えるには戦闘職の数が足りない。

食糧の確保も重要で、城壁内だけでは必要量を生産できないから、魔物が現れる城壁の外にも穀倉地帯が広がっている。衛兵が定期見回りを行い魔物の駆除を行ってはいるが、そんな危険な場所で農作業を行おうという一般市民はいない。

こういった人手不足を補うために、迷宮都市には帝国中から奴隷たちが送り込まれる。迷宮や魔の森で再び魔物の氾濫が起こると、帝国も周辺諸国も大打撃を受けるから、帝国だけでなく周辺諸国も犯罪奴隷や終身奴隷の提供に積極的だ。奴隷の占める比率は帝国内、いや近隣諸国のどの街よりも多いが、死ぬ確率が極めて高い場所であるため、奴隷の多くは犯罪奴隷や終身奴隷といった『人権のない』者たちだ。

当然彼らの意識や品性は低く、一般市民には御しきれない。彼らはまとめて管理監督に長けた『専門職（スキル持ち）』の指揮下で、辺境伯直下の『食料生産局』や『討伐軍』、『鉱山』といった、官営の職務に就く場合がほとんどだ。

ごく一部の更生可能な『優良』な者たちは、民間で『取引』されるが、『専門職（スキル持ち）』とまで行かなくても監督者が必要であるため、複数の労働力を必要とする大商店や、『夜の相手』をするお店、『娯楽』として奴隷を収集する貴族の屋敷が大半で、中小規模の店舗では監視の目がなくても業務を全うしてくれる一般市民を雇用する。個人で奴隷を所有しているのは、上級冒険者や先ほどのような組織化された冒険者集団が荷物持ちとして連れているくらいのもので、あまり見かけるものではない。

マリエラのような、どこにでもいそうな娘が奴隷を連れていることは、まずない。

ジークの身の上を知っているアンバーさんにもそれとなく尋ねたところ、「迷宮都市の外から女の子が来たってだけでも珍しいのに、ジークは結構イイ男じゃないか。そんな男にかしずかれて、二人で暮らすなんて。どんな関係か気になっちゃうわね」という返事があった。

ただでさえ、ポーションが作れるという秘密があるのだ。目立たない工夫が必要だろう。

「私たち、兄妹とかに見えないかな？」

「兄妹……、似てませんよね？」

「う……。きょ、兄妹同然の幼馴染とか。お店開くんだし、ジークも敬語とかやめにして、もっと普通にしゃべってよ」

「ですが……。護衛、では、駄目でしょうか……」

マリエラの申し出にジークが難色を示す。長らく奴隷として過ごしてきたジークにとって『主』という者は絶対の者であったし、そのうえマリエラは命の恩人で、生命すら握る者とも言えた。『普通に』などと言われてもどうしていいか分からないのだろう。

困って黙り込んでしまったジークを見て、マリエラはグライブのジュースをごくりともう一口飲む。

「グライブのジュース、初めて飲んだよ」

「南の、果物、ですから。迷宮で、とれたのでしょう」

話を変えたマリエラにジークが答える。グライブは南国の果物だから、迷宮のない二百年前はなかったのでしょうと。

「ううん。売ってたよ。値段も同じくらいだった。買えなかったんだ。銅貨5枚あればパンが5個買えたから。どんな味がするんだろうってずっと思ってた」

マリエラはジークを見つめて話を続ける。

「ここね、綺麗なお城が立ってたの。遠くからしか見たことなかったけど、きらきらしてた。師匠が言うには精霊が祝福しているから輝いていたんだって。でも、何も残ってない。私が暮らしてた小屋も跡形もなくなっちゃった。帰れる場所がなくなっちゃったよ」

あの日の空は曇っていて、けれどようやく冬が終わったと思っていたのに、またすぐ冬がやって来る。マリエラの小屋は跡形もなく、二百年後のこの世界は彼女にとって異国のように分からないことばかりだ。

「でもね、アンバーさんたちが薬買うって言ってくれたの。お店を開いて働いて、きっとここで暮らしていけると思うんだ」

マリエラの話に、伝えたい思いに、ジークは一生懸命耳を傾けた。

「私、グライブのジュースも買えなかったんだよ。様とか言われて敬語で話されたら、なんだか落ち着かないよ」

（あぁ、そうか）

唐突にジークは理解した。自分を購入した訳を、今から眠ろうというのに照明を煌々と灯して他愛のない話を続けた理由を。マリエラが二百年後のこの世界に強い孤独を感じていることを。彼女は『居場所』が欲しいのだ。単に居住する場所、物理的な家としてだけでなく、心の拠り所としての居場所が。

「分かり、ました。やって、みます」

それが主の望みなら、応えるのが務めだろう。

ジークが魔の森のほとりの辺鄙な村出身ということで、マリエラも同じ村の出身で、帝都で地脈と契約した錬金術師だということにした。

「グレて奴隷堕ちした幼馴染を追いかけて、迷宮都市までやって来るとは、ワタクシ、マリエラ、マジいいやつ！　なんか、主人公ぽいよね！　冒険が始まったりしそう！　戦えないけど」

そんな話をしながら『ヤグーの跳ね橋亭』に戻る二人。ナイスな設定だとマリエラはにこにこと笑っている。ジークもつられて笑顔を作る。けれど彼は気付いてしまった。

（手持ちで買える奴隷ならば、俺でなくても構わなかった）

浮かんでしまったその考えは、どんな暴言にも何も感じなくなってしまった心に、ずきりと鈍い痛みをもたらした。

## 03

「おはようご……ごほっ、マリエラさ……さわやかな、朝、だ……よ？」

「ぷはっ、何それ！　おはよう、ジーク」

ナチュラルな？　挨拶で一日が始まった。

食堂に下りてエミリーちゃんに朝食を頼む。今日のエミリーちゃんは髪を二つに分けて、頭の高い位置でくくっている。自分で結んだのだろう、髪がくしゃっとなっているし、左右で結び目の高さが微妙にずれている。結びなおしてあげると、「ありがとー！　お礼にいっぱいよそってくるね！」と言ってくれた。

お父さん（宿のマスター）は、アンバーさんたちの仕事が終わる夜明け前まで起きているので、エミリーちゃんは朝早く一人で起きて、宿泊客の朝食を準備する。

「悪いお客さんもいるから、みんなのお仕事が終わるまで、父ちゃん起きてるんだって。父ちゃんのおかげで、みんな安心だって言ってた！　だから、エミリーもがんばるの！」

髪はまだ上手に結べないんだけどね。そう言って、厨房（ちゅうぼう）へ走っていった。

十歳だというのになんて偉い子だろうと感心していたら、リンクスが起きてきた。頭が寝癖でぼさぼさだ。

「エミリー、俺もメシー。大盛りでー」

厨房にそう叫んで、マリエラたちの席に座る。大あくびをしながらお腹（なか）をぼりぼり掻（か）いている。

「リンクスはいい年なんだから、キミはもうちょっとちゃんとしなよ」

「昨日、隊長たちに付き合ってたら、遅くなってさー」

ポーション運搬の護衛をしていたのだろう。

朝食を取りながら、黒鉄（くろがね）輸送隊が迷宮都市にいる間、何をしているのか聞いてみる。

到着翌日はたいてい休日で、装甲馬車の修理や自分たちの休養に当てるが、2、3日目は2組に分かれて帝都に運ぶ品の仕入れと、次に積んでくる品物の商談を行っていたそうだ。4日目となる今日は食料などの買い付けや出発の準備を行い、明日の早朝に再び帝都へ出立するのだという。

魔の森を3日かけて走り抜け、森を抜けてから帝都まで4日。帝都でも4日かけて休息と仕入れを行ったら、また魔の森を抜けて迷宮都市へ。戻ってくるのは18日後の日暮れ時だろうか。

「大変だね。無事に戻ってきてね」

「おう。でもさ、今回は『秘密兵器』があるから、うまくいけば16日後の日暮れ時に戻ってこれるぜ」

周りに聞こえないように、小声でリンクスが教えてくれた。マリエラたちが『薬屋』を開くつもりだと話すと、「帰ったら、遊びに行くから。待っててな」

そう言って笑っていた。

別れ際(ぎわ)、なぜかリンクスはジークの胸の辺りに、『ドン』と拳を当てていた。ジークはリンクスを見て、うなずいていた。

(なーにー。なんなの？　これがアンバーさんの言ってた、『どんな関係か気になっちゃうわ』ってヤツですか？)

マリエラは、むむむと首をかしげた。

# 04

「また、無許可の薬師によるトラブルですか」

商人ギルドの薬草部門長室で、エルメラ・シールはため息をついた。茶色の髪の毛を前髪まで後ろでひとまとめにひっつめて、細いめがねをかけた三十代前半の女性だ。首元までしっかりと覆ったすその長い紺色のワンピースを着込んでおり、わずかに覗く脚はブーツで隠されている。手も手袋で覆われていて、露出しているのは顔くらいのものだ。

化粧も申し訳程度に引いた口紅だけで、髪の色も服の色も落ち着いた色合いのため、女性らしい華やかさは感じられない。

お堅く優秀そうな雰囲気と、若くして薬草部門長となった実力から、彼女を敬遠する者も多い。迷宮都市で薬草を取り扱う大商会、『シール家』の長女であるから、「嫁の貰い手のない彼女をそれなりの地位（薬草部門長）に就けたのだ」、と陰口を言う者もいる。

「やっぱり試験が難しすぎるんですよー、エルメラさん。まずは難易度を下げて、薬師の数を増やしましょうよー」

「何を言っているのですか、リエンドロさん。ただでさえ迷宮都市にはポーションがないのです。質の低い薬師を増やしてどうします。薬の質を向上させなければ、死亡率は下がりません。大体、あの試験問題は、中級ランクのポーションが作れる錬金術師なら合格できる難易度です」

「中級ランクって、冒険者ランクに当てたらBランクでしょー。冒険者はFランクから始めるものなんですよ。それを、Bランクの知識がないと薬師させませんとか鬼ですかー。ここの地脈と契約した錬金術師はいませんけどね、錬金術スキルを持っている人はいるんです。レベル低いままでも乾燥と粉砕くらいは使えるの知ってるでしょー。そういう人に薬師になってもらって、徐々に勉強してもらったらいいじゃないですかー」

「勉強ならば、薬師にならなくてもできます。商人ギルドの図書室では、『薬草薬効大辞典』をはじめ我々、薬草部門が総力を挙げて編集した薬草に関する書物が無料で閲覧できるのです。薬師を目指す若者のために、講習会だって定期的に開いていますし、働く必要があるのならば、商人ギルドの認可した薬草店に弟子入りし、薬草の知識を学びながら働くことだってできます」

「『薬草薬効大辞典』て、薬草の特徴やら薬効やら抽出法やらがちっさい字でページいっぱいにみっちり書いてあるやつですよね。あんなの読んだら、3分で寝ちゃいますよ。ちなみに僕の最短記録30秒です。『薬師やろっかな』ってフンワリ考えてる若者が読むわけないじゃないですか。エルメラさんみたいに頭いい人ばっかじゃないんですってー。ゆっくり育成していきましょうよー」

リエンドロと呼ばれた三十代後半の男性は、エルメラの部下の一人だ。自分より年下の女性の上司だが、彼をはじめ、薬草部門の人員にエルメラに対する不満はない。エルメラの実力が本物であることを、分かっているからだ。

丁寧な言動と絵に描いたようなキッチリとした外見が取っ付きにくい印象を与えるが、付き合ってみれば、気さくで付き合いやすい人物でもある。まじめすぎるところもあるが、率直に意見を言え、それに耳を傾ける度量もある。みんなで頑張っていこう、と思える上司は多くない。

「まずは、リエンドロさんが育ってください。そうでないと、いつまで経っても私が辞められないじゃないですか。子供たちのかわいい盛りに一緒にいられないなんて」

『嫁の貰い手がない』等と陰口を叩かれている彼女であるが、夫と二人の息子がいる。結婚を機に、商人ギルドを退職したいと希望したが部署全員で止めたのだ。エルメラがいないと回らないから、もう少し部下たちが育つまで待ってほしい、と。

「いい加減諦めましょうよ、エルメラさんー。僕らに代わりは無理ですってー」

特定の人間がいなければ回らない部署、というのは組織として失格であることはリエンドロも理解している。自分たちも成長しているし、万一エルメラが辞めても十人くらい増員すれば何とか回していけるだろう。しかし、迷宮都市の薬事情を改善しようと、懸命に取り組むエルメラと一緒に働くのは、なかなかにやりがいがあって面白いのだ。

「ともかく、薬師の質の向上は必要ですよねー。講習会を計画しましょう。『傷薬の作り方』とか簡単なヤツ。講師はエルメラさん、お願いしますねー」

「あぁぁ、子供たちと遊ぶ時間がー」

エルメラの背筋がぐにゃりと折れる。いつもは棒でも入っているのでは、というほどピンと伸びているのに。

あまり負担をかけても可哀想だ。エルメラの仕事をいくつかよそに振り分けよう。スケジュールをどうしようか、とリエンドロが考えている時、薬草部門長室のドアがノックされた。

「薬師に登録希望の方が来ました。すぐに試験を受けられるそうです。問題用紙を取りに来ました」

「私が試験を行います。1階の会議室へお連れして」

問題用紙を取りに来た受付の女性に、復活したエルメラがすちゃっと立ち上がって指示をだす。

(うわー、運悪いな。こういう時のエルメラさんは、情熱が空回っちゃうんだよな)

これはフォローが必要だ、とリエンドロはエルメラの後を追った。


「マリエラです、よろしくお願いします」

マルロー副隊長のアドバイスに従って、商人ギルドに来て驚いた。とても大きな建物で、入ってすぐの受付で「薬師として住民登録したい」と告げると、『薬草部門』とやらへ案内された。薬師になるには試験が必要らしい。試験とやらは初めてだが、落ちても何回でも受けられるらしい。すぐに受けられるというから、とりあえず受けてみることにした。

しばらくすると、奥の部屋に通された。入って間もなくピシッとした感じの女の人とふにゃんとした感じの男の人が部屋に入ってきた。

「試験官のエルメラ・シールです」

「リエンドロ・カッファです。落ちても講習会とかあるし、気楽にね～」

机の上にペンとインクが用意されていたから、紙に書くのかと思ったら、エルメラさんの質問に答えるだけでいいらしい。

「エルメラさん、それ、難易度下がってないですから。むしろ上がってますって」

リエンドロが困った顔をして言うが、かまわずエルメラが質問を始めた。

「アプリオレの実の処理方法と、薬効を答えてください」

「殻を剝（む）いた後、トローナ鉱石の粉末を溶かした湯でアク抜きをします。トローナ鉱石の分量は…………」

その他の質問も、ベンダンの花、ジブキーの葉、タマムギの種、鬼棗（おになつめ）、ウロルの花の蕾（つぼみ）といった、ありふれた薬草の薬効や処理方法で、マリエラの馴染み深いものばかりだった。

すらすらと答えていくと、途中からルナマギアの抽出方法や、アラウネの根や葉の毒抜き方法、寄生蛭（ビル）の毒腺の処理方法といった上級ランクの素材の処理方法に質問のレベルが上がっていたが、マリエラは特に気にすることなく答えていく。

自分の専門分野のことを話すのは楽しい。エルメラが、ふむふむ、うんうんと聞いてくれるので、マリエラもつい夢中になって説明してしまった。

「すばらしい……！　どなたに師事したのかしら。いえ、立ち入ったことを聞いては駄目ですね。合格です！」

無事、薬師になれたらしい。あんなに簡単でいいのだろうか。質問は上級ランクの素材にも及んだが、内容としては基礎的なものばかりだった。

「えと、薬師として薬を売ってもいいんでしょうか？　薬師ランクとかあって、作れる種類が限定されてませんか？」

「いいえ？　迷宮都市内でしたら、制限などございませんよ。何か疑問でもございますか？」

「基礎的な質問ばかりだったので」

「まぁ！　聞きましたか、リエンドロさん！　やはり、きちんと勉強なさっている方はいるのですよ！」

疑問を促されるまま口にすると、エルメラが興奮しだした。話を振られたリエンドロは、困ってしまう。

（この娘もエルメラさんと同類だ。難易度分かってないよー）

このままでは、ますます薬師試験が難関になってしまうと、リエンドロはフォローに移る。エルメラからフォローするために付いて来たのに、対象が増えたようだ。

「はぁ……。マリエラさんだっけ？　君、その年でよくそれだけ勉強したね。帝都の

地脈契約者（コントラクタ）の錬金術師が稀（まれ）に来るけど、そんなに回答できないよー」

「え？　帝都の地脈契約者（コントラクタ）ってことは、よそでポーションを作ってたんですよね？」

「地脈と契約した錬金術師は『ライブラリ』が見られますでしょ？　『ライブラリ』頼りで自分の頭で覚えていない錬金術師ばかりですのよ」

『ライブラリ』とは錬成素材の処理方法から各種ポーションの作製方法にいたるまで、錬金術スキルで創造し得るあらゆる情報を登録、閲覧できる情報庫のことだ。契約した地脈から離れると閲覧できなくなることから、その情報は地脈に保存されていると言われている。地脈とラインを結んだ後に接続できるようになるが、閲覧できるのは同じ『流派』の情報のみである。

錬金術師の『流派』については定義が定かではないが、マリエラはなんとなく師匠や兄弟弟子といった、近しい師弟関係者のことだと理解している。

「『ライブラリ』って完全に覚えないと、次の情報を閲覧できないですよね？」

「そんな『設定』、普通しないでしょ……」

すばらしい師匠ですね！　と言いたげに顔を輝かせるエルメラと対照的に、リエンドロはげんなりしている。

『ライブラリ』の情報開示条件は、師匠となる者が『設定』できる。例えば、ポーションの作製レシピなら、作製可能なレベルになってから開示される場合もあれば、作れないランクのものまで最初から開示されている場合もある。逆に危険なレシピや独占したいレシピなどは、『後継者以外閲覧不可』にすることもできる。

素材の薬効や調整方法などは数が極めて多いこともあり、最初から開示されている場合がほとんどだという。

マリエラの場合、開示済みのすべてのポーションを道具を使わず錬金術スキルのみで創造できるまで、新しいポーションの作製レシピは閲覧できないし、素材情報も完璧に記憶して処理できるようになるまでは新しい情報が開示されない。立ち入ったことは聞かれなかったが、リエンドロの言動から察するに、かなり厳しい条件のようだ。

（くそ師匠。けち師匠。いけず師匠）

そういうものだと思っていたから、特に気にせず覚えてきたが、よく考えたら『錬金術スキルを応用したおいしい料理レシピ』だとか『暮らしを便利にする錬成品』、『奥様錬金術師の家事テクニック』なんていう、ポーションに関係のない情報は、はじめから閲覧し放題だった。（誰だよ、こんなの登録したのは）と思いながらも全部閲覧したのだが。

特に『料理レシピ』にはお世話になった。何せ師匠は料理なんてできなかったから、師匠が持ち込んだ食材を加工するのも幼い頃からマリエラの仕事だった。『料理レシピ』のとおり錬金術で作った料理は、すばらしく美味しくて、師匠もマリエラも大満足だった。食べ物に釣られて、こういったレシピだけ閲覧できることを全くおかしいと思わなかった。

「マリエラさんは、迷宮都市で薬屋をなさるのですよね。どこにお店を構えるおつもりですか？　冒険者ギルド内の店舗に薬を卸すのでしたら、紹介いたしますよ」

「えっと、住む所が決まっていないので、住民登録をして、お店を開ける家を紹介してもらえると聞いて来たんです」

師匠が絡むとすぐに思考が脱線してしまう。エルメラの問いかけに、マリエラは本来の目的を思い出した。

「まぁ！　リエンドロさん、住居管理部門へお連れして。良い物件を紹介するよう念を押してくださいね。薬師の認可状と住民登録の手配も忘れずに。マリエラさん、落ち着いたら、ぜひ、薬を持っていらしてね。そうそう、合格の記念にこちらを差し上げます。ご存じの内容ばかりかも知れませんが『薬草薬効大辞典』と言いまして、迷宮都市で確認された薬草についてまとめてありますの」

エルメラさんは、見た目と違って熱血な人なのだろうか。ずいぶん歓迎されてしまった。

別れ際にもらった『薬草薬効大辞典』は、立派な装丁の分厚い本で、とても高価そうなものだった。こんな高価なものを貰ってもよいのかと聞くと、「薬草部門に配属された新人が写本したものですから遠慮なさらず！」とのことだった。ページをめくると所々に涙の跡がにじんでいる。リエンドロが「浄化魔法かけてあるから。汚くないから」と言っていたから、涙じゃなくて涎かもしれないけれど。

『薬草薬効大辞典』にはマリエラの知らない薬草も載っていたし、知っている薬草でも迷宮で採取できる階層や時期といった採取情報が載っていてとても有益だ。すごい辞典だ。とてもありがたい。

エルメラにお礼を言って部屋を出る。エルメラさんは満面の笑みで送り出してくれた。

廊下で待っていたジークと合流し、リエンドロさんに連れられて住居管理部門へ向かう。

「キミ、すごいね……」

エルメラさんと別れた後、リエンドロさんが感心していた。

(ナゼだろう……)

それを聞いたジークが得意げな顔をしていた。

(ナゼだろう……)

マリエラは一人、なぜだと首をかしげていた。

## 05

リエンドロに住居管理部門に案内される。住居管理部門は住民登録と迷宮都市内部の住居管理、斡旋といった官営業務を辺境伯から委託されて行う部門だ。

「これは、リエンドロ副部門長。わざわざご足労いただきまして」

住居斡旋の担当者がリエンドロに丁寧に挨拶する。

（この人、偉い人だったんだな）

「こちらのマリエラさんに『良い物件』を紹介するよう、エルメラ部門長の要請です」

（エルメラさんはもっと偉い人だった。薬草マニアかと思ってた）

少々失礼なことを考えるマリエラ。物件の要望を聞かれたので、『薬草園を作れる庭があって、店舗スペースのある家』をお願いする。それを聞いた住居斡旋担当者さんは、「薬草園ですか……」と困った顔をして、区画ごとに整理された『空き物件ファイル』をめくっていく。

「空き店舗くらい、いっぱいあるでしょ？」とリエンドロさん。

「空き店舗はあるんですが、薬草園というのが……。農地面積がある住宅はどこも埋まっておりまして。安全に食料を生産できる物件は人気なんですよ。立地の良い商店はいくつかあるんですが、庭が狭い上に馬車置き場として石畳になっておりまして」

リエンドロさんと住居斡旋担当者は額をつき合わしてファイルをめくっていく。

「あの、薬草園は迷宮都市の外に作るので……」

と、妥協案を出そうとしたら、「とんでもない！」「そんな、危険な！」と反対されてしまった。あーでもない、こーでもないと二人が物件を探す様子を、住居管理部門のお姉さんが出してくれたお茶を飲みながら眺める。

（あ、このお茶美味しい。商人ギルドの売店でも売ってるかな？　買って帰ろう）

「ここは⁉」

お茶を堪能していたら、リエンドロさんが見つけたとばかりに声を上げる。しかし、住居斡旋担当者は浮かない顔だ。

「そこは、真ん中に木が生えていて、収量が少ないらしいんですよ。木の伐採許可が出ないらしくて。しかも、店舗スペースが手抜きの増築で、劣化が酷くて」

「あー、あそこかぁ。なんというか中途半端な元邸宅」

「えぇ。区画整理や住人による増改築で、なんというか個性的な物件ですし。面積が広いのでそれなりにしますが、値段の割りに使いづらいということもあって、空き家のままなんです」

気になったので書類を覗き込む。物件の地図と見取り図、概要が記載されている。場所は北西区画の北門通りから少し奥まった、迷宮都市の中心部に近い場所。北西区画は一般市民が多く住む区画で、マリエラやジークの服を買ったお店や雑貨屋等も立ち並んでいるし、迷宮に近いから冒険者の来店も見込める。個人が店を開くには、なかなかいい立地だ。

（あれ、この場所、精霊公園じゃない？）

『精霊公園』は文字通り聖樹が何本も生えた精霊がわんさかいた公園で、地脈とラインを結ぶ時に師匠に連れて行ってもらった場所だ。

「遊んできな。名前を教えてくれる友達ができたら、連れてくるんだよ」

師匠に言われて公園内を遊びまわり、仲良くなった精霊の導きで地脈と《ライン》を結ぶことができた。折角友達になれたのに、その後『精霊公園』に行くことがなかったので、その精霊とはそれきりだ。また遊ぼうね、と言ったのに。もう一度会いたくて師匠に場所を教えてもらったから間違いない。

「その物件を見せてください」

二百年も経ってしまったけど、『精霊公園(スタンピード)』には行ってみたい。

リエンドロさんにお礼を言って、担当者と現地に向かうことにした。

担当者の情報によると、北西区画は魔の森の氾濫の被害が最も酷い区画で、ほとんど更地になったので、復興初期はこのあたりから住居の建造が行われたそうだ。この物件もその一つで、もともとは小規模ながら貴族の邸宅だったらしい。家の外壁はしっかりとした石造りで、百年以上経過した今でも迷宮都市の建築基準を満たしている。

復興に伴い南東地区にある貴族街も再建され、ここの住人は貴族街のふさわしい住居に移り住んでいった。残った住居は民間に払い下げられたけれど、迷宮都市の区画整理に伴い外塀の位置が変更され、裏庭が3分の1ほど削られて代わりに正面側に庭ができた。

迷宮都市の住宅は、表庭はないか、あっても採光用の狭い空間程度で、裏庭の面積が広く取られる。庭は景観に配慮したものでなく、馬車置き場や騎獣小屋を設けたり、農作物を育てたりと実用的な使われ方をするため、人目に付かない裏側にまとめて面積を取るほうが合理的だからだ。

この住居は区画整理によって正面側に10メートルほどの庭ができているから、迷宮都市の住人からすると、中途半端なつくりに感じるようだ。

さらに、住宅のすぐ脇に生えた木の成長を邪魔しないように、家の一部、台所だった場所が取り壊されている。普通は木のほうを切り倒すのだが、伐採許可が下りず家の一部を改築して対応するよう指示が出たのだ、と担当者は書類を見ながら説明してくれた。

最後の住人は親子2世帯でレストランを経営していたそうで、取り壊された台所の代わりに、表通りの庭に住居と外壁の間に屋根を渡す形で厨房と食堂を増築した。増築と言っても、予算の都合かきちんとした建物になっているのは厨房部分だけで、店舗側はタープを渡す程度のものらしい。建物内にあるリビングと、タープを渡したテラス席もどきで雰囲気の良い店だったらしいのだが。

「冬、寒いんですよね。テラス席って。あと敷地面積が大きいので、賃料が高いんです」

賃料は年に金貨3枚。店舗面積と立地条件が同程度の物件がおよそ金貨2枚なので金貨1枚分余分に払うことになるし、冬場は客足が遠のく。前の住人は別の店舗物件が空くのを待って、引っ越してしまったそうだ。


説明を受けている間に現地に到着した。

「聖樹ね」

「聖樹だ」

マリエラとジークの声が被(かぶ)った。敷地の中央よりやや東よりに1本の大木がそびえていた。樹高は2階建ての屋根よりも高く、正面玄関から見上げると手前にある建物をこえて姿が見える。

伐採許可が下りないはずだ。聖樹は魔物から人を守ってくれる聖なる樹だ。本来ならば、そばに家が建つこと自体ありえない。聖樹を独り占めしようと囲い込んだりすると、枯れてしまうこともあると言う。曰く『聖樹の精霊が他の樹に移る』のだそうだ。

ここは二百年前『精霊公園』だった場所だが、今は見る影もない。本当に更地になってしまったのだろう。聖樹の大きさから言って『精霊公園』に生えていた聖樹の苗木か、種子が育ったのだと思う。

マリエラの友達になってくれた精霊はどこに行ってしまったのか。あれだけ出現していた精霊は1体も見当たらず、聖樹もこの1本きりしか生えていない。

家を素通りして樹に近づく。周囲の土地が乾いている。あまり管理されていないらしい。

《ウオーター》

いつもよりたくさんの魔力をこめて聖樹の周りに水を撒く。マリエラを地脈に導いてくれた精霊も魔力のこもった水を美味しいと喜んでくれたから、この聖樹も気に入ってくれるに違いない。

幹にそっと触れる。

「こんにちは。私はマリエラ。ここに住んでもいいかしら？」

聖樹には精霊が宿っているという。この樹にもいるのだろうか。いたとしても言葉は通じないだろうけれど。

ひらり、と聖樹の葉がマリエラの手のひらに落ちてきた。マリエラの手のひらくらいの平たい葉っぱで、ポーションの素材としても貴重なものだ。見た目は落葉樹なのだが冬でも葉を落とさない。無理にむしると端から萎れて枯れてしまうので、必要な場合はお願いして分けてもらうのだ。

(住んでもいいよってことかしら?)

ジークもマリエラのまねをして聖樹に水を与えて葉っぱを貰っていた。なぜか10枚くらい貰っている。

(めっちゃ歓迎されてるよ。モテモテ?)

聖樹は問題なさそうだ。庭も土地は痩せているようだが薬草園に十分な面積がある。というか20メートル角ほどの庭一面、やけくそのようにブロモミンテラが生い茂っている。魔物除けポーションが作り放題だ。

薬草は土地が痩せていても、魔素が濃ければ問題なく育つ。魔物の領域になってしまった迷宮都市は魔素が濃いから問題はないだろう。

担当者に案内されて建物内を見て回る。迷宮都市には建築基準があって、その概要は魔物が街に溢れた場合に立てこもれる強度があることだ。

まず、敷地の外周を人の背よりも高い石壁で覆っていること。石壁の厚みも指定があり、人の幅くらいの堅硬な物だ。住宅の外壁も同様に分厚い石積みで、1階の窓には魔物の進入を防止するため鉄製の格子をはめ込む必要がある。それに地下室。万一の場合、1週間は立てこもれるよう備えるのだそうだ。

建築基準に明記はされていないが、外壁や建物には魔物に感知されないため、魔力を吸うディジスの蔦(ツタ)が這(は)わされ、中に住まう人間の魔力が外に漏れるのを防いでいる。花壇には色とりどりの花の代わりに、赤紫の葉っぱがおどろおどろしいブロモミンテラが植えられて、魔物が嫌う臭いを放っている。

監獄のような重苦しい雰囲気を和らげようと、民家の窓枠の鉄格子は蔦や花を模した凝った造形をしているし、屋上から外壁まで色とりどりの布をタープのようにたらしてみたり、店舗の看板をかねた大きな垂れ幕を外壁にかけたりしている。異国情緒溢れる街並みと、重厚な石壁を飾る生活の息吹が合わさっていて、こういう街も悪くないな、とマリエラは思った。

建物は元邸宅ということもあり、しっかりとした造りで強度に問題はなさそうだった。1階に大きなリビングと、奥にシガールームだったのだろう、リビングの3分の1程度の小部屋がある。レストランで使っていた机や椅子がいくつか奥の小部屋に残されていた。

廊下をはさんだリビングの向かい側には、トイレや風呂場、物置がある。この物置は聖樹に面した壁面にあって、壁の材料が新しいから元は台所だったと思われる。裏口のドアも新しい壁面にあわせて奥まった場所に設置してある。裏口ドアから入ってすぐの場所には階段があり、2階と地下へ通じている。地下室も何室かに分かれているようで、二人ならば十分すぎるスペースがある。

2階には物置のほかに部屋が4室。聖樹をよけるためにずらした壁面には小さなバルコニーが設(しつら)えてあって、屋上へ上る階段がある。この辺りの家は屋上で洗濯物を干しているから、そのためだろう。

この建物は水周りだけ専門家に確認してもらえば、掃除をするだけですぐに使うことができそうだ。予算次第だが、壁紙を変えたり絨毯(じゅうたん)やカーテンを設えて、居心地の良い空間にしてもいい。

建物の南側、正門と玄関の間にある、奥行き10メートル程度の庭だった場所に、建物の壁と外壁を利用して厨房とレストランの客室が増設されていた。と言っても、屋根まで葺(ふ)いてあるのは厨房部分だけで、客室部分はデッキ床にタープの天井。外壁には採光用の窓がないから、採光を考えてタープの天井にしたのかもしれないが、経年劣化でタープは破れてデッキ床も風雨に吹かれて傷んでいる。内壁も建物内らしさを強調するためか、色の薄い壁材で塗装されているが、あちこちはげてみすぼらしい。建物側に作り付けのカウンターがあって、かろうじて店舗の雰囲気を残している。

(お店にするならここなんだろうけど、だいぶ手を入れないといけないわね)

そんなことを考えながら、店舗部分を見て回るマリエラ。

「建物に手を入れてもいいんですよね。大工さんは紹介してもらえますか?」

マリエラが聞くと、担当者は少し驚いた顔をした。

「勿論、建築基準の範囲なら問題ありませんし、基準を理解した大工を紹介できます。ただ、この状態ですから金額のほうがそれなりにかかるかと」

担当者さんが迷宮都市の住宅事情について説明してくれた。まず、土地の所有権は全て辺境伯にあって土地は全て賃貸。建物面積と総面積、区画の単価から計算される賃料が税金を兼ねて毎年課せられる。迷宮都市では住人がいつ亡くなるか分からないし、魔物が溢れて住宅が崩壊することも起こりうる。毎年、賃料を徴収することで住人の生存確認ができるし、万一宅地が崩壊した場合は辺境伯命での復興が可能となっている。土地が辺境伯の持ち物だから、持ち主が不明で復興できない、ということがない。

「何事もなく暮らしていて賃貸契約が更新されないとか、急に住居を追われるということはありませんので、安心してください。詳しくは、迷宮都市特別法の住居管理規定の云々(うんぬん)のほにゃらら……」と言いだしたので、続きの説明を求める。

「ようは、宅地の賃貸契約で、住民の登録と生存確認と税金徴収、有事の際の備えまであわせて行っているわけですね」

建物部分は買い取りか賃貸の2種類あって、この建物は買い取りだそうだ。中に残されている物品や庭の植生も好きにしていいらしい。ただし『聖樹の伐採は不可』など、物件ごとに条件が付く場合もあるらしいが。

「この物件の建物価格ですが、本館が古くて減価償却が済んでいることと、増設部分の劣化が激しいことから、金貨3枚となっています。土地の賃料も年間で金貨3枚。すでに年が3分の2ほど過ぎていますから、今年の分は金貨1枚程度ですね。詳細は戻って計算させていただきますが、契約時に金貨４枚、次年度以降も毎年金貨３枚が必要となる物件です。しかも、本館内に台所がありませんし、増設部分の厨房もこのありさま。店舗部分も修繕するとなると、結構なお値段になってしまうと思われます」

なるほど、確かに微妙な物件だろう。一般庶民には高すぎて、農業スキルを持っていても農作物の収量が少なく採算が取れない。大商人が住むには住居面積が少ないし、貴族街とも離れている。

「ここがいいです。契約お願いします」

しかし錬金術師には垂涎（すいぜん）の物件だ。聖樹が庭にあるなんて素晴らしすぎる。ポーションさえ売れれば、賃料も問題ないだろう。

商人ギルドに戻って即日契約し、金貨４枚を支払う。契約書と鍵を受け取ると念願の城を手に入れた実感でにまにましてしまう。

「大工は手配しておきます。すぐに施工に掛かれる方をこちらで選んでよろしいですか？　エルメラ部門長のご紹介ですから、腕の良い大工を派遣させていただきますので。修繕計画や費用に関しましては直接相談なさってください。明日の昼すぎに現地集合で連絡しておきます」

とんとん拍子で話が進んだ。担当者さんが言うには、今日から入居してもかまわないが、通常は清掃業者に掃除してもらったり、改装を完了させてから入居するものらしい。その辺りの手配も大工がしてくれると言っていた。荷物があると作業の邪魔になるし、盗難の恐れもあるそうだ。

それにしてもわくわくする。2階には部屋が4室もあった。どこに工房を構えようか。お店はどんな風にしようかな。必要な家具やらもチェックしなくては。

商業ギルドの売店でパンと瓶に入った飲み物を購入する。事務所で出してもらったお茶の葉も忘れずに買ってジークと再び家に向かう。聖樹の下でお昼を食べて、どんな改装をしようか話し合うのだ。

## 06

「この辺からずらっと棚を並べて、このへんに作業台を置くの！　立派な工房でしょ？」

「いい、ね。寝室は？」

「作業台の隣！　疲れたらすぐ寝られるでしょ！」

「えー、マリエラ、の寝室は、工房の、隣の部屋、で」

「えー、移動するのメンドウ」

「大丈夫。俺が、運、ぶから」

「荷物か。ジークの部屋は？」

「マリエラ、の隣が、ぃぃ……」

「階段上がってすぐの部屋のほうが広いよ？」

「客室に、したらいい。ベッドが、二つ置けるから、客室向きだ」

そんな会話をしながら部屋割りをしていく。

2階の部屋割りはすぐに決まった。一番奥、東側の広い部屋を工房にして、工房から西にマリエラの寝室、ジークの寝室、客間という割り振りになった。

逆に1階のリビングと奥のシガールームについては良い案が出ない。リビングはドアから見て幅6メートル×奥行き14メートルと横長で突き当たりに暖炉がある。お貴族様はこういった部屋に細長い机を並べて、ずらーっと座って食事をすると聞いたことがあるが、マリエラはジークと二人暮らしだ。こんなに広いリビングは要らない。

ただ、暖炉はステキだと思う。冬になったら暖炉の前で甘いココアでも飲んでぬくぬくしたい。

「こんなに広いんじゃ、暖炉焚(た)いても暖まらないよね」

「部屋を、区切っても、いいかも、しれん」

「区切った部屋は何に使うの？」

「客室？」

「2階にも客室あるじゃない。誰が来るのよ……」

二人して碌(ろく)なアイデアが出ない。厨房も店舗も小屋に住んでいたマリエラには縁遠すぎてイメージが湧かない。ジークも似たようなものらしい。買うべき物もたくさん出てきたけれど、ありすぎてどこから手をつけるべきか、どこで手配したらいいか分からない。

「大工さんに相談しよう」

しょっぱなから丸投げムードの二人だった。

とりあえず、今日明日に必要なものを買いに行き、色んなお店を見ることにする。

ジークの着替えや外套(がいとう)も必要だし、マリエラだってチュニックとズボンは1着ずつしかない。靴も鞄(かばん)もぼろぼろだからエルバ靴店で新調しよう。採取用や調理に使えるナイフに裁縫道具、必要なものはたくさんある。

新居付近の店舗を中心に見て回る。買い物の途中で『メルル薬味草店』という看板を見かけた。

メルルというのは看板娘の名前だろうか。『ヤグーの跳ね橋亭』のエミリーちゃんみたいな可愛(かわい)い女の子を想像しつつ中を覗く。どうやら香辛料やお茶を扱うお店らしい。見たこともない香辛料が大量に並んでいる。

「うわぁ、珍しい！」

「おや、見ない顔だね。外から来た人かい？」

樽(たる)のような体形の、愛想の良い中年女性が接客してくれた。大半が迷宮で採れたものらしい。薬草もそうだが、迷宮は階層ごとに気候が異なるから世界中の植物が手に入る。こういった薬効の低い香辛料は浅い階層に生えているらしく、薬草採取と併せて新人冒険者の小遣い稼ぎに丁度いい。おかげで迷宮都市では香辛料が流通していて、露店の串焼きでさえ塩胡椒がきいていて美味しい。

「砂糖はちょっと高いんだ……」

「砂糖かぶらを加工するのが手間だからね。料理に使うんだったら、こっちの『粗漉し糖』で十分だよ。あたしゃお茶でも粗漉し糖だけどね」

『砂糖かぶら』はこの辺りで栽培されている農作物で、煮汁から砂糖が作られる。煮出した砂糖かぶらの粕は家畜の餌に、煮汁からは少量の砂糖と『粗漉し糖』がとれる。処理技術が未発達なため、砂糖の精製量は少なく値段も高い。粗漉し糖は不純物と糖分が含まれていて、味にクセがあるから料理用など用途を選ぶが安価な庶民の味として親しまれている。二百年前に比べて砂糖の精製技術は進んでいるようだが、まだまだ粗漉し糖に含まれる糖分は多い。

ちなみに砂糖かぶらはオークの好物で、収穫期には臭いをかぎつけてやって来る。当然畑の周りには罠が仕掛けられ、衛兵や冒険者がオーク狩りを行う。砂糖かぶらの収穫期にはオーク肉が大量に出回り、冬の備蓄食糧として迷宮都市を潤してくれる。

「オバちゃん、粗漉し糖食べすぎだヨ、だからオークみたいになっちゃうんだヨ」

店員らしき少年が、樽体形の中年女性を揶揄する。

「うるさいね。店じゃメルルさんて呼んどくれ。ホラ、さっさと配達に行ってきな」

樽型の女性がメルルさんだった。時間の流れは残酷だ。

粗漉し糖を2キログラムほど買って店を出た。


『ヤグーの跳ね橋亭』に帰る前に『ガーク薬草店』に立ち寄る。店は開いているのに誰もいない。不用心だなと呆れつつも大きな声でガーク爺を呼ぶ。

「こんにちはー。ガーク爺さんいませんかー」

「おるぞー、裏じゃー。まわってこーい」

まだ3回目なのに裏庭に呼ばれた。行ってみると巨大な豆の莢を吊るした下で、鍋で湯を沸かしている。横には同じような莢が五つほど積んである。

「これって、クリーパーの種子じゃないですか！」

「おう、大漁だろ。もうじき迷宮の遠征だからな。便乗する冒険者連中のために採って来たんだ」

クリーパーは蔓をもつ吸血植物の魔物で、蔓内部の粘液からクリーパーゴムという高級ゴムが作られる。弱くて安価な子株から作られた使い捨てのクリーパーゴムは迷宮都市に広く出回る商品だ。

このクリーパーが成熟して実った種子がこの莢にぎっしりと詰まっている。クリーパーの種は薬効も栄養価もすこぶる高い。本来の回復力を格段に上げて継続的回復効果をもたらす『リジェネ薬』の原料になるだけでなく、そのまま食べれば1粒で1食の栄養がまかなえるほどの完全栄養食である。

しかし、種子をつけるまでに成熟したクリーパーの討伐は親株から粘液を取るよりはるかに難易度が高い。なにしろ種を実らせたクリーパーには、知能があるのだ。植物の分際で。クリーパーの種子は、遠くに播種(はしゅ)するため莢から飛びだす。莢の先端から石つぶてのようにダダダダダと。クリーパーの親株は、この種を飛び道具のように獲物に撃ち放つ。

種子1粒1粒の攻撃は小石をぶつける程度だが、莢には100~200粒の種が入っているから、連射されればたまらない。種の連射で誘導されて蔓の毒棘(どくきょく)に捕まって麻痺(まひ)、吸血されてクリーパーの餌になる、という悪魔のコンボが炸裂(さくれつ)する。

「どうやって、こんなに……」

「種持ちのクリーパーは知恵がまわんだろ? だから酒も回るんだ」

睡眠薬を混ぜた酒を根元にかけて、寝込んだスキに莢ごと切り落とすのだそうだ。

「そんな方法が」

目から鱗(うろこ)である。まだまだ知らないことが多い。今までクリーパーの生息地帯周辺に落ちている種をちまちまと拾い集めていたのはなんだったのか。

「いちち……。今回はちいとばかし、しくじっちまってな。まったく、草っころのクセに大酒のみがいやがった」

被弾の痕だろう、左腕の防具の継ぎ目辺りが赤黒く内出血している。見えたのは服の隙間からちょこっとだが、あちこち被弾したに違いない。

「たいへん！　早く治療しなきゃ！　ポ……薬、薬」

「これくれぇ、どうってこたねぇ。ただの打ち身だ。薬もあるから心配すんな。それよか種を乾かしちまわねぇとな」

「なに言ってるんですか！　治療が先でしょう！　乾燥は私がやっときますから！」

慌てふためくマリエラに、「おう、そうか？」と折れるガーク爺。意外と押しに弱いようだ。

「種が割れちまわねぇように、莢ごと湿気た空気で乾かすんだ。湯をきらさねぇように、そのまま見ててくれや」

そう言って、家の中に入っていった。

マリエラとジークは言われたとおり、しばらくの間、鍋を眺めていたのだが。

(まどろっこしい。こうしてる間にも他の莢が劣化していく。もったいない)

「ジーク、人目があるか分かる？」

「ない。だが……」

《錬成空間、湿度調整60%、温度調整40度、乾燥》

ジークが「やめたほうがいい」というより早く、横にある五つの莢に錬金術スキルを使う。見る間に乾いていく莢を見て、ジークは頭を抱えていた。

「はぁ、何をやって、いるんだ……」

「《命の雫》使ってないし。これくらいなら外から来た錬金術師ならできるもん」

五つの莢が乾燥し、鍋の上に吊ってある莢も乾かそうかという頃合にガーク爺さんが戻ってきた。乾燥した莢と、中の種が一つも割れることなく芯まで乾燥しているのを見て、

「この短時間で、何しやがった……」とつぶやいた。

「乾かしといたよ」

えへっと笑って誤魔化すマリエラに、ゴツンとガーク爺のゲンコツが落ちる。

「いったぁー」

涙目になるマリエラ。

「ばかやろう、人前でこんなマネ絶対すんじゃねぇぞ。イテェじゃすまねぇ場合だってあんだ。分かったたか。オイ、そこの兄ィちゃん、このバカしっかり見張っとけ！」

ガーク爺の剣幕に、しょんぼりとうなだれるマリエラ。

「ご、ごめんなさい……」

調子に乗って怒られてしまった。ジークも呆れているだろう。

すごすごと帰ろうとするマリエラに、ガーク爺は乾いた莢を一つ押し付けた。

「おぅ、手間賃だ。とっとけ。その、なんだ……。まぁ、助かった。また来いや」

ぶっきらぼうに、そう言ってくれた。

「ガーク爺に怒られちゃったね」

帰り道でマリエラがジークに話しかける。

「俺も、怒ってる。不用意、すぎる」

「うん。ごめんね。心配してくれて、ありがとう」

ゲンコツを貰ったのに、嬉しくなってしまった。弾む足取りにあわせて、乾いた莢の中でたくさんの種が弾んでシャラシャラと鈴のような音を立てた。

## 07

「丁度良かった、マリエラさん」

『ヤグーの跳ね橋亭』に戻り、自分の部屋に入ろうとするマリエラをマルロー副隊長が呼び止めた。そういえば、マルロー副隊長は隣の部屋だった。迷宮都市内に自宅があるのに、ずっと部屋を押さえているらしい。事務所代わりなのだろう。

一旦部屋に荷物を置いてから、ジークと二人でマルロー副隊長の部屋に向かう。部屋の長椅子にはいつものようにディック隊長が座っていた。

「すまん」

いつも最後までしゃべらないディック隊長が、しょっぱなから声を出したと思ったら開ロ一番謝った。マルロー副隊長も申し訳なさそうな表情で、トレーに金貨の小山と書類を載せて持ってきた。一体何事だろうか。

「迷宮討伐軍への領収書の写しです」

そんな物を見てもいいのかと驚いたが、どうぞと差し出されたので手にとって読む。低級ランク3種各10本は、黒鉄輸送隊が買い取ったそうで、残りの明細と本数が書かれている。金額は下にまとめて『以上、一式　金貨70枚也(なり)』。

「遠征予算の都合ということで。こちらも粘り強く交渉したのですが、将軍の個人資産からも捻出していただいて、これ以上はどうしてもと」

「俺が『多少の値引きにも応じる』等と、うかつなことを言ったばかりに」

ディック隊長がうっかりさんなのは分かったというか、知っていたけれど、『買い叩かれてごめんなさい』ということだろうか。安くてもいいと言ったはずだが。

「えぇと、中級以下の契約価格を差っ引くと、上級ランク15本で金貨52枚、1本当たり金貨3枚半くらいですか？」

マリエラがたずねると、「申し訳ない」とディック隊長が再び謝り、マルロー副隊長が説明してくれた。

「一旦、話を白紙にとも思ったのですが、強硬手段をとると言われて致し方なく。あのような方ではなかったのですが……」

マルロー副隊長にまで平謝りされてしまった。

「かまいませんよ。頭を上げてください」

え？　いいの？　という表情で顔を上げるディック隊長と、どういうつもりでしょうかという表情のマルロー副隊長。

「将軍様が、自腹を切ってまで買ってくれたんですよね。遠征にポーションが必要だから。今度はもっとたくさん用意しますね」

防衛都市では上級ポーションの店売り価格は大銀貨10枚だった。それから考えると30倍以上。十分すぎる値段だし、私財を投じるほどに必要ならば店売り価格まで下げてくれてもよかったのに。そう思ったマリエラは、思ったままを口にしたのだが。

「マリエラさん、本気で言っているのですか？　あのポーションにどれほどの価値があるか、分かっているのですか」

マルロー副隊長の目に剣呑な光が宿る。初めて見る真剣な表情かもしれない。

「ポーションは消耗品です。少量を高く売るものじゃないです。お金が必要なら、たくさん売ればいいんです」

これはマリエラのポリシーでもある。師匠はマリエラに『お前はポーションをたくさん作れ』と言っていた。師匠の真意は分からなかったが。二百年前はポーションなどありふれていて、マリエラのポーションは赤字ぎりぎりの安値で買い叩かれていた。独立してからは魔の森で一人ポーションを作り、防衛都市で売りさばく毎日。マリエラのポーションのおかげで助かった、とごく稀にかけられる感謝の言葉に、何度も支えられていた。『お金が必要な分だけ、たくさんポーションを作る』のは、マリエラにとって当たり前のことで、自分のポーションで助かる人がいることが、彼女の行動を動機付けていた。

「ポーションは資産だ。子孫に残すこともできる」

マルロー副隊長の言葉は険しく、口数は少ない。

(偶然見つけたのか、正当に引き継がれたものなのかは分かりませんが、相当量のポーションを持っているようですね。さりとて数に限りのある貴重品には違いない。量を捌けばいいなどと、その思想は崇高とはいえません。迷宮都市の地脈と契約した錬金術師はもはややいないのですから)

真意を探るようにマリエラの目を見るマルローの思い違いは、マリエラには伝わらない。

「残された人が困らない程度の資産を、家やお金で残せばいいのでは?」

肝心な点を掛け違えたまま、マリエラは返事をする。

(んー、たしかに。私に何かあったらジークが路頭に迷っちゃうよね。今日契約した家は、この上級ポーションの売り上げをあわせても10年ほどしか住めないし。でもまだ、たった100本ほどしかポーションを売っていないし。何万本でも作って売ればいいよね)

暢気に構えるマリエラと、かみ合わないまま成立する会話。納得しかねる、といった表情で、マルロー副隊長は「欲のない人だ」とつぶやいた。

金貨52枚のうちマリエラの取り分、金貨31枚と大銀貨2枚を受け取り、書類にサインする。これで今回の取引は完了だ。今朝、リンクスにも聞いたが、黒鉄輸送隊は明日の早朝に帝都に向かって出立し、再び戻ってくるのは16日後の夕刻の予定だそうだ。

それまで『ヤグーの跳ね橋亭』のマリエラたちの部屋を押さえておくというマルロー副隊長に、居所を定めたことを話した。

「そうですか。では無事戻れましたら、リンクスを遣いにやりましょう」

次の取引まで16日もあるとはいえ、引っ越しもあれば新居の改築もあって忙しい。ポーションの大量生産はできないだろう。次回の取引量に関しては、今回以上でできるだけ、という口約束に留(とど)めた。種類に関しては今回をベースに特化型の上級薬も、とジークをちらと見てマルロー副隊長が要望を告げた。

後半、静かにしていたディック隊長は、空気を読んだのか話が終わっても『乾杯』などとは言い出さなかった。

ジークと二人で食堂に下りると、リンクスやユーリケ、他の黒鉄輸送隊のメンバーが食事をしていた。今日のメニューは赤身の魚らしく、『ステーキ』か『フライ』かと聞かれた。どちらも同じ魚をマリネにしたサラダが付くらしい。

両方食べてみたいので、ジークがステーキ、マリエラがフライを頼む。誘われるままに同じテーブルで食事をする。ステーキは臭みもなく、魚とは思えないほど脂がのっている。柑橘(かんきつ)類の果汁とツンとした刺激の香辛料が合わさった、さっぱりとしたソースが食後に脂濃さを残さない。フライのほうには、ざっくりと切ったトマトの果肉が残るソースがかけられている。フライの衣が魚肉の脂を閉じ込めて濃厚な味わいだ。

こんなに美味しい料理だというのに、黒鉄輸送隊の面々は皆黙々と食事をしている。明日から魔の森を抜けるため、気を引き締めているのかもしれない。マリエラには分からないが、きっと危険な旅なのだろう。しんみりとした気分で食事を味わった。

静かな食事を終え、食後のお茶が運ばれる。

「マリエラも、ジークも、全部食ったな?」

急にリンクスが話し始める。

「今日の魚、何だと思う?」

「え? 川魚じゃないの? 赤身とか珍しいけど」

「海の、魚?」

「答えはー、サハギンでーす!」

お茶を噴きそうになるマリエラ。

(お茶、ちょっと鼻に入った!)

ツンとする鼻を押さえてリンクスをじっとりとにらむ。

「わっかんねーだろー、わっかんねーよなー。うまいと思って食っちまうよなー」

「高級魚? だし? マスターの心遣いだし?」

「まーな、すげぇ、栄養あるらしいけどな! にしてもさー、食えると思わねーよな。アレ」

サハギン。二足歩行する魚だ。グロくて「ギョー」とか言いそうな感じの。等身が人間に近いから、食べたいと、いや、食べ物だと思ったことはなかった。

(すごく美味しかったけど。美味しかったけど!)

うぇーとばかりに顔をしかめるマリエラの反応に、満足そうに爆笑するリンクスたち。

「はー、笑ったー。俺ら、明日早いから、今日はもう寝るわ。じゃーな、マリエラ。またな」

マリエラの顔をじっと見つめた後、リンクスは部屋に戻っていった。

# 08

部屋に戻ったマリエラは荷物を整理しながら、別れを惜しむような、けれど笑いを絶やすまいとするリンクスたちの様子を思い出していた。

「初めはちょっと警戒したけど、黒鉄輸送隊のみんな、いい人たちだよね。無事に戻ってくるよね?」

「黒鉄輸送隊は、強い。ポーションも、ある。大丈夫」

魔の森を抜けてきたジークが言うのだから、大丈夫なのだろう。それでも少し心配だ。リンクスたちと過ごした5日間はとても楽しかったし、魔の森の氾濫(スタンピード)から一人生き残ったマリエラが迷宮都市での暮らしに見通しを立てられたのは、彼らが何かと世話を焼いてくれたおかげだった。

(とってもよくしてくれたもの。何か助けになれないかな)

マリエラは分厚い本に触れる。『薬草薬効大辞典』。そういえば今日は『ライブラリ』の話を聞いた。

《ライブラリ接続》

閲覧無制限の情報に何かいいものはないものかと、久しぶりにライブラリに接続する。

閲覧自由な便利情報の一覧を探す。

『錬金術スキルを応用したおいしい料理レシピ』、『暮らしを便利にする錬成品』、『奥様錬金術師の家事テクニック』……、このあたりは一通り読んでいる。『錬金術菓子(アルケミック・スイーツ)』。これは悲しい気分になる。高価な砂糖をたっぷり使ったお菓子なんて、とても作れなかったから。

(あ、今日、『粗漉し糖』買ったんだった)

今なら作れるんじゃないかと、閲覧を開始する。ひどく遠まわしな言い方で前書きが書かれているが、どうやらポーション効果のあるお菓子を作れるレシピ集らしい。

(なにそれすごい。あぁ、でも、効果は1割程度まで下がるとか。うーん、微妙。でも苦いポーションを子供も美味しく食べられるなら、いいことかもしれない)

マリエラもポーションの味の改良には取り組んでいて、『美味しいポーション』なるものを度々作っては失敗している。いつか薬効を落とさずに味が美味しいポーションを完成させて、ライブラリに登録することが目標だ。

いくつかレシピをめくっていく。『持続力抜群、リジェネキャンディー』とか、『朝まで襲って。野獣な夜のバーサクチョコレート』だとか、よく分からないレシピ名と、もっとよく分からない説明文が書いてある。

不審げな表情のマリエラに「どうした？」とジークが聞いてくるのでレシピについて話したら、「作るのか？」と怪訝そうに聞かれた。やっぱりおかしな名前なんだろう。

「病で弱った子供には継続的に体力回復を促す飴はいいだろうし、魔物に囲まれた状況なら狂戦士化チョコレートで栄養補給と起死回生を図れるだろうから、アイデアとしては素晴らしいと思うんだけど、どうしてこんな変な説明文を入れるんだろうね」とマリエラが言うと、ジークは気まずそうに目を逸らした。

「あ、これ」

『〝元気が漲るはじまりのクッキー〟まだ始まっていないアナタへ。お礼や挨拶にかこつけて、このクッキーを差し入れましょう。地脈外でも効果抜群！　漲る元気にアナタのことが気になるハズ。準備万端整えて、獲物が巣に掛かるよう、じっくり糸を手繰ってね！』

（糸？　このレシピの作者は蜘蛛かなにかかな。人外の兄弟子が……いるわけないか）

説明文はよく分からないけれど、材料とレシピから推測するにクリーパーの種を練りこんだクッキーで、《命の雫》の代わりに術者の魔力で薬効を高めるようだ。クリーパーの種の薬効は疲労回復。種子自体も栄養価が高いから、そのまま食べれば1粒で1食分の栄養がまかなえる。種を粉にして混ぜればややクセのある味に仕上がるが、香り付けのために茶葉を砕いて配合している。茶葉には弱い興奮作用があるから、過酷な移動中の栄養補給には最適だろう。《命の雫》を使わないから、普通の菓子よりほんの少し効果が高い程度だろうけれど、地脈の外でも効果は失われない。

「うん、これを作ってみよう」

ガーク爺やアンバーさんたちにもおすそ分けしたい。勿論ジークもだ。人数分のクリーパーの種を粉にする。茶葉は商人ギルドの売店で買ったものが使える。後は小麦粉と、卵、バター。砂糖は粗漉し糖を分離して作製済みだ。

食堂に下りてマスターに食材を売ってもらえないか交渉する。快く分けてくれて、「厨房、使うか？」とまで聞いてくれたが、厨房のほうは丁重にお断りする。『錬金術菓子（アルケミック・スイーツ）』は、ポーション要素が少ないくせに妙に錬金術スキルにこだわっていて、道具やオーブンを使わずに全工程を錬金術スキルでまかなう。

（ほんと、誰だろうこの作者。変な人だなー。ま、いいか。錬成？　開始ー）

変なこだわりを持つ兄弟子に首をかしげながらもマリエラは錬成を開始する。

《錬成空間、温度制御、バター溶解、魔力混練、砂糖投入、魔力混練、温度制御、卵投入、魔力強混練、小麦粉、種粉、茶葉粉分散投入、魔力混練、成型、圧力制御、過熱、保持、

冷却》

レシピの通り工程を進める。簡単だ。温度制御もお湯くらいとか、気温くらいとかの緩い指定で、素材を加えるたびに魔力を練りこんで混ぜるだけ。途中の圧力制御は急減圧で生地の中の気泡を膨らませることで、さくさくに仕上がるのだそうだ。成型は『ハートがオススメ』とか書いてあったが、そんな充填(じゅうてん)率の悪い形状は非効率で嫌なので全部正方形にした。

形状についてジークに話すと、「ハート、食べたい」というので1個だけハートにしてみる。ちょっと難しい。左右非対称で、デイジスの葉っぱみたいになった。面白いのでラプトルも作ってみる。

「サハギン？」

「違うよ、ジーク。ラプトルだけど……うん。サハギンに見えるね。これはリンクスにあげよう」

まとめて《錬成空間》に並べて一気に焼き上げる。レシピ通りの時間でほんのり狐色(きつねいろ)に焼きあがる。冷却して出来上がり。《錬成空間》から出すと、バターのいいにおいがした。

「1個だけ食べよう。味見、味見」

ジークはデイジス、じゃなくてハート型、マリエラは四角いクッキーを齧(かじ)る。

さくり。

口の中に広がるバターの香りの後に、ふんわりと茶葉のにおいが鼻に抜ける。クセのあるクリーパーの種の味わいが、茶葉や卵とあいまって独特の風味に変わっている。

「うまい」

「うわぁ、おいしい！」

ジークにも好評なようだ。ちびちびと齧っているので、もう1枚勧めたが、食事もとったし今日はこれでいいと言う。

（おりこうさんめ。おかわりしづらいじゃない）

今日購入した布を切ってクッキーを包んでいく。サハギンは割れないように別にして。

「明日の朝、出発前に渡せるようにもう寝ようっと。寝過ごしちゃったら起こしてね」

ジークに頼んだ後、寝る前にトイレに行こうとするマリエラを、ジークが制止した。窓から見える裏庭を指さす先に二人の人影が見えた。

ディック隊長とアンバーさんだ。

月光の下、二人はひしと抱き合うと、しばらくの間見つめあい、名残惜しそうに別々に宿の中に戻っていった。

食堂に下りるとアンバーさんはいつも通りに接客していて、ディック隊長は部屋に戻ったのか、姿が見えなかった。

その夜は結局寝付けなかった。

『元気が漲るはじまりのクッキー』の効果だと思いたい。

夜明け前、装甲馬車に乗り込むリンクスの下へマリエラは駆け寄る。あの後、結局眠れなかったけれど、ちゃんと見送ることができた。

「マリエラ、まだ夜だぜ。寝てろよー」

リンクスがいつもの調子で話してくる。

「これ、作ったの。元気が出るからみんなで食べて。あ、こっちはリンクスが食べてね」

クッキーの包みと、サハギンクッキーの包みをリンクスに渡す。

「うっそ、マジ？　すげぇ、うれしい。こっち、開けていい？」

暗くて表情は見えないけれど、喜んでくれたみたいだ。サハギンクッキーの包みを開ける。

「……ナニコレ？」

「何でしょう」

「ラプトル？」

「答えはー、サハギンでーす！」

「マ・ジ・カ」

(ほんとはラプトルだけどね。当てるとはすごいね)

リンクスは、サハギンクッキーをカプリと齧る。

「お、うめ。サンキューな。なんか土産買ってくるわ」

そう言って、黒鉄輸送隊は帝都へと旅立っていった。

「行っちゃったね」

黒鉄輸送隊を見送って、今はジークと二人きりだ。

「まだ、早い。寝るといい」

早朝の薄暗がりの中、装甲馬車の行った道をじっと見つめるマリエラを、ジークが部屋へと促す。おとなしくベッドに入ったマリエラに、ジークが首元まで布団を掛けてくれる。

「ジークは寝ないの？」

「俺は、平気」

寂しそうなマリエラの様子に、ジークの手が戸惑うように伸ばされ、そっと頭を撫(な)でてくれた。

「お休み、マリエラ」

そう言ってジークムントは部屋を出た。

「貴女(あなた)の居場所に、俺が」

扉を閉めて、ジークは小さく、そうつぶやいた。

The Survived Alchemist with a dream of quiet town life.

01

book one

第六章

# 思考の迷宮

Chapter 6

# 01

「おはよう、マリエラ」

ジークに起こされ目が覚める。

「お茶、飲む？」

ベッドから起き上がると、ベッドの端に腰掛けたジークがお茶を差し出してくれた。

やさしく起こされ、ベッドの中で目覚めのお茶をいただく。ジークは柔らかく微笑んでいる。

（ナニコレ、これじゃまるで……）

マリエラは目をこしこし擦るとコップを受け取り首をかしげる。

「お貴族様ごっこ？」

ジークの口角がピシリと上がる。気づかず、ふぅふぅとお茶を飲むマリエラ。ジークはめげずに話しかける。

「美味しい？」

「うん。ありがと」

「明日から、毎日、淹れるよ」

「んー、うれしいけど、いいよ」

ジークの申し出を、マリエラはやんわりと断る。

「一緒に飲んだほうが、美味しいよ」

そう言って、マリエラは顔を上げた。なぜかジークに目を逸らされた。逸らした顔はほんのり赤い気がした。


寝すぎたかと思ったが、いつもより一刻ほど遅いくらいの時間だった。ジークも朝食がまだだそうで一緒に食堂に向かう。

「おはよー。今日はとうろもこしのスープだよ。エミリーのお気に入りなの！」

看板娘のエミリーちゃんだ。今日も髪を結んであげて、昨日作ったクッキーの包みを渡す。

「うわぁ、クッキーだ」

しっかりしていても、十歳児。包みを開いたとたん顔が輝いた。大喜びで早速ほおばる。

「おいしー！」

「栄養たっぷりで元気が出るから、疲れた時に食べるといいよ」

そう説明すると、2個目を食べようと伸ばした手がぴたりと止まる。

口をきゅっと結んで、伸ばした手をふるふると震わせた後、きゅっと包みを閉じた。

「父ちゃん、たいへんだから。疲れてるから。これ、父ちゃんにあげるね」

食べたくて仕方ないだろうに、決死の覚悟で我慢してお父さん(宿のマスター)にクッキーをあげるという。『我慢』が表情ににじみ出ている。

(かわいいぃ！　エミリーちゃん！　いい子すぎる！)

心の中で悶(もだ)えるマリエラ。

「お父さん(マスター)の分はここにあるから、それはエミリーちゃんが食べていいんだよ」

そう言って、もう一つ包みを渡した。

ぱあぁ、と顔を輝かせるエミリーちゃん。眼福だ。

「父ちゃんにあげてくる！　マリ姉ちゃん、ありがとう！」

満面の笑みで、両手にクッキーの包みを持って駆けていくエミリーちゃん。

エミリーちゃんのリアクションを見たくて、お父さん(マスター)の分をわざと後出ししたのは内緒だ。マリ姉ちゃんは悪い姉ちゃんなのだった。

アンバーさんたちはまだ寝ているので、帰ってから渡そうと思う。頼まれた薬も作らなければ。欲しい素材もある。昨日サハギン料理がでてきたから探せば見つかると思う。

朝食を終えてジークとガーク薬草店へ向かう。ガーク爺は今日は店でおとなしくしているようだった。

「ガーク爺さん。これ、昨日貰ったクリーパーの種で作ったんだ。おすそ分け」

「おめぇ、懲りねぇやつだな……」

呆れた顔でマリエラを見るガーク爺。マリエラは気にした様子もなく、「まぁまぁ、食べて食べて。打ち身に効くかは分からないけど、体力は回復すると思うよ」と勧める。

ガーク爺はじっくりと味わうように1枚食べると、体の調子を確認し、店の奥から何やら魔道具を持ち出してきた。マリエラのクッキーを魔道具にかけて調べている。

「それ、食べ物なんですけど」

「魔力を練りこんでクリーパーの種の効果を上げてんのか。おめぇ、これ売る気じゃねぇだろうな」

ぷうと膨れたマリエラのほっぺは、ガーク爺のひとにらみでぷしゅーとへこむ。

(善意のクッキーなのに、酷い)

お世話になったお礼に配っているのだと話すと、配布先まで確認された。

「まぁ、そんくらいならいいだろ。いいか、これは売るなよ。こんなもん売ったら、魔力が干からびちまうまで作らされるぞ。まったく、見かけによらずとんでもねぇ嬢ちゃんだ。ちったぁ、自重しろ」

「これで駄目なら、どんな薬売ればいいのよぅ」

しょんぼりするマリエラ。

「何作るつもりだよ、おめぇ……。いいか、薬作ったら売る前に俺んとこ持ってこい。試してやっから。おい、兄ちゃん、ちゃんと連れてこいよ。必ずだぞ！」

「分かりました」

神妙な顔でうなずくジーク。まぁ、売る前に確認してもらえるのはありがたい。薬作りは素人だ。マリエラは前向きに考えようと、うんうんとうなずいた。

「あ、そうだ、ガーク爺さん、お化け貝とか喰(く)い付き貝とか売ってないかな？」

「おめぇ、さっきの話聞いてたか……？」

頭を抱えるガーク爺を、「売り物じゃないからへーきへーきだいじょーぶー」となだめるマリエラ。ガーク爺の視線が鋭い。そろそろゲンコツが飛んできそうだ。

「その手の魔物食材は冒険者ギルドの横にある卸売市場に行きゃ手に入る」

「ライナス麦もそこで手に入るかな？　あとジニアクリームと軟膏(なんこう)缶も欲しいんだけど」

「ようやくまともな質問だな。この辺でとれる食材はたいてい扱ってるからライナス麦もあるだろうよ。あとはジニアクリームと軟膏缶か。小口なら商人ギルドの売店に売ってんだろ。『シール商会』が作ってっから大口なら商会へ行け。俺の紹介だっつったら、いくらか融通してくれんだろ」

ガーク爺は、なんだかんだで面倒見がいい。

「ありがとう！　ガーク爺さん。今度お薬持ってくるね！」

そう言って手を振るマリエラに、ガーク爺は。

「商人ギルドの図書館行って、勉強してこい！」

しっし、と手を振りながらそう言った。反対の手でクッキーをつまむとポイと口に放り込んだのを、マリエラは見逃さなかった。


ガーク爺に教えてもらった卸売市場に行く。

冒険者ギルドは迷宮を囲む塀の北東出口を出てすぐのところにあり、卸売市場も冒険者ギルドの隣に迷宮に面するように立地していた。

冒険者たちは迷宮で得られた素材を冒険者ギルドや専門店に持ち込む。卸売市場は食材の専門店街で、冒険者たちが持ち込んだ食材を買い取り、解体し、食材によっては熟成、加工して販売する。

迷宮産の食材が集まるこの市場には、迷宮都市で生産された野菜や穀物、周囲の森で狩られた獣の肉なども集まっていて、まさに迷宮都市の台所となっている。

卸売市場の巨大な外壁の中は、中小規模の店舗がひしめき合っていて、魔物の肉や、魚介を扱う店、この辺りでとれる獣の肉を扱う店、ウインナーやハムなどの加工食品を扱う店、乾物を扱う店、穀物や野菜を扱う店、乳製品を扱う店など、あらゆる食材店が軒を連ねていた。

今は冒険者たちが迷宮に潜っている時間で、食材を買い付けに来た市民たちで市場はとても賑わっていた。食材とあわせて調理した料理も売っていて、いい匂いが漂っている。

「うわぁ、すごい！」

「今日の目玉はコカトリスだ！　見てよこのモモ肉！　嬢ちゃんみたいにぷりっぷりだ！この串焼きなんか脂が滴り落ちそうだ！」

「りんご〜、採れたてりんごだよ〜、迷宮2階からの直送だ〜。こっちはパインだ。一切れたったの2銅貨だ」

「安いよ、安いよ。今日はオークとミノタウロスの合い挽きミンチが特価だよー」

「焼きたてオークウインナーはいかがー。皮がパリッとはじけるよ。ホットドッグも売ってるよ！」

景気の良い呼び声に楽しそうに見て回るマリエラ。両手には串に刺さったパインやら、串焼きやらホットドッグの包みやらを持っていて、行儀悪く食べながらあちこち見て回っている。

目的の乾物屋にたどり着くまで、ずいぶんと時間がかかった。海鮮を中心にした乾物屋らしく、一食で食べきれる程度の小ぶりな魚の乾物や、海草、貝柱などが、所狭しと並んでいる。サハギンのような大物の干物はないようだ。あっても困るのだけれど。

「らっしゃい、なんにするね」

「お化け貝か、喰い付き貝の貝柱ありますか？」

「喰い付き貝ならこれだな。いい出汁でるぜ。いくつにする？」

こぶしくらいの大きな貝柱の干物が笊（ざる）に積んで置いてあった。魔の森に海はないから、マリエラが見るのは初めてだ。

（1個で10回くらいは練習できそうね）

初めて扱う素材だからまだ抽出方法を会得していない。マリエラの《ライブラリ》は、新しい素材調整方法を閲覧したら、完全に覚えるか《リセット》して忘れない限りは、新しい素材調整方法を閲覧できない。素材を見た感じでは、手間のかかる方法ではなさそうだ。１００回も抽出すれば会得することができるだろう。10個買って銀貨2枚を払う。

後は穀物を扱うお店。これは市場の一番奥、北通り近くにあった。ライナス麦がないか聞く。

「今年はライナス麦がよく売れてな。悪いが在庫はこれだけだ。あと一月もすれば新しいのが収穫できるから、それまで待っておくんな」

ライナス小麦は迷宮都市の穀倉地帯を流れる川の中州辺りの湿地帯で育つ麦で、栄養価が高い。病人に食べさせるとよいとされる穀物だ。こういった植物は他にもあって、例えば、砂糖楓（カエデ）の古木からとれる樹蜜や、芋の根と言われる摩（す）り下ろすと粘りを生じる根っこ、主用途は食用ではないがジニアクリームなどがそうだ。

これらは単に栄養価が高いだけでなく『滋味に富んだ』味がする。ようは《命の雫（しずく）》を多く含んだ食材だ。《命の雫》は地脈を流れる大地の恵み。その地に生きる全ての生き物、植物や獣、人だけでなく魔物にさえも微量ずつ含まれる。薬草によって蓄える成分が異な

るように、《命の雫》を蓄えやすい植物というのがいくつかあり、マリエラが探している
ライナス小麦やジニアクリームもその一つだ。
「はやり病でもあったの？」
ライナス小麦の在庫は2キログラムほどしかなかった。マリエラの目的には十分足りる
量だが、売り切れるような災いでもあったのか。
「いや、アグウィナス家が買い占めてな」
意外な名前が出た。二百年前エンダルジア王国の筆頭錬金術師だった家系だ。今は迷宮
都市のポーションの流通を牛耳っている。錬金術師の家系なのに、病人が大量発生でもし
たのだろうか。
穀物店の店員は詳しいことは知らないようで、在庫のライナス麦2キログラムを購入し
て店を出た。
「マリエラ、そろそろ」
貝柱とライナス麦を買っただけなのにもう昼時だ。あと一刻ほどで大工との約束の時間
になる。珍しくてのんびり見物し過ぎた。
「ジーク、お昼ご飯は？」
「家で、食べるよ」
マリエラは買い食いするたび、ジークの分も買っている。ジークはその場ですぐに食べ
きるか、包んでもらって背負い袋にしまっていて両手を空けた状態でいる。市場におかし

な連中はいなかったが、念のための警護体制である。

(食べ歩きしないとか、お行儀いいな)

そうとは気づかず暢気に構えるマリエラだった。

## 02

卸売市場を出て新居に向かう。卸売市場の北通り側の出口から近く、半刻と経たずに到着する。やはり、なかなか立地の良い場所だ。ジークが昼食を済ませた頃、約束の時間よりやや早く大工と思しき二人連れの男がやってきた。

「あんたがマリエラさんかい、ワシは大工のゴードン。見ての通りのドワーフじゃ」

「僕は建築家のヨハンです。ドワーフと人間のハーフです」

ゴードンはこれぞドワーフといった様相の、髭も眉毛も体形も太く短い男だった。

対してヨハンは、小柄でがっしりとした体形ではあるがゴードンより背は高く、髭を剃り、髪は勿論、眉毛まで整えた洒落た感じの男だった。

「何が建築家だ。大工の倅らしく、もちっと技術を磨きやがれ」

「快適な住まいを提案するのが、これからの家作りには必要だと思うね、親父(おやじ)」

どうやら二人は親子らしい。会うなりいきなり親子喧嘩(げんか)を始めるのかと思ったが、二人にとっては挨拶のようなものらしい。「で、どんな改築をご希望で？」と声を合わせて聞いてきた。完全なユニゾンだ。息ぴったりだ。

店舗スペースを直して薬屋を開きたいこと、二人で暮らせるように家具も併せて修繕してほしいこと、細かいところは決まっておらず、色々教えてほしいことを伝えると、まずは家を見せてほしいと言われた。「どうぞ」と通すと、ゴードンは建物、ヨハンは増築部分をチェックし始めた。

「こっちの建物は問題ない。配管の劣化もないな。住むには問題ないが、床や壁が傷んどる。予算次第だが洗い、あー、清掃作業だな、洗いをした後に、床や壁石の研磨をしたほうがいいだろうな。ヨハン、必要そうな家具も合わせて内装見積もってくれ」

「厨房(ちゅうぼう)の魔道具は魔石が切れてるだけでまだ使えるね。建物自体も問題ないけど、屋根は手入れが必要かな。全体的に脂汚れが酷いから木壁は張り替えたほうがいいな。店舗部分は酷いな。床も柱も朽ちかけだ。ここに店舗を構えるなら作り直したほうが安く済む。カウンターテーブルや作り付けの棚の傷みは外側だけだから、削って再生できそうだ。問題は採光かな。親父、建て直しで見積もってよ。厨房の屋根もあわせてね」

マリエラとジークが呆気(あっけ)に取られて見ている間に、二人は入れ代わり立ち代わり修繕案を作製していった。

一刻もしないうちに、ゴードン、ヨハン親子の改築案がまとまった。

住居部分は清掃作業の後、壁や床石を軽く削って磨き、傷や凹(へこ)みを綺麗(きれい)にする。迷宮都市付近では資材が貴重なため、床に板やタイルを敷いたり壁紙を張ったりするのは貴族の邸宅に限られるそうだ。

引っ越しの際に大型の家具は売るか置いていく場合が多く、この家に残されていた家具は運搬賃を払う価値もないような古い物ばかりらしいが、木材が朽ちていないものは修理を請け負ってくれるそうだ。足りない家具も棚や机などの装飾性の低い物はあわせて作ってもらえるし、作り付けの棚の蝶番(ちょうつがい)が緩んでいたり、扉の立てつけが悪いといった建具の劣化も修理してもらう。

1階の広すぎるリビングは、元は2部屋に分かれていたようで、壁を取り払ってレストランの客室にしたのだろうと言っていた。元の位置に壁を作ったほうが、使い勝手はいいらしい。リビングに置く家具は客の目に触れるものだから、見目の良いものを買うべきだと勧められた。

迷宮遠征が終わって2カ月ほどすると中古の良品家具が出回る。遠征で得た素材をヤグー隊商が運び、往復2カ月ほどかけて帝都の製品を運んでくる。迷宮都市では作られていない高級家具の部材や絨毯(じゅうたん)なども運ばれて来るから、買い換えた貴族の屋敷から払い下げられた品が出回るのだと教えてくれた。

油のにおいが染み付いた元厨房は、スキル持ちが清掃作業を行った後、石材の磨き、壁板の張り替えを行う。屋根の瓦も割れているものをいくつか取り換える。

ここまではあまり資材を使わないので、金貨1枚と大銀貨7枚の見積もり。

問題なのは店舗部分で、ほとんど作り直して金貨5枚。以前はタープを屋根代わりにしていたが、木造で屋根まで施工する見積もりだ。壁は以前と同様に外壁を流用して、新たに作らない。

外壁の高さが高いため、内側に新たに壁を作ったとしても窓からは壁しか見えない。店舗スペースが狭くなるうえ、建材費用が高くなるだけ、というのが迷宮都市の増築の感覚らしい。

「あわせて金貨7枚弱だが、どこを削る？」と聞かれた。住宅部分の買い取り価格が金貨3枚だったから倍以上の金額だ。大金だからだろう、内訳までヨハンが丁寧に説明してくれた。ゴリ押ししないスタンスで好感が持てる。

マリエラは店舗部分の採光が気になると話す。カウンターの後ろの棚は薬を置くから日陰でもいいが、外壁を壁にした場合、窓一つないお店になってしまう。陰気で息が詰まりそうだ。

「大きな板ガラスが手に入ればいいんだけどなぁ」と、ヨハン。

「迷宮都市の外から持ってくるのか？　手に入らんだろ」とゴードン。

（板ガラスなら、作れるんだけど……）

窓がほしいマリエラは、「板ガラスがあったら、どういう店舗が作れるんですか？」と、後学のために、といった様子で尋ねる。

「ガラスがふんだんにあったら、天井の半分をガラス張りにするね。勿論強度が必要だから、四角く格子状に窓枠を切って、正方形のガラスを、こう、斜めにかけるんだ」

「建築家様は発想が貧困だな。ワシなら正三角形をつないで、カーブをつけるわい」

「なんだと、親父…………。それは素敵じゃないか！」

ガラス天井の構想に盛り上がる二人から、ガラスのサイズは一辺がどれくらいで、厚みと個数がこれくらいで、というところまで、さりげなく話を聞く。

「店舗部分に関しては、2、3日時間を貰えますか？　先に住居部分を見積もりの案でお願いします。何日くらいかかりますか？」

その間に、板ガラスを用意しておこう。それっぽい理由も考えておかないと。『ヤグーの跳ね橋亭』は今晩もあわせてあと5日押さえてあるから、入居できる日程も聞いておきたい。

「5日もあれば住居部分は十分間に合う。ものは相談なんだがな、洗い作業に貧民街の連中を使わせてもらえねぇか？　料金はスキル持ちにやらせるのと同額で賄う。勿論、ワシらが監督して、キッチリ仕上げさせてもらう。ちょっと時間が多めにかかっちまうが、アイツらに仕事をやってもらえないか？」

ゴードンが聞いてきた。貧民街とは、迷宮都市の南西門、魔の森に面した区画にある、エンダルジアの半壊した建築物に継ぎ接ぎの修繕を施した一角だろう。迷宮都市に着いた時、リンクスが「この辺は治安が悪い」と言っていた。

「貧民街には、怪我や病気で冒険者を続けられなくなった人たちが集まっているんです。まじめな人も多い。お願いできませんか？」

ヨハンが説明してくれた。

「後日、盗みに入る、可能性は？」

これまでマリエラに任せていたジークが、話に参加してきた。

「人を選んで連れて来ます。日雇いですが、『得た情報を私的に使用しない』旨、きちんと魔法契約を交わします」

ジークは、雇った貧民街の住人が仕事に乗じて下見をし、後日盗みに入られることを警戒したようだ。

（その可能性は考えてなかった……。それにしても魔法契約してまで雇いたいんだ）

「悪いやつばっかじゃねぇ、チャンスをやってくれないか」

自分の左手首を握って、ゴードンはそういった。ゴードンさんの左手には大きな傷痕があった。

「ゴードンさん、その左手」

「昔、冒険者をしてた時にな。冒険者は続けられなくなったが、俺は大工としてやってこられた」

マリエラの問いに、ゴードンが答えた。ゴードンはチャンスを貰えたんだろう。だから、後進に恩を返そうとしているのだと思う。

「分かりました。よろしくお願いします」

ジークは、もの言いたげな表情だ。マリエラ自身も軽率だったかもしれないと思う。でも、なんとなく、『そうするもの』だと思った。二百年前の防衛都市の広場で、ポーションを売りながらお腹を鳴らしたマリエラに、自分の昼食を半分分けてくれた人がいたな、と思い出した。

(私が貰ったあの昼食を返せるのなら、いいんじゃないかな)

マリエラは、漠然と、そんな風に思った。

手付けとして金貨1枚を支払う。明日、契約を交わしてから仕事を始めるので、朝のうちに来てほしいと言われた。合鍵を渡すのも契約後でよいそうだ。

ゴードンさんに「一緒に木材を選びに行くか」と誘われたが、お任せしますと断った。木材の良しあしなど分からないし、どんな仕上がりになるのか想像も付かない。

「居心地のいい感じで」という条件に、「まかせとけ」とゴードン、ヨハン親子はうなずいた。

# 03

　夕暮れまでまだ二刻ほどある。商人ギルドのエルメラ薬草部門長は、冒険者ギルドの売店に薬が売っていると言っていたから、市場調査のために立ち寄ることにした。

　卸売市場を来た時と逆に抜けて、迷宮北東出口のそばの冒険者ギルドに向かう。板ガラスを作るなら、いくつか準備するものがある。ついでに買い出しも済ませる。

（冒険者ギルドって、なんだか少しおっかないよね。入った途端に、怖いおじさんに「子供の来るところじゃねぇんだぞ」とか恫喝（どうかつ）されそう）

　そんなことを考えながら恐る恐る中に入る。商人ギルドよりロビーが広く、受付カウンターが複数並んでいる。あちこちに大きな看板が下がっていて、『↑素材買取所』、『→依頼受付』、『掲示板←』、『売店↓』等と、絵つきで表示してある親切設計だ。

　まだ迷宮から戻っていないのだろう、冒険者らしき人影はまばらで、端に置かれた椅子に座ってだべっているか、掲示板を見ているか。マリエラたちには見向きもしない。

　絡（から）まれなくてよかったと安堵（あんど）しかけたその時、中年の冒険者らしき男性が近寄ってきた。

「どうした、嬢ちゃん、依頼だったらこっちだぜ！」

　ニカッと笑うと白い歯が光る。ついでにつるりとした頭も光る。

（そうだよねー、依頼する側に見えるよねー）

新米冒険者と思われるかもしれない、なんて厚かましい。どう見ても『お客さん』だ。「売店を見に来た」と答えると、「それなら、あっちだぜ！」とずびしと指し示された。ただの世話焼きさんだったようだ。お礼を言って売店に向かう。

売店には初心者向けの武器や防具、ロープやランタン、携帯食等が置かれていた。薬も3棚分ほど陳列されており、上に大きく分類が、こちらも絵付きで書いてある。『傷薬』、『血止め』、『飲み薬、その他』。実に、雑な分類だ。

傷薬だけでも複数種類があるのかと思ったら、製作者が違うようだ。成分などは書いていないが、製作者によって材料も効果も違うのだろうか。傷薬や血止めのほとんどが軟膏らしく、軟膏缶に入れて売られていた。

飲み薬は、毒消しや気付け薬、解熱薬、下痢止めといった、一般家庭の常備薬らしきものまでおいてある。ポーションのような液状の薬は少なく丸薬が多いようだ。薬の種類と価格帯を確認しておく。

「何をお探しですか？」

売店の店員さんに声をかけられた。やさしそうな美人のお姉さんだ。ちらと見た受付嬢もそうだったが、綺麗な人が多い。冒険者は血気盛んな男性が多いから、すんなりやり取りができるよう、見目の良い女性を揃えているのか。よく見ると、一定の距離を保って厳つい男性職員が待機している。トラブルが起こったら、出張ってくるのだろう。

「傷薬は、どれが一番よく効きますか？」

「この辺りが、人気の商品ですね」

薦められたのは、高級そうなパッケージで、傷薬の中では単価の高いものだった。『高くて高価そう』なイメージで売れている気がしないでもない。値段は、銅貨50枚。二百年前の防衛都市の物価で、低級ポーション10本分だ。軟膏で薄く塗れば手のひら10個分くらいの面積に塗れそうだから、妥当な値段なのかもしれない。

一つ購入して売店を出る。

掲示板の前を通り過ぎると、ジークが1枚の掲示物を見つめていた。

『実技講習のご案内』

コースごとに分かれた講習会らしく、迷宮の浅い層を探索しながら採取や魔物について学ぶコースや、武器の種類ごとに訓練を行うコース、初級魔法のコースや、探索者に多いスキルについてのコースが箇条書きにされている。どれも冒険者ギルド指定のインストラクターがマンツーマンで実技指導をしてくれるらしい。

半日の指導が隔日で計5回行われて、お値段はどれも大銀貨1枚。プロのマンツーマン指導付きならば、安いんじゃないだろうか。

「マリエラに、貰った、大銀貨で、これを受けても、いいだろうか」

ジークは剣の使い方を学びたいらしい。

「俺は、弓しか、使えない。弓は、もう……」

ジークの右目はつぶれて見えない。今のマリエラには治すこともできない。

『利き目』がなく単眼であれば、照準が狂い距離感が掴みにくくなるのだろう。

だから、新しく戦い方を学びたいというジークの希望を止める理由などない。

受付に申し込みに行くジークの後を、マリエラは付いて行った。必要なものがあっても、ジークは遠慮して言い出さないかもしれない。一緒に聞いておきたい。

受付で、実技講習を受けたいと話すジークに、先ほど売店に案内してくれた中年男性が声をかけた。

「おぉ、実技講習の受講者か！　俺が講師のハーゲイだぜ！」

頭部に西日が反射してまぶしい。ハーゲイと名乗った名前が覚えやすい男は、冒険者ギルドの職員だったようだ。いつから講習を受けられるのか聞くと、

「生憎と、遠征が始まるまでは予約がいっぱいだ。4日後以降なら空いてるぜ！　武器は用意してるから、動きやすい服で来てくれや！」と、ニカッと白い歯を出して答えた。

「遠征に行くのは、迷宮討伐軍ですよね？」

どうして遠征前に、冒険者が実技講習を受けるのか。

「そりゃ、稼ぎ時だからな！　いつもより深いところに潜るから、鍛えたいヤツはたくさんいるのさ！」

迷宮討伐軍は、迷宮の最深部を目指して遠征する。迷宮討伐軍を迎え撃つため最深部の魔物が増え、浅い層ではその分魔物の湧く数が減る。群れで襲われるリスクが減るので、

冒険者たちはいつもより深い階層まで潜るのだという。戦闘力のない生産職までも、冒険者を雇って迷宮に潜り採取活動を行ったりする。

人間が一所に集まりすぎると稀に通常より強い魔物が湧き出るから、冒険者ギルドではこれを倒すために上級冒険者を派遣する。

上級冒険者の活躍を観戦できる機会も多く、新人や下級冒険者たちの楽しみでもある。

遠征期間中は迷宮都市全体が祭りのような活気に包まれるそうだ。

「4日後の朝に、北東の大通りを迷宮討伐軍がパレードしながら迷宮へ向かうから、見てから訓練を受けに来るといいぜ！」

ニカッと笑って、ハーゲイが教えてくれた。

## 04

商人ギルドに着いたのは日が暮れる直前だった。急いで売店に向かう。

商人ギルドの売店には商人や職人に入り用なものが揃えてあって、薬師コーナーにはマリエラが探していたジニアクリームの小売缶、といってもコップに5杯分くらいの量がある缶や、作製した薬を詰める軟膏缶が2サイズほど置いてあった。薬瓶や薬包紙もガークス薬草店より種類が豊富で、ラベル用の紙なども置いてあったのでいくつか購入しておく。

乳鉢のようなありふれた器具から、見たこともない機械が掲載されたカタログもある。絵つきで説明が載っていて、粉末を圧縮して錠剤を作る手動の機械や、丸薬を作製する回転円盤状の魔道具が紹介されている。こんなもの初めて見た。技術の進歩を感じてしまい、時間を忘れて見入ってしまいそうだ。

いかんいかん。売店のお兄さんが閉店したそうに、こちらをちらちらと見ている。

あわてて鍛冶コーナーに向かう。売店のお兄さんが早く買い物を終わらせてほしそうに近寄ってきたので、トローナ鉱石5キログラムと、ラム石10キログラム、金属の小粒3キログラムを頼む。

「金属の小粒ですか？　精錬や鍛造中に飛び散る？　奥にあったかな」

売店のお兄さんは一旦奥に引っ込むと、「古いものですが処分品ですのでお安くします」と探して持ってきてくれた。

会計を済ませて商人ギルドを後にする。ラム石は全部で300キログラムほど必要でこの量では全く足りないが、マリエラの目論見(もくろみ)通りならば現地で入手できるはずだ。逆に目論見が外れれば、ガラス張りの天井自体を諦めることになる。

何しろゴードン、ヨハン親子が話すガラス天井を実現するには2000キログラムものガラスが必要だ。20頭のヤグーが積んでくる量だ。お貴族様のお屋敷でもあるまいし、そんな目立つ物を作るつもりはない。『偶然見つけた』ことにして、半分かさらに半分の板ガラスを渡そうとマリエラは考えていた。

その量にしたって、ポーション瓶を作ったような小さい坩堝（るつぼ）では埒（らち）が明かない。

明日、目的地に行ってみて、アテが外れていたらほんの小さな窓をいくつかつけてもらえばいい。


『ヤグーの跳ね橋亭』に戻ったマリエラは、日が暮れたばかりの客足がまだ少ないうちにアンバーさんにクッキーを渡した。アンバーさんはいつもより元気がないように見えた。

「これがエミリーちゃんが言ってたクッキーね。とっても元気がでるっていう」

クッキーは『ヤグーの跳ね橋亭』の女性たちに好評で、瞬く間になくなった。アンバーさんも喜んでくれたけれど、アンバーさんに必要な元気は体力回復とは違うんだろうな、とマリエラは思った。

わいわいとクッキーを囲む声を聞きつけて、エミリーちゃんがトタタと走ってきた。

「マリエラ姉ちゃん、ジーク兄ちゃん、おかえりなさい！　あのね、クッキー食べたら、父ちゃんすっごい元気になってね。一緒に卸（おろし）売市場にいったんだよ！　迷子になるからって、肩車してくれてね、すっごく高くてね！」

ほっぺをピンクにして一生懸命話してくれる。お父さん（宿のマスター）に構ってもらって、とても楽しかったようだ。

「エミリー、風呂入って寝る時間だぞ」

厨房から宿のマスターが出てきて、エミリーちゃんに部屋に戻るように促す。

「まだ、眠くないよー」

エミリーちゃんが口を尖らすと、

「明日も、マリエラ姉ちゃんに髪結んでもらうんだろ？　寝過ごしたらどうする？」

宿のマスターがやさしく諭した。

「そうだね！　明日もちゃんと早起きして、朝ごはんの準備するね。明日も髪結んでね！」

エミリーちゃんはそう言って部屋に戻っていった。聞き分けのよい子だ。明日の髪形はかわいく編みこみにしてあげよう。

「クッキーありがとな、いつもより、エミリーと一緒にいてやれた」

宿のマスターはそう言うと、２種類の料理が載ったトレーを出してくれた。今日のメニューが全て楽しめるスペシャルプレートのようだ。マスターなりのお礼らしい。

美味しくいただいて、夜の時間が始まる前に部屋に戻った。

## 05

「はい。今日は『ジェネラルオイル』を作りたいと思います。作製は、ワタクシ、マリエラと、助手のジークムントさんですー」

「……よろしく、おねがいします？」

（おぉ、ジークがのってきた）

マリエラの無茶振りにジークが答える。ジークとだいぶ仲良くなれたようで、ちょっと嬉(うれ)しくなる。

机に向かい合って座って材料と道具を並べる。

すり鉢にスリコギ。オークのラードにオークキングのラード。オークキングの肉はたいそう美味で高価だが、肉より大量に採れるラードは、こぶし大の大きさが銅貨数枚と安価で買える。オークのラードはオマケで貰ってきたものだ。どちらも新鮮でわずかに魔物の魔力が残っている。

マリエラのすり鉢にはオークのラードをこぶし1個分、ジークのすり鉢にはオークキングのラードをこぶし2個分入れる。

「はい、ラードを練ってくださーい。あ、魔力はこめないでね」

練り練り練り練り。

ねりねりねりねり。

ラードがペースト状に伸びたら、《命の雫》を込めた水を少しずつ加えて、また練る。

『ジェネラルオイル』はラードに残ったオークとオークキングの魔力が必要だから、作製は手作業で行う。どうしても必要な《命の雫》以外はスキルも魔法も使わない。スキルや魔力を使うと一時的に素材に使用者の魔力が移ってしまい、素材に残る微弱な魔力を消してしまうからだ。


練り練り練り練り練り練り練り練り。

ねりねりねりねりねりねりねりねり。

「ねぇ、ジーク。ジークは魔の森の近くの村で生まれたんだよね？　やっぱりポーションじゃなくて、薬を使ってたの？　どんな薬があったの？」

「村に、ポーションは、なかった。薬師の、ばあ様がいて、薬を作っていた」

ねりねりしながら、薬の事情を聞いていく。

どんな小さな村にも治癒魔法の使い手は数名いて、怪我の治療などはたいてい治癒魔法で行う。わざわざ治癒魔法を使うまでもない小さな傷や、治癒魔法師に診てもらうまでの応急処置として傷薬や血止めといった薬を使うのが一般的らしい。

病気の時に治癒魔法を使うと『病魔まで回復する』場合があるから、薬を使うことが多い。特に患者が体力のない子供の場合は、回復した病魔に子供が負けて亡くなってしまう場合もあるらしく、治癒魔法師が施術を嫌がることも多い。

帝都まで行けばポーションがあるから、薬の代わりに低級ランクのポーションが使われていると、ジークが説明してくれた。

「帝都ではどこでポーションを売ってるの？　いくらぐらい？」

話が帝都に向いたのはありがたい。ジークが買い付けられてきた場所なので、マリエラは聞きづらかったのだ。

「中級ランク以下は、雑貨屋、でも売っている。上級ランクは、ポーションの、専門店で買う」

ポーションの専門店は、上級ランク以上のポーションを作れる錬金術師が開いている。帝都には上級ランクを作れる錬金術師は12人、特級ポーションになると、たったの3人しかいない。ポーションの値段についても、ジークムントは自分の知る範囲で詳しく説明する。

「上級ランクが、たった12人!?」

「二百年前は、もっと、多かったのか？」

ジークに聞かれて、マリエラは気付く。

二百年前、錬金術スキルを持つ者はパン屋の数よりたくさんいたが、特級ランクや上級ランクを作れる錬金術師が、何人いたのかマリエラは知らない。

「防衛都市でも、上級ランクはポーションの専門店でしか扱ってなかったよ。王国内で専門店がどれくらいあったか分からないけど、防衛都市には3軒しかなかった……」

マリエラが上級ランクを作れるようになった時、上級ポーションを店に置いてもらえないか交渉して回った。しかし、どの店でも「うそをつくな」と門前払いされた。錬金術スキル持ちがたくさんいたから、上級ランクを作れる錬金術師もたくさんいて、競争が激しいから追い払われたのだと思っていたが違ったのだろうか。

（いけない、手が止まっちゃった）

ラードを練る手が止まってしまった。《命の雫》を込めた水を加えて再び練る。ラードの脂肪分が乳化して気泡を含んだ白いクリーム状になって浮いてくる。

練り練り練り練り練り練り練り練り練り練り練り練り練り。

ねりねりねりねりねりねりねりねりねりねりねりねり。

低級、中級ランクのポーションの値段は、二百年前の防衛都市の相場とさほど変わらない。やはり、迷宮都市だけ異常に高いようだ。

「外から見た迷宮都市ってどんなところ?」

「迷宮の中の休憩場所、安全地帯という、イメージかな。魔の森と迷宮を、ひっくるめて、魔物の徘徊（はいかい）する、迷宮のような場所、と考えていて、その中で、寝泊まりができる程度に安全な場所という感じか。永住する場所とは、思われていない。俺は、Bランクの冒険者だったから、Aランクに上がる時に、来るつもりだった」

ジークが自分の過去の話をしてくれるとは思わなかった。

（Bランクの冒険者だったんだ……）

なんでも冒険者のランクは、ランクごとに決められた難易度の依頼を所定の件数達成することで昇格できるらしい。Bランクから A ランクに上がるには、Bランク以下よりはるかに多い依頼をこなす必要があるらしく、その大半が迷宮都市に集中している。迷宮都市で依頼を受けたほうが効率よくAランクに昇格できる。

迷宮都市は高ランクの冒険者を切望しているから、迷宮都市行きを希望するBランク冒険者を、迷宮都市所属のAランク冒険者が迷宮都市まで連れて来るサービスまであるそうだ。ちなみに、帰りは自力で、送ってはもらえない。

魔の森を単騎で抜けうる実力の目安は、Aランク相当。

Bランクであれば、Aランクに引率されれば抜けて来られるが、Cランク以下や荷物が多い場合は、黒鉄(くろがね)輸送隊のように魔物の攻撃を防ぎうる装甲馬車で、不眠不休で駆け抜けなければいけない。

迷宮都市に来たBランク冒険者は、Aランクの実力をつけて自力で魔の森を抜けるか、あるいはヤグー隊商に同行して一月かけて山脈を抜けるか、黒鉄輸送隊のような私設の輸送隊に金を払い、荷物として運んでもらう以外、迷宮都市から出る方法はない。

そんな話をラードを練りながら、ジークはマリエラに語った。

練り練り練り練り練り練り練り練り練り練り練り練り練り練り練り練り練り練り練り。

ねりねりねりねりねりねりねりねりねりねりねりねりねり。

ラードの乳化はどんどん進み、ホイップクリームのようにふわふわになって盛り上がっている。

「うん、いい感じ」

マリエラは新しいすり鉢にオークのホイップを上から3分の2だけ掬(すく)って移す。下の部分には脂肪以外の不純物が混じっているので使えない。ジークが練ったオークキングのホイップを受け取ると、オークのホイップの半分くらいの量を掬って、オークのホイップが入ったすり鉢に入れ、ジークに渡す。

「はい、練って」

練り練り練り練り練り練り練り練り練り練り練り練り練り。

ジークが練っているホイップのすり鉢に、マリエラが少しずつオークキングのホイップを加えていく。ここの分量が難しい。オークキングのホイップが少なければ効果が弱まるし、多すぎると分離してしまう。

練り練り練り練り練り練り練り練り練り練り練り練り練り。

「これくらいかなー？　じゃー、これを湯煎にかけまーす」

オークのホイップと、およそ倍量のオークキングのホイップが均一に混ざったら、すり鉢ごと湯を張った一回り大きな容器にいれて、ゆっくりかき混ぜる。

しばらくすると、ホイップは解けて脂と水に分離する。本来は混ざり合わないオークとオークキングの脂が均一に混ざって一層になっている。この油脂が『ジェネラルオイル』。

マリエラの《ライブラリ》にある、『暮らしを便利にする錬成品』にある、上級者向けレシピだ。

「ジェネラルオイルかんせーい。今度は、完成したジェネラルオイルを使って、オーク革のお手入れクリームを作りまーす」

別のすり鉢に商人ギルドの売店で購入した『ジニアクリーム』をこぶし3個分くらい入れる。

「はい、ジーク、練って練って」

ジークがまだ練るのか、という顔をした。

「助手のジークさん、がんばってください」

マリエラの応援に、ジークが文句も言わずジニアクリームを練り練りと練る。

練り練り練り練り練り練り練り練り。

(うん、助手便利。一人で練ったら、明日は筋肉痛で腕が上がらなくなってたよ)

ジニアクリームは『ジニアの実』という果実の種からとれる植物性の油脂で、常温では固形だが体温で溶けて肌に浸透する。《命の雫》を多く含む天然素材で、塗れば組織の治癒力を高めてくれるから、マリエラが生まれるよりはるか昔からそのまま塗って肌荒れや保湿用のクリームとしたり、軟膏の基材や石けんの材料などに多用されている。

ジニアの種は果実に対して大きく、果肉は薄くしかついていないが栄養価は高く食べられる。味はアクが強くて癖があり、大量に食べたいものではないが、刻んだりペースト状にしてハムと一緒にパンにはさんだり、サラダに混ぜるとコクのある味わいになる。ちなみにジニアクリーム自体も食べられるが、美味しくないので食品としては扱われていない。

ジニアの実のクセのある味がいいのか、熟して落ちた実をゴブリンが好んで食べる。ジニアの木は迷宮や魔の森の浅い層に生えているから、護衛付きでなら一般市民も採取できる。夜明け前にシール商会に勤める女性たちが、護衛付きで迷宮に拾いに行ってジニアクリームに加工するまでの流れが、ジニアクリームの缶のラベルに絵付きで紹介されていた。ラベル絵の女性は中年から老人の姿で描かれていたから、女性の就労を支援する事業なのかもしれない。

ジニアクリームの品質は良くて、錬金術で手直しする必要もない。これからもぜひ活用したいと思いながらマリエラは、ジークが練っているジニアクリームにできたばかりの『ジェネラルオイル』を少しずつ加える。

練り練り練り練り練り練り練り練り練り。

ジニアクリームに水分は加えていないから、ホイップ状にはならずにやわらかいクリームになっていく。ジニアクリームとジェネラルオイルが均一に混ざったら完成。

「ジークお疲れさま。オーク革のお手入れクリーム完成したよ。このクリームで、昨日買ったオーク革のズボンとかジャケットとか磨いてね。靴と鞄(かばん)も。これ、一刻もしたら分離しちゃうから、大急ぎで」

マリエラも布切れにクリームをつけると、新調した靴や鞄、採取用の革の服に塗りこんで磨いていく。

「何だ、このクリームは」

ジークが驚く。クリームを塗りこんだオーク革の質が見る間に向上していく。しなやかなのに強度がある。ゴブリンの一撃をかろうじて防げるか、という程度のオーク革がこれではまるで。

「オークジェネラルの革みたいになったでしょー」

通常、皮革のお手入れクリームは同じ魔物の脂が配合される。同種の脂を補うことで多少の組織修復が行われ、皮革製品が長持ちする。

勿論、オーク革にオークキングの脂を塗っても強度が上がることはない。同じオーク族でもランクが違うから、組織修復の効果さえ得られずにジニアクリームだけ塗ったのと変わらない効果になる。

マリエラが作ったお手入れクリームは、オークの脂とオークキングの脂を《命の雫》で繋(つな)ぎ合わせオーク革にオークキング革の修復効果をもたらすものだ。オークキング革レベルまでは上がらないが、オークジェネラル並みの性能に皮革を強化してくれる。

お手入れクリーム自体は一刻ほどで分離して使い物にならなくなるが、強化されたオーク革は見た目はオーク革のまま性能だけジェネラルクラスで固定される。

「これで磨けば、オーク革製品がすっごく長持ちするんだよー」

マリエラは暢気にジェネラルオイルの説明をする。

オークの防御力は分厚い脂肪あってのもので、革自体の素材価値は低い。オークジェネラルといっても、E級ランクの冒険者が使う程度のちょっと良い革製品でしかないから、ワイバーンどころかミノタウロスの革製品にも劣る素材だ。

「いや、これは、大変なものじゃないのか？　ワイバーン革を竜革並みに強化することができるなら……」

「あー、それはむり。これオーク限定なの。何でも『オークの真髄は、肉と脂に宿る！』とか、レシピに書いてあった。オークの脂だからできるみたい」

マリエラも他の素材で試したことがあったが、どれもうまくいかなかった。

ちなみに『ジェネラルオイル』の真価はオーク肉にこそ発揮される。

「ジェネラルオイルでオーク肉を焼くと、なんと、オークキング肉の味になるの！」

マリエラは、本日一番のドヤ顔をする。

「オークジェネラルじゃなくて、オークキングのお肉だよ！」と、繰り返して強調することも忘れない。

このオーク革のお手入れクリームは、ジェネラルオイルの応用レシピ。

ジェネラルオイルは『暮らしを便利にする錬成品』に載っていて、上級ポーションを作れるようになった時に、ひっそりと増えていた隠しレシピだ。

レシピの説明には、『上級ポーションを作れるようになっても、オークキング肉が食べられない不憫な後輩へ（※販売禁止。禁術扱いでよろしく）』と書いてあった。

　マリエラが初めてジェネラルオイルで焼いたオーク肉を食べた時、あまりの美味しさに涙が出てしまった。ラードを練りまくった腕の痛さも忘れてしまう美味しさだった。レシピを開発した先輩に心から感謝した。

　ジークもリゾットを食べた時に泣いていたから、オークキング肉にも食いつくだろうと、マリエラはせっせと説明したのだが、ジークは目を細めてマリエラを見ている。

「言いたいことは、たくさんあるが……。マリエラはオークキングの肉を食べたことがあるのか？　このオイルを使ったもの以外で」

「ないよ？」

「これ、オークジェネラル肉の味になるんじゃないのか？　名前はジェネラルオイルだろ？」

「！！！」

　たしかに、『オークキング肉が食べられない不憫な後輩へ』と書いてあったが『オークキング肉になる』とは書いてなかった。

「……まぁ、ジェネラルクラスなら、質のいいオーク革製品で通せなくもないな」

　そう言いながら、ジークは次々とオーク革を磨いていく。摩耗しやすい裾や関節部分は特に念入りに塗りこんでいて、マリエラもそれに倣って革を磨いた。

　一刻などあっという間で、何とか全て磨いた頃にはジェネラルオイルもお手入れクリームも分離して、使えなくなっていた。

オークジェネラルの味でも、たいへん美味しい肉になるのだ。時間があったらお肉も食べたかった。

残念そうに脂を片付けるマリエラに、「今度、本物のオークキングの肉、食べような。今のマリエラなら買えるだろう？」と、ジークが声をかける。

「そうだね、ポーション、高値で買ってもらえたもんね。オークキングのお肉だって買えるよ……ね。って……あれ？　もしかして、私、オークジェネラルとか、オークキングの革製品、買えちゃう？　ジェネラルオイルとか作る必要、なかった？」

「……。買えるだろうな。身なりをやつすために、わざとオーク革にしたんじゃなかったのか……」

ジークが不憫な子を見るように言う。

うーあーと奇声を上げながら、ベッドに倒れこむマリエラ。

「あんなに、ねりねり練る必要なかったあー」

「まぁ、無駄じゃないだろ。安価なオーク革製品のほうが、人目は引かないからな」

ジークが慰めてくれた。

(そうだね、あの練り練りは無駄じゃないよね。ジーク、普通にしゃべれるようになったもん)

練り練りねりねり練りながら、たくさん会話をするうちに、ジークは言葉に詰まらなくなった。途切れ途切れにしゃべっていたのに、いつの間にか滑らかに話をしている。

「ジークー、かわいそうな私のために片付け頼まれてー」

「仕方ないな。風呂でも入ってきたらいい」

会話も自然になってきた。やっぱり、あの練り練りは無駄じゃない。

(ほとんどジークが練ったんだけどね)

磨いてぴかぴかになった靴を履いて、マリエラは風呂場に向かった。

## 06

翌日は朝早くから新居に向かう。ゴードン&ヨハン親子はすでに玄関前で待っていた。待たせて申し訳ないと謝ると、「新米の朝は早いんだ」「年寄りの朝は早いんだ」と、二人の声が被り、「なにおう」とこれまた声が被る。

これで、すんなり仕事の話に移行するのだから不思議だ。

住居部分の施工契約書と貧民街の人と結ぶ雇用契約書を渡されて、ジークと二人で確認する。店舗部分は案が固まってからの契約になるそうだ。

黒鉄輸送隊と結んだ契約書よりは簡単なものだったが、ちゃんと魔法契約書になっていて、『本契約の施工において知り得たいかなる機密情報も、これを保持する』等と書いてある。

「大げさなんじゃ？」と、マリエラが思わず声に出すと、

「当たり前のことだ。それにな、あれは聖樹だろ？　コイツは長年のカンってヤツだが、ああいうモンが生えている場所ってのは、良かれあしかれ何かしら起こりやすいものでな。こうやって、魔法契約でもって秘密を漏らせなくしておけば、万一なんかあった場合、ワシらのほうも安全ってわけよ」

なるほどとマリエラは感心した。家の間取りなどを漏らされてマリエラたちが困らないためだけでなく、ゴードン&ヨハン親子が情報をよこせと脅されないためにも、きちんと魔法契約を結ぶのだ。

契約内容に問題がないことを確認し、施工契約書にサインする。合鍵を渡すと早速今日から作業に入ると言ってくれた。残金は施工が終わってからでいいらしい。

「店舗部分の計画についても、2、3日中にまとめてください」

というヨハンの要望に、「分かりました」と返事をして、ジークと新居を後にした。

素敵なお店のためにも、ガラスの目処（めど）を立てなければ。

そのために、今日は磨いたばかりのオーク革の採取用の服を着て、弁当も持ってきた。

ジークと二人で3日前にヤグーを借りた店に行く。

今日は2頭借りたいと言うと、前回のヤグーと少しおとなしげなヤグーを貸してくれた。

ヤグーの群れは上下関係がはっきりしていて、下位のものは上位のものの後を追う習性がある。ヤグーが隊列をなして山脈を越えるのに利用されやすい習性の一つだ。

おとなしいほうにマリエラが乗って走らせるのだが。

「うわ、ちょ、はやい、はやいー。おちるー」

ジークを乗せてノリノリで走るヤグーの後を、とっとこと追いかけるマリエラのヤグー。

マリエラは乗せられているどころか、落ちないようしがみつくだけで必死だ。

結局、前回同様ジークのヤグーに二人乗りして、後ろのヤグーには荷物を積んだ。

「折角、2頭借りたのに」

マリエラが腑に落ちないとむくれるが、このほうが速く進めるのだから仕方ない。

二人と2頭は3日前に砂を採取した川を前回とは逆に下流に下っていく。

川沿いの穀倉地帯は小麦の種まきがあらかた終わったところで、綺麗に耕された畑が広がっている。使役されている農奴たちは、種まきの済んでいない遠くの畑に出向いているか、迷宮遠征の準備をしているのだろう。この辺りは閑散としている。

川べりにはタマムギが自生していて、あと1週間もすれば収穫時だ。タマムギは中級ランク以下の解毒ポーションの材料になる。前回はガーク薬草店で購入したが、できれば採取しておきたい。ここは穀倉地帯だから、勝手に採っていいものなのか後でガーク爺に確認しておこう。そんなことを考えながらヤグーに揺られているうちに、穀倉地帯の終わりにたどり着く。乱杭が打たれ、デイジスとブロモミンテラ、魔物を除ける植物が植えられている。

ここが切り開かれ人の手に取り戻された穀倉地帯の終着点で、杭の向こうは魔の森だ。乱杭は、穀倉地帯から魔の森に向けて幅広く打たれていて、穀倉地帯と魔の森の境に延々と広がっている。その広大さが魔の森を恐れる人々の心理を表しているようで、魔物除けポーションを使っているのに、マリエラは少し恐ろしく感じた。

マリエラの記憶よりもずっと魔の森は広がっていた。ここは魔の森を切り開き、取り戻してきた場所だと分かっていても、魔の森が押し寄せているような感覚に陥る。

念のためもう一度魔物除けのポーションを使い、マリエラたちは、魔の森へと歩みを進めた。

川沿いに魔の森を進む。

川下になるにつれ川幅は広く、しかし水量は減っていて、大量の砂と細い水流が特徴的な地形となる。この辺りの土壌は深くまで砂質で川は地下水脈へと流入し、もっと川下に進むと川は完全に地下に潜って消えてなくなる。

水流に運ばれて流されてきた川砂はこの辺りに堆積し、良質の採砂場となっている。

ぽつぽつと石造りの建物跡が見えてきた。

ここが今日の目的地。二百年前はガラス工房が立ち並んでいた場所だった。

崩れずに残った工房を、ジークと二人で覗いていく。ヤグーも当然のように付いてくる。ジークをボスだと思っているのかもしれない。

1軒目、片側の壁しか残っていなかった。

2軒目、建物は半分ほど残っていたが、中はクリーパーがみっしりと生えていた。床だけでなく壁にも生えている。群生していて栄養が足りないのか子株ばかりだが、一面にうにょうにょろと蠢いていて、ものすごく気持ちが悪い。ここは見なかったことにする。

3軒目、4軒目と見て回るが、どこもこんな調子で、設備が使えそうな建物が残っていない。この辺りは水場の近くということもあってクリーパーが多い。幸い成長していない子株ばかりで、オーク革のブーツのおかげで毒針で刺される心配はないし、踏めば倒せる程度のものだ。

ジークが先頭を行き踏み均した後をマリエラが続く。マリエラを挟んで左右に続く2頭のヤグーも、タッタカと軽快な足踏みで絡み付こうとするクリーパーを踏みつぶしている。草食動物なのになんとも頼もしい。

川を離れて工房跡地を奥に進むが、稀に廃墟があるばかり。やはり駄目かと引き返そうとしたとき見慣れた植物を見かけた。

デイジスとブロモミンテラ。

かつては錬金術師が工房を構えていたのだろう。天井はなく、壁も半分崩れているが、デイジスの蔦が壁を這いブロモミンテラが木々に埋もれるのを防いでいる廃墟があった。

ここならば、とマリエラが期待をこめて中を覗いた瞬間、ジークに強く引っ張られた。

ダダダダダ。

マリエラが覗いた場所に、石つぶてが飛んでくる。よく見ると、石ではなくて見たことのある種だ。

「うわー、クリーパーの親株だー」

しかも種がある。知能がある厄介なタイプだ。

デイジスとブロモミンテラのおかげでクリーパーの群生は免れたものの、奇跡的に一体が大きく成長したようだ。

ちらと中を見た限り奥に炉らしきものが残っていて、ここならガラスが作れそうなのだが。

「どうする？」

ジークがマリエラに聞く。いくらジェネラルオーク革レベルに強化したとはいえ、二人の装備は革の服だからクリーパーの石つぶてならぬ種つぶてはしのげない。

そういえばガーク爺が言っていた。種もちのクリーパーは酒も回る、と。

「木の虚でさ、甘い臭いがするやつ探したいんだけど。今は秋だしあるかもしれない」

「猿の秘酒か？」

「それでもいいんだけど、猿招きのほうがいいかな」

『猿の秘酒』は、猿や小動物が木の虚などに隠した果実が発酵して酒になったもので、ごく稀に見つかっては富を招くと珍重される。『猿招き』のほうも木の虚に溜まった酒だが、こちらは樹蜜が発酵したもので毒がある。

『猿招き』が見つかる季節は決まって秋なので、酒の甘い匂いで獲物をおびき寄せ、毒で殺して冬場の栄養にするのだと考えられている。

今から酒を買って戻る時間はない。明日になるなら駄目もとで周囲を探索してみたい。

「俺に探索スキルがあればよかったんだが」

見知った魔力を追う探知魔法は使えるが、周囲を窺う探索スキルは持っていない。冒険者時代のジークは探索などしたことがなかった。仲間に命じて獲物を連れて来させ、それを射殺すだけだった。使える武器も弓だけで、今はたいした戦力にならない。クリーパーの親株などBランク冒険者であれば難なく倒せる魔物であるのに、役に立てない自分がひどく歯がゆい。

(狩人だった父さんは、どうやって獲物を探していたんだ?)

ジークの脳裏に幼少の記憶がよぎる。熱を出したジークに父が蜂蜜を採ってきたことがあったのだ。どうやって見つけたのかと尋ねた時、父は確かこう言っていた。

「精霊にお願いしたんだよ。熱を出して喉を痛めたジークのために、蜂蜜のありかを教えてくださいって」

熱が下がってからジークも蜂蜜が欲しいとお願いしたが、何の変化も現れなかった。

「精霊はね、誰かのために何かをしたいっていう、人の気持ちが好きなんだ。自分の望みは自分で努力しないとね」

なんて役に立たないんだと、あの頃のジークは思っていた。そういえば、あの頃からだ。精霊たちの姿が消えていったのは。ジークが利己的になればなるほど、精霊たちは離れていった。精霊に嫌われてしまったのだと、今頃になってようやく気付いた。

（森の精霊たち、お願いだ。マリエラが『猿招き』を欲しがっている。どうか、力を貸してくれまいか）

ジークは心の中で精霊に願う自分に気付き、ふと、自嘲した。自分はなんて都合がいいのかと。父の言葉を信じたわけでもないのに精霊に祈っている。言葉も通じないはずなのに。クリーパーさえ倒せない、剣だって素人程度でマリエラを守ることも難しい。その上探索まで、他人任せか。

マリエラはきょろきょろと森を見回して、懸命に『猿招き』を探している。祈っている暇があれば自分も探そう。鼻も利くし、目だって一つ残っている。

ジークは森の匂いを嗅ぎ、木々を1本1本確認しながら森を進んだ。勿論魔物に遭わないよう注意も怠らない。マリエラを危険にさらしたくない。マリエラの望みを叶（かな）えたい。

ふわり、と風が甘い匂いを運んできた。

「！　マリエラこっちだ」

匂いのしたほうへ進むと、芳香を放つ1本の木が生えていた。

「ジーク！　あったよ、すごい！」

マリエラが大喜びで木に駆け寄る。クリーパーの子株を引っこ抜いて作った使い捨てのゴムの袋に、『猿招き』をせっせと詰める。

「折角だから、茸(きのこ)もいれちゃえ」

『猿招き』の周囲に生えた毒々しい色の茸を、摘(つ)んでは錬成して『猿招き』に加えていく。

「マリエラ、その茸なんだ？」

また変なことしてるんだろうと、ジークが聞く。

「こっちは、食べるとクラクラして意識を失う毒キノコ。これは食べて眠ったら3日は目が覚めない茸で、そっちはお酒と一緒に食べると、あっという間にお酒が回っちゃう茸。この辺すごいね、永眠させる気満々だね」

マリエラ特製の睡眠ポーション入りの『猿招き』を小分けにしてゴム袋に詰める。全て片手で握れるサイズにしてある。

準備は完了だ。種持ちクリーパーの場所に戻って、討伐開始だ。

作戦は簡単で、『猿招き』の入ったゴム袋をクリーパーにぶつけて割るだけだ。地面に染みた『猿招き』をクリーパーが吸って、眠ったらジークが接敵して倒す。マリエラとヤグー2頭は撤退係。万一ジークがクリーパーにつかまったら、ジークの腰に結んだロープを引っ張って離脱する。

実に雑な作戦だ。特に撤退のあたり。ヤグーとクリーパーでジークを綱引きか。

ジークはクリーパーにつかまる気などないのだろう、マリエラたちにロープの端を渡すと、崩れずに残った壁の間から『猿招き』のボールを投げる。

投げては、種を避け、種を避けては、ボールを投げる。

なかなかの身のこなしで、ジークはまったく被弾していない。しかも、ボールは全弾クリーパー付近に着弾している。マリエラは、おぉ、と感心しつつジークを応援していて、2頭のヤグーは安全地帯に転がってきたクリーパーの種をもぐもぐと食(は)んでいる。

(そういえば、そろそろお昼時だなー。今日のお弁当は何だろな)

緊張感のないことをマリエラが考えている間に、クリーパーは酒が回ってきたらしい。念のため残りの『猿招き』を全てクリーパーにぶつけて反応がないのを確かめた後、ジークは小剣を片手にクリーパーに駆け寄った。

撤退係もスタンバイだ。マリエラとヤグーも壁の隙間からジークを見守る。

まずは種の詰まった莢(さや)を切り落とし、次に毒針を持つ触手を根元から断つ。クリーパーは完全に寝入っているのかピクリともしない。

全ての触手を切り落とした後、ジークの一刀が中心部分の茎を切り裂く。太さは人の首ぐらい。先端には人頭大の蕾(つぼみ)のようなものが付いている。

ビクビクとクリーパーの葉が揺れる。攻撃できる触手も種の詰まった莢も、もうない。

残されたクリーパーの葉は、見る間に茶変して萎れてしまった。どうやら無事に倒せたらしい。危なげない討伐で本当によかった。

「やった！　ジークすごい、おめでとう！」

マリエラが歓声を上げる。ヤグーたちと一緒にジークの元へ駆け寄る。ジークは照れくさそうに笑うと、「うまくいってよかった」と言った。

勝利を祝って食べた昼食は、いつもよりずっと美味しいとジークは思った。

昼休憩の後、まずはクリーパーの素材を処理する。マリエラが莢を乾燥させている間に、ジークが触手の粘液がこぼれないよう切り口を焼いて縛っていく。クリーパーがばら撒いた種は、ヤグーたちが食べて片付けた。人頭大の蕾の中には、こぶし大くらいの魔石が入っていて大収穫だ。

肝心の工房には、ガラスの溶融炉がほぼ原型のまま残されていた。耐火物がはがれていたが、炉の周囲には元耐火物の土山があるし、ガラスの原料である砂や副原料のラム石、トローナ石の置き場もある。真っ白に劣化して砕けたガラスもあって、昨日商人ギルドで買った分も合わせると材料の量は十分だ。

原料も副原料も長年風雨にさらされて変質してしまっているが、どれも加熱すれば元に戻すことができる。マリエラは原料を乾かし、副原料を加熱し、使える状態に戻していった。炉の耐火物も粉になってしまったものを、粘土のように塗り固めては乾燥させて成型していく。

準備は整った。

炉に薪をくべ、金属の小粒に魔力をこめて火花を起こす。

《来たれ、炎の精霊、サラマンダー》

右手をかざして詠唱すると、中指にはめた指輪がきらりと光る。ポーション瓶を作った時に顕現したサラマンダーがくれた指輪だ。

炎がぐるりと揺らめいて、小さなトカゲの形をとる。

あのサラマンダーだ。やっぱりまた来てくれた。

「サラマンダーさん、力を貸して。今日は景気よくいきたいの」

サラマンダーは自分が呼ばれた炉をくるりと見渡すと、マリエラが起こした火花をばくばくばくんと飲み込んだ。

ゴウ、と一気に火力が強くなる。

この火力なら一気にいける。砂１００に対して、ラム石を15、トローナ鉱石を5分の１。劣化したガラスの破片も混ぜ込んでは、錬金術スキルを使って炉に投入していく。

火花をよこせと尻尾を縦に振るサラマンダーに、たっぷりと火花をあたえる。サラマンダーの力は溶融物にまで影響するのか、溶けたガラスはゆっくりと渦を描き、均一な液体に代わる。あとは固めるだけだが、ここが一番難しい。

ガラス細工のレシピがあるのはポーション瓶だけで、板ガラスの作り方は聞きかじった程度にしか知らない。ガラスは粘度が高いから、吹いて膨らませるポーションの瓶とは勝手が違う。工房に残っている設備は炉だけで、ガラスの引き上げ装置は朽ちて跡形もないから、錬金術スキルでなんとか工夫するしかない。

「サラマンダーさん、ありがとう。もうちょっとお願いしたいけど、先にお礼をしておくね」

マリエラは、サラマンダーにたくさん火花を与えると、炉の開口部に目を向ける。サラマンダーに言葉は伝わらないけれど、やりたいことは分かるのだろう、ぱくりぱくりと火花を食べると、首をかしげるようにマリエラを見た。

《錬成空間、圧力制御-真空》

人差し指ほどの厚みで、腕の長さほどの長方形の《錬成空間》を作り、溶けたガラス面につけると中の空気を抜く。ちゅるりとガラスが吸いあがる。

(うわ、錬成空間壊れる)

高温すぎて《錬成空間》がもたない。あわてて同じ長さのロール状の《錬成空間》を二つ形成し、吸い上げたガラスを挟み込んで巻き上げる。

高温のガラスに接触した《錬成空間》が壊れる速度とロールの回る速度はほぼ同じ。ガラスと接触した《錬成空間》は端から端から壊れるが、壊れる直前にロールが回転するからガラスは上に引き上げられていく。壊れた《錬成空間》は、再度ガラスに接触する前に修復していく。

引き上げられたガラスは軟らかいうちに一定のサイズに切断し、ジークが製品置き場に重ねていく。引き上げた端から急激に冷えて固まっていくのは、サラマンダーがやっているのだろう。マリエラにそこまでの余裕はない。サラマンダーが助けてくれなかったら、折角引き上げた板ガラスはぐねぐね曲がって長いまま固まってしまっただろう。

（きっつー）

マリエラは声も出ない。魔力の減りようは前回の比ではない。まるで体の芯に穴が開いて、そこから流れ落ちていくようだ。ロール状の《錬成空間》を再生成する速度が速すぎる。ガラスを早く引き上げなければ。はやく、はやく。魔力が切れてしまう前に。

なんとか、炉内のガラスを全て引き上げた後、マリエラはその場で意識を失った。

## 07

「誰か、治癒魔法使いを呼んでくれ！　マリエラが、マリエラが！」

『ヤグーの跳ね橋亭』にマリエラを抱えたジークムントが駆け込む。マリエラは青ざめた顔色で意識がない。

ジークのあまりの動揺ぶりに、治癒魔法使いらしき客の一人がマリエラを診察してくれた。

「あぁこれ、ただの魔力切れだね。そんなに心配しなくても、明日の朝になったら目が覚めるよ」

はぁ、と安堵のため息をつくジークに、「部屋で寝かせてやれ」と宿のマスターが促す。

店の女がマリエラを着替えさせている間に、ジークはヤグーを返しに行った。

『ヤグーの跳ね橋亭』に戻ると、宿のマスターが夕食を聞いてくる。

（主(あるじ)を差し置いて食事など……）

席に着くのを躊躇(ためら)うジークムントに、「食うのも仕事のうちだ」とマスターが料理を差し出した。出された食事を黙って平らげ、ジークムントは部屋に戻る。

マリエラはベッドの中で、静かに寝入っていた。

静かに椅子を引き、マリエラのベッドの横に座る。こうやって見る彼女は年齢よりも幼く見える。

（あのスキルは、凄(すさ)まじかった）

ジークムントは、ガラスを製造するマリエラを思い出す。高温でまぶしい光を放つ溶融炉から、ガラスが次々と浮かびあがっては、切断され、見る間に冷えて、ジークムントの手に渡る。速度はどんどん速くなり、まるで壮大な魔術の行使を見ているようだった。

なんという魔力量だと、ジークムントは感動に震えた。

けれど。最後の1枚を引き上げた後、マリエラはぱたりとその場に倒れた。

息が止まるかと思った。心臓がバクバクと早鐘を打ち、胃がキュウと引きつれる。転がるようにマリエラに駆け寄り抱き上げると、真っ青な顔をしてはいたが、息はあった。

マリエラを抱えて全速力でヤグーを駆る。

手綱を握る手がぶるぶると震える。不安で押しつぶされそうで、息が苦しい。胃に石でも入っているようだ。

急がなければ、急いで治癒魔法師にマリエラを見せなければ。俺は、おれは。

『この主に、死なれては困るのだ』

ジークムントは両手で顔を覆った。

(あの時、俺は確かに、そう考えた……)

——マリエラに死なれては、『俺が困る』と。


(マリエラには感謝している。恩を感じている。死ぬほどの苦しみから救ってくれた。人として扱ってくれた。日に3度の食事を、清潔な服を、新しい靴を、暖かな寝床を、毎日の風呂を、朝晩の挨拶を、何気ない会話を、全部全部与えてくれた。どれも少し前の俺にはなかったものだ……)

顔を上げたジークの目に映る両手は自由に動き、痛むことも引きつることもない。この当たり前を手に入れて、まだたったの1週間しか経っていないのに。

（すべて慣れて当たり前のものになってしまった）

勿論頭では分かっている。自分が犯罪奴隷で、こんな生活を与えてくれる主など、マリエラ以外ありえないことを。

マリエラは迷宮都市でおそらく唯一の錬金術師で、その希少性を差し置いても錬金術の腕前は確かだ。帝都の錬金術師と比較して、ジークムントはそう思っている。けれど、錬金術を除いてみると、マリエラ自身は酷く普通で、平凡な、年齢よりも幼げな少女にすぎない。

リンクスが裏庭で言った言葉を思い出す。「ただの、どんくせぇ女だ」と。

（その通りだと思った。だから、守りたい、守ろうと思った。大切に、大切にして――、リンクスがいない間に、俺がいるのだと思わせたかった。そうだ。錬金術を除けば、ただの田舎くさい女だ。普通に接してほしいとは好都合だとさえ思った。うんと優しく微笑んで、令嬢のように甘やかせば、きっと俺を気に入るはずだと。今までの女たちだってそうだった。マリエラは大切だ、命の恩人だ、他の女など目に入らない。彼女がいい、彼女だけでいい。心底そう思った。でもきっとそれはマリエラが――、替えの利かない『うってつけの主』だからじゃないのか？　俺はマリエラの特別になりたい。うそじゃない。マリエラの中に居場所が欲しい。本当だ。もう二度と失いたくないんだ。マリエラの笑顔を、交わす挨拶を、ともに楽しむ食事を、暖かで、温かで、『安定した生活』を――）

ジークムントの脳裏にマリエラと過ごした１週間が蘇る。楽しげに、そして時折寂しげに笑うマリエラの顔が蘇る。ベッドに眠るマリエラの掛け布から出た手はとても小さくて、けれどこの手が全てを与えてくれたのだ。初めて自分に触れた手がどれほど慈愛に満ちていたかを、ジークムントは忘れることはできない。無償とも思える彼女の慈悲は、与えられた全てに慣れてしまった今でも、鮮明に心に焼き付いている。だというのに。

（あぁ、なんて、俺は、利己的な人間だ）

己の心のうちに気づいてしまったジークムントは強くこぶしを握り締める。

（マリエラのためだと思っていた。マリエラのためにと、そう思っていたなんて）

己の気持ちにすら気付かなかった。己すら謀っていたのだと知って胸が引きつれる。

（全部、自分のためじゃないか――）

そう、マリエラに癒やされてからずっと。ジークムントは新しい主を観察していた。どんな人柄か、何を好み、何を嫌がるのか。聞かれたこと以外はしゃべらない。余計なことを言ったりもしない。機嫌を損ねるくらいなら、黙っていたほうがいいことを長い奴隷生活で身に染みて理解していた。

屋敷の整備に貧民街の人間を雇うのだって、本当は反対だったのだ。どんなトラブルを招くか分からない。けれど言わなかった。マリエラは死にかけたジークムントを買うようなお人好しだから。

（無理に止めて、冷たい男だと思われるくらいなら、マリエラの思うようにしたほうがいい。万一何かあったなら、全力で守るだけだ。そうすればきっと、彼女は俺に感謝する）

そんな打算的な思いから、トラブルになる可能性を指摘しなかったのだ。

こんな醜い思いを、感情を、明確に意識していたわけではない。ほとんど無意識だ。

「主のために」「マリエラのために」と誤魔化していたから。

ポケットから手ぬぐいを取り出す。端に小さく『ジーク』と名前が刺繍してある。出会った日に渡されたものだ。嬉しくてありがたくてずっと手放さずにいたら、「ほかのと区別がつかなくなっちゃうから、印をつけてあげる」とマリエラが刺してくれたものだ。

今着ている服も、靴も、下着も、この体さえも、己のものではないというのに、自分の持ち物ができたようで、とてもとても嬉しかった。

マリエラの親切には、他意がない。

眠っているマリエラの頭を優しく撫でる。

「んぅ……、ししょぉ……。ごはん……」

彼女はこんな寝言をよく漏らす。

きっと寂しいのだと思う。幼い頃に師に引き取られて育てられた。親代わりの師匠について話すマリエラの表情は、どんな話の時でも親愛に満ちている。十代半ばに独立して、ずっと一人で魔の森で暮らしてきたという。

(魔の森から魔物が溢れた時も、きっと一人で逃げて、一人で魔法陣を起動し、たった一人で二百年後の世界で目覚めたのだろう。仮死がどういうものかは分からないが、永い眠りのようなものならば、一夜で国を滅ぼした大災の恐怖が残っていても不思議ではない。

変わり果てた世界で、知る人もなくただ一人、どれほど不安だっただろう。俺を買ったのだって、情報源、護衛、労働力、いくらでも用途は考えられるけれど、寂しさから子供が道端の捨て犬を拾うように、手を差し伸べただけに思える。居場所が欲しい。夕暮れの迷宮の入り口で感じたマリエラの思いは、きっと間違いではないはずだ)

それほどにマリエラは、普通の少女に見えるのだから。

ジークムントはベッドで眠るマリエラを見つめる。

盗賊に攫われた者が、盗賊に恋することがあると言う。自らの命を握るものに好意的な感情を寄せることで、生き残る可能性が上がるのだと。

(俺の命は間違いなくマリエラが握っている……)

怪我や病を得たものが、癒やしてくれた治癒魔法使いに恋情を抱くことがあると言う。

(死にかけた自分を助けてくれたのは、紛れもなくマリエラだ……)

マリエラに対して自分が強い情を感じていることを、ジークムントは理解している。

(俺の、マリエラを想う気持ちは)

どれだけ考えても思考はループするばかりで、答えにはたどり着けない。

(俺は、これからどうすれば)

誰のためかを差し置けば、守りたい気持ちに偽りはない。守るためには進言だって必要だと頭では理解している。

(だが、彼女に好かれたい、悪く思われたくない、反対意見を言いたくない)

そして、なによりも。

（こんな愚かしい気持ちは、決して、マリエラに知られたくない――）

自らの胸のうちを知られてしまうことを、とてつもなく恐ろしいと感じていた。

ジークムントを思考の迷宮に残したまま、夜は更(ふ)け、そして明けていった。


「ジーク、おはよう？」

たいへんよく眠りました、と言わんばかりのスッキリ顔で、マリエラが目を覚ます。

ベッドの横で椅子に腰掛けて、マリエラを見つめるジークに少し驚いた様子だ。

「おはよう、マリエラ……」

ジークはとても憔悴(しょうすい)した様子で、挨拶にも元気がない。どうしたんだろう、とマリエラは首をかしげた。

（あー、そういえば、昨日、魔力切れで倒れたんだった）

心配させてしまったのだろう。よく見ると、お気に入りの手ぬぐいをぎゅっと握り締めているではないか。

マリエラは起き上がると、ジークと向かい合わせになるように、ベッドの縁に腰掛けた。

ジークはうなだれていて、顔を覗き込むマリエラと視線が合わない。

「ごめんね、ジーク。心配かけちゃったね」

「はい……」

「びっくりしたよね。魔力切れになるかもしれないこと、言っておけばよかったね」

「はい……」

「私に何かあったら、ジーク、また嫌な目にあうかもしれないのに。不安にさせちゃって、本当に、ごめんね」

　びくりとジークが震え、マリエラを見た。

「マリエラ……俺」

　ジークの口が、はくはくと空気を吸う。

　マリエラは、知っていたのか、気付いていたのか。知られたくないと、あんなにも恐れていたのに。

「俺、マリエラに取り入ろうとした。おれ、もどりたくなくて、なくしたくなくて。じぶんのために。おれ、たすけてもらったのに、なのに……」

「うん。知ってる。大丈夫だよ、ジーク。どんなジークでも大好きだから、大丈夫」

　マリエラの『大好き』に、恋愛感情はない。それくらい、ジークムントにも分かる。

　ぽろぽろと涙をこぼすジークムントの頭を、あやすようにマリエラが撫でる。

　自分の気持ちも思いも理解できない、卑怯(ひきょう)で矮小(わいしょう)な自分でも、マリエラのそばにいてよいのだと、ジークムントはこの日ようやく理解した。

終章

# 木漏れ日の下で

Epilogue

# 01

迷宮に向かう街道に何百人もの兵士が行進する。

身にまとうのは見栄えのする豪華な鎧(よろい)ではなく使いこまれた品々で、素材も魔法金属のもの、魔物素材のものとバラバラだ。武器はハルバードや槍(やり)といった長柄のものが多いが、こちらも兵士によって異なっている。全員が揃(そろ)っているのは身にまとった漆黒のマントだけ。しかし全員が一糸乱れず行進していく。

彼らは迷宮討伐軍。何度も迷宮の最下層に挑み、生き残ってきた迷宮都市最強の軍隊だ。

街道には彼らの姿を一目見ようと多くの冒険者や市民が集まっていて、まるでお祭りのようだ。

歓声が一際(ひときわ)大きくなる。

「金獅子(きんじし)将軍だ」

「将軍ー！」

金の髪をたなびかせた獅子を思わせる雄々しい男が、鱗のはえた竜馬に跨り人々の歓声に応える。

「金獅子将軍がいれば、兵は一騎当千らしいな！」

「本人もすげぇ強さだってよ」

「歴代最強の将軍様だ。そろそろ迷宮も年貢の納め時かもな」

熱気に満ちた声援は、遠征軍が迷宮に消えていくまで続いた。

2週間にわたる、迷宮都市の遠征期間が始まった。


「右ががら空きだぜ！」

「立ち止まってどうする！　弓使ってんじゃねえんだ！」

「振りがおせぇよ！」

ハーゲイの檄が飛ぶたび、ジークが地面に転がされる。控えめに言ってもボコボコだ。

迷宮討伐軍の行進を見物した後、マリエラとジークは冒険者ギルドに向かった。今日からジークは冒険者ギルドの実技講習だ。マリエラも見学についてきた。

ジークとハーゲイは鑑定紙で適性を確認した後、戦闘方針を話し合い、片手剣の戦闘スタイルを選んだようだ。初日の時間のほとんどをみっちり素振りに費やした後、今は手合わせを行っている。

クリーパーの種を全部避けたジークの身のこなしをもってしても、ハーゲイにかすりもしない。斬りかかるたび、ハーゲイの持つ剣代わりの棒の先が、トトンとジークの隙をつく。その一手は強いものには見えないのに、そのたびにジークは大きくバランスを崩して地面に転がされる。

（このハゲ、なかなかやりおる……）

と、分かった風にナレーションを入れるマリエラだったが、見ていても正直よく分からない。ジークはとっくに限界でふらふらして見えるのに、何度転がされても立ち上がっては懸命に喰らい付いていく。その表情に、なんとなく『大丈夫だ』と思ったマリエラは、持ってきた『薬草薬効大辞典』に目を落とした。

ガラスの製造で魔力切れを起こした翌日から、ジークは少し変わったとマリエラは思う。

マリエラが目を覚ますと、なんだかうにゃうにゃ言い出したので、孤児院の先生直伝の『分かってる、大丈夫、大好き＝暗い顔して、よく分かんないことを言い出す子がいたら、そう言って抱きしめてあげてね』をやってみたら、見事に復活した。

「取り入ろうとした」とか「じぶんのため」とか言っていたけれど、そんなの当たり前だとマリエラは思う。別にマリエラに迷惑をかけているわけではない。『猿招き』だって懸命に探してくれたし、『ジークのため』と『マリエラのため』が両立するなら、それでいいじゃないか。

マリエラが目を覚ました後、作ったガラスは『クリーパーが守っていた、どこぞの隊商の落とし物』としてジークが新居に運んでくれた。

魔力切れの翌日はジークに宿で休むようお願いされ、薬やポーションを作って過ごしたので、新居に顔を出したのはガラスを運んだ翌日だった。新居に着いてみると、なぜかドワーフが一人増えていた。

店舗スペースでドワーフとドワーフハーフが三人してガラスを囲んで議論していて、周りには設計図らしき紙片が散乱していた。寝ていないのか三人とも目の下に隈があった。

「おはようございます？」

「ワシはルダン、コイツらと同じ工務店のガラス職人じゃ。ワシも設計に加わるからの」

三人目のドワーフがマリエラに挨拶を返した。

ルダンの説明によると、迷宮都市では魔の森や迷宮から魔物が溢れることを想定して、ガラスを大きいまま使用することはないのだそうだ。小さめのパーツにカットして、金属の窓枠にはめて使う。多少割れてもガラス細工のスキル持ちなら直せるから、庶民の家は割れガラスを修理した品を工夫して使っている。だから、量はともかくガラス自体珍しいものではないが。

「創作意欲が湧くんじゃ」

「おかしくない範囲に仕上げますから」

「やらせてくれんか」

ドワーフ三人組の熱意に負けて、『悪目立ちしない範囲で』という条件の下、仕事をお願いすることにした。

契約を済ませ、住居の残金と店舗増築代を支払う。前払いした金額とあわせて金貨7枚。当初の見積もりと比べれば端数が切り上がっているが、増えた窓枠分を考えるとどう考えても安い。聞くと貧民街から連れて来た三人が思いのほかよく働いたので、店舗の増築にも起用することで調整するそうだ。

「その三人にも会っておきたい」

ジークの申し出に、仕事にかかわる全員と挨拶をすることになった。

貧民街から来たという三人は、怪我(けが)で休まざるを得なくなった若い冒険者たちで、少し痩(や)せてはいるが落ちぶれた印象はなく、言われなければ貧民街の住人と分からなかった。

「回復するまでの糊口(ここう)さえ稼げれば、貧民街から抜け出せそうな人を選んでいます。私たちも仕事ですから、流石(さすが)に貧民街に根付いてしまった人を雇うことは難しいので」

そうヨハンが説明してくれた。本人たちも遠征さえ始まれば怪我が治りきっていなくても迷宮の浅い層で採取ができるし、この仕事のおかげで武器を手放すことも、借金をすることもせずに済んだと話してくれた。ジークは思うところがあるのか、彼らの話をじっと聞いていた。

マリエラは三人に怪我の調子を聞いて、昨日作ったばかりの薬を試供品だと言って渡した。『薬草薬効大辞典』巻末の『薬の作り方‐初級編』を参考に作った普通の薬で、ガーク爺のお墨付きも貰ってある。ポーションではないからすぐに治ることはないけれど、毎日塗り込めば回復も早まるだろう。

「冒険者に戻れたら買いに来る」と嬉しそうに受け取ってくれた。

三人の嬉しそうな顔に、マリエラはポーションを渡せないことを申し訳なく感じた。

その日は薬の材料を買い込んで『ヤグーの跳ね橋亭』に帰り、薬を作って過ごしたけれど、もっと役に立てる方法があるんじゃないかとマリエラは悩ましく思った。

# 02

「目が足りネェなら魔力で補え！」

「左手が遊んでるぜ！　ガードはどうした！」

「遅い遅い！」

ハーゲイの怒号とともに、剣に見立てた棒がジークムントの隙を突く。決して強い突きではないのに、真剣であれば命を奪ったであろう一撃は酷く重くて、その度に死を錯覚した体が地に伏せる。転んでは立ち上がり、立ち上がっては転がされる。

(痛みには慣れている。立ち上がれないほど疲れた体を無理に動かすことも、奴隷になってこの身に刻んだ)

筋が、肉が、骨があげる悲鳴を黙らせて、ジークムントは何度でも立ち上がる。

ハーゲイの一撃は速く重いが的確で、転がされるたび少しずつ正しい動きを体が覚えていく。自分が良い師を得たことをジークは実感していた。

限られた時間の中、少しでも多く学び取ろうと訓練用の剣に手を伸ばす。指の1本も動かなくなるまで、訓練は続けられた。

「言いたいことはたくさんあるが、そのガッツは悪くネェぜ！」

動かなくなったジークに、ハーゲイが話しかける。

「嬢ちゃんの前で転がされて恥ずかしいか？」

(マリ……エ……ラ……)

酸素が足りず頭が朦朧とする。顔を動かすこともできないから、ジークはマリエラを見ることができない。

「安心しな！　本に夢中で見てないぜ！」

ずびし！　とハーゲイがサムズアップする。ニカッと笑った笑顔がにくい。

ジークムントはそのまま意識を手放した。

「嬢ちゃん、今日は終わったぜ！　奥に水場があるから、起きたら洗って帰るといいぜ！」

『薬草薬効大辞典』を読んでいる間に、ジークの訓練が終わったようだ。

さんざんジークを転がせ回ったハーゲイは、ニカッと白い歯を光らせて冒険者ギルドの建屋に戻っていった。後頭部に反射する日差しがまぶしい。

「ジーク、起きてー」

名前を呼んでもジークは起きない。

(私がちょっと魔力切れを起こしただけで大騒ぎして、1日宿から出してくれなかったのに、自分は意識を失うまで訓練するとか。もう!)

ごそごそとマリエラは鞄から緑の丸薬が30粒入った瓶を取り出す。宿でおとなしくしている間に作った、上級ランクの魔法薬、再生薬だ。

深い癒やしを与える魔法薬で、1カ月ほど飲み続ければ過酷な暮らしの結果、縮んでしまった寿命さえ元に戻す。訓練とあわせて服用すれば、短期間で筋力の増加が見込める便利な丸薬だ。過酷な日々を過ごしたジークには必要な魔法薬だから、1カ月分に当たる3本の瓶を渡してある。

普通のポーションでも訓練の疲労を癒やすことは可能だが、訓練前の状態まで癒やされてしまうので意味がない。その点、このリジェネ薬は体の治癒力を高めて治すので、訓練の成果が最高の効率で発揮される。

材料は、卸売市場で買った喰いつき貝に聖樹の葉、クリーパーの種子、プラナーダ苔。苔が希少であまり市場に出回らない魔法薬だが、ポーション瓶を作った河原でたくさん採取してある。喰いつき貝（新しい素材）の処理も簡単で、すぐに覚えることができたし、リジェネ薬の作り方も慣れれば難しいものではない。

きらきらと深緑に透けて輝く小粒は一見すると美味（おい）しそうに見えるが、実際はものすごく苦い。スライムとクリーパーを煮詰めたらこんな味になるのかもしれないという、青苦い味が口いっぱいに広がってなかなか消えないものだから、ゼラチン液で薄くコーティングしてある。

瓶から1粒取り出して、爪でゼラチンを少しはがすと、「えい」とジークの口に放り込んだ。

「ゴッホ、ウガ……」

「おぉ、ジークが起きた」

流石はリジェネ薬。こうかはばつぐんだ！


魔力切れから目覚めてからの五日間、マリエラは新居で使う雑貨を買い揃えたり、店で扱う薬を作ったり、ジークの実技講習を見学して過ごした。

ジークは実技講習以外でも、早朝やマリエラが部屋にこもって薬を作っている間に訓練をしていたようだ。リジェネ薬の効果もあってか、こけた頬も戻ってきた。

予定の日に『ヤグーの跳ね橋亭』を離れて新居に移ったが、エミリーちゃんに会いに、時折早めの夕食を食べに行っている。夜が更（ふ）けると『ヤグーの跳ね橋亭』は冒険者で溢れて、アンバーさんたちは大忙しだ。頼まれていた薬はお世話になったお礼に渡してある。開店したら買いに行くからと言ってくれた。

　マリエラの薬屋をお客の冒険者たちに紹介してくれるというので、店の開店日と地図を書いたビラと一緒に、傷薬の試供品をたくさん渡してある。開店したら何かお礼をしなくては。

　昼食はほとんど毎日卸売り市場へ行く。冒険者たちが持ち帰った素材が流通しているのだろう。いつもより商品の品数が多く人通りも多い。

　薬やポーションの素材を見つけては買い漁っていて、マリエラの工房に設えた壁一面の棚には処理した素材の瓶や袋が並んでいる。

「早く棚をいっぱいにしたいな。明日は店舗部分が完成するし。商品をお店に並べたり、開店の準備をしなくっちゃ。大忙しだね」

　マリエラは、新しい生活に胸を躍らせていた。

## 03

「店舗の建て直し、完成だ」

ゴードン、ヨハン、ルダンのドワーフトリオが、満面の笑みでマリエラとジークを出迎える。店舗の工事期間中は、正面玄関は使用禁止で中も見せてもらえなかった。窓や屋上から覗(のぞ)くこともできたけれど、『完成してからのお楽しみ』として見ないでおいた。

ようやく完成した店舗に、正面玄関から入る。

「おぉー、明るい」

マリエラが貧困なボキャブラリーで驚く。天井にはガラスの窓がいくつか設置してある。一つ一つは大きくはないが、かわいらしい木の枝葉を模した格子(こうし)に大小のガラスがはめ込まれていて、床に落ちる格子の影がまるで木陰にいるようだ。

「これは、聖樹？」

「そうとも、折角聖樹の植わっている家じゃからな。ここまで聖樹の枝はきとらんが、こうすりゃ聖樹の下で守られとる気分じゃろ」

と、ガラス職人のルダン。

「しかもですね、この窓、一見普通のように見えますが、実は立体的な構造をしていまして、日が出ている間は常に光が差し込むように設計してあるのです。しかも差し込んだ光が店舗内に広がるように細工してあります」

と、建築家のヨハン。

仕組みは分からないけれどなんだかすごい。マリエラは口をぽかんと開けて天窓を見上げる。窓のサイズだけ見ると、他の店より少し大きい程度で違和感がないのに、店舗の薬を置くスペース以外は、光が差し込んで陽だまりのようだ。しかも聖樹の木陰にいるような安心感まである。

「それで。このテーブルと椅子は何なのでしょうか？」

マリエラの質問に、陽だまりの真ん中におかれたテーブルを囲んで座る最後のドワーフ、ゴードンが答える。

「ワシ、ここに通う」

「答えになってないよ？」

店舗の中には、マリエラが依頼したとおり、カウンターとカウンターの奥に店員専用の棚、店舗の奥に自由に商品を見られる陳列棚が設置してある。これらとは別に、なぜか6人がけのテーブルが陽だまりの中央に鎮座ましまし、入り口側の壁面にも5人がけのカウンターテーブルがある。勿論（もちろん）各テーブルには椅子も並んでいる。前の店舗を解体した廃材を利用して作ったらしいのだが、店舗の雰囲気にぴったりと合う造形をしている。これではまるで。

「喫茶店？」

一番日当たりのいい席に、ゴードン、ヨハン、ルダンのドワーフトリオがたむろする。

「あー、ここ最高」

「創作意欲が湧きますー」

「ええのうー」

ジークがお茶を振る舞うと、ドワーフトリオは本格的にくつろぎだした。

ドワーフトリオの説明によると、マリエラたちが来る前日、完成した天井窓の下で出来栄えを確認する三人は。

「いい出来だ」

「うむ。広々しすぎて、ちと殺風景な店舗じゃがの」

「この陽だまりを楽しめないのはもったいないないですね」

「廃材があったろ、椅子でも作るか」

トンテンカンテン。

「机も欲しいの、こんくらいの」

トンテンカンテン。

「こんな武骨な造形ではこの場所に合いませんよ」

トンテンカンテントンテンテンカンテン。

「とまぁ、こんな具合じゃわい」

どんな具合だと思わなくもなかったが、怪我や病気のお客さんがくつろげるスペースというのも悪くない。サービスということで、ありがたく貰っておくことにした。

「おう、マリ嬢、店完成したみてぇだな」

四人目のドワーフ、いや違う、ガーク爺がやってきた。

「おぉ？　こりゃ、ぬくくて気持ちいいな」

なぜか、ガーク爺までドワーフたちの輪に加わる。顔見知りといった様子でもないのに、まったく違和感がない。

「マリ嬢、兄ちゃんでもいいや、ワシにも茶」

くつろぎスペースはあるけれど、ここは薬屋さんなんですけど。喫茶店じゃないんですけど。いやまて落ち着け、棚に薬を並べたら、薬屋らしくなるはずだ、と考えるマリエラにジークが声をかける。

「マリエラ、店の名前はどうする？」

ジークの淹れてくれたお茶を飲みながら、日向ぼっこを楽しむおっさんたちを眺める。

あっという間に、おっさん四人。入れ食い状態だ。

「うーん、『おっさんホイホイ』？」

お店の名前は、『木漏れ日』にした。

これだけじゃ何のお店か分からないけれど、入ってみてもよく分からないままだから、これでいいと思う。

ひとしきり日向ぼっこを楽しんだ後、ガーク爺は帰っていった。何でも明後日の夜に採取に連れて行ってくれるらしい。初迷宮だ。楽しみすぎる。

ガーク爺が帰った後、ドワーフ三人も再起動したようで、店舗や厨房を案内してくれた。

まず、店舗横の台所。元厨房だけあってそれなりの面積があって、新しく食卓を置いたから2、3人ならここで食事ができる。ドアを開けると扉が間仕切りとなって、店舗側から台所の中が見えなくなる親切設計。

(というか喫茶店設計？　狙って作ってるよね、これ)

驚いたのは魔道具で、着火から火力調節までボタン一つでできる。薪はどこに入れるのか聞いたら、ジークが「俺たちの村は、ど田舎だったからな。薪はいらないんだよ」と、実演してくれた。

(ドワーフトリオの前だったから助かったけど、幼馴染設定がこんなところで役立つとは思わなかったよ)

マリエラは心の中で突っ込みっぱなしだ。

水の魔道具も台所、風呂、トイレ、洗面所に付いていて、各部屋には換気の魔道具と換気口が天井部分に設置してあるそうだ。迷宮都市の家は窓が小さく湿っぽそうだと思っていたけれど、こんなに便利な仕組みになっていたのか。

あとでジークに聞いたところによると、生活魔法は大体が魔道具化されているらしい。迷宮都市の人手不足を補うために、歴代の辺境伯が推進してきた政策の一つで、迷宮都市では補助金もあるから庶民の家にも設置されている。

ただ、魔力の消費量が生活魔法の数倍多いらしく、魔道具を持っていても生活魔法で済ます場合も多いとか。特に食材の保管庫や空調といった長時間稼働する魔道具は、魔石で動かすタイプだから魔石代が馬鹿にならない。

洗濯や暖房、床の埃（ほこり）を除いてくれる魔道具まであるらしいが、人力で作業しやすい魔道具ほど、高価になるため、このあたりはマリエラたちの新居にもついていない。維持費も合わせると、家事のために人を雇ったり借金奴隷を買うよりは安上がり、といったものらしい。

それにしても、すごい進歩だとマリエラは驚いた。

薬の質はイマイチだけど、ポーションに代わるものも、そのうち出てくるんじゃないだろうか。


2日前から住んでいるから、住居部分はだいたい分かる。資材置き場として使っていたリビングも、今はキレイに片付いている。前の住人が置いていった椅子やテーブル以外は、敷物も家具もなくガランとして寂しいが、おいおい揃えていきたい。マリエラたちの部屋も修理してもらったベッドに箪笥（たんす）程度の家具しかなく、寝具を揃えただけだから宿屋かと思うほど殺風景だ。

どんな家具を入れようかとマリエラが考えていたら、「おう、忘れるところだった」と、ゴードンに地下室に連れて行かれた。

地下室は3部屋が直列に繋がっていて、一つ目の部屋にはジークが倒したクリーパーの素材が保管してあり倉庫として使う予定だ。二つ目の部屋には『迷宮都市特別法・住居管理規定の云々のほにゃらら』とやらに定められた量の非常食や避難道具が備えてあって、二人なら充分避難できる。

三つ目の部屋には、なにやら木箱が置いてあったのだが。

「ここん所な、大穴空いてたぜ。聖樹の根っこが地下の大水道まで伸びちまって、崩れたみてえだ。潜って確認しといたが、大水道まで続いとった。いやぁ、話には聞いとったが大水道とは珍しいモン見られたわ。ああ、排水に影響はねえし、壁もこの通り埋めてある。聖樹の真下だから魔物は上がってこねえだろうが、大水道にはスライムが大量にいるらしいから、念のためにデイジスを詰めた木箱がおいてあったんだな」

ゴードンは、一番重要な事を最後にさらりと説明して帰って行った。

(ここが売れ残ってたの、そのせいじゃないの?)

地下大水道はエンダルジア王国時代から残っている下水道で、二百年経った今でも迷宮都市の下水道として機能している。下水といっても各住居にはスライム槽と呼ばれる排水処理槽が設置してあり、調教師がテイム後に調整した汚水処理専用のスライムが入れてある。汚水処理スライムが浄化した、綺麗な水が地下大水道に流されるから伝染病の発生源になることはない。

ただ、地下大水道には野生化したスライムが大繁殖しているらしい。

スライムは不定形の粘液状の魔物で知能はない。核をつぶせば消滅する弱い魔物で、よほど成長しない限りは核を踏みつければ倒せる。また、外殻を持たないため、魔力吸収にめっぽう弱く、魔力を吸収するディシスには近づかない。大水道に繋がる配管の周辺にデイジスを植えておくだけで、大水道からスライムが侵入してくるのを防ぐことができる。

スライムは魔力の残る死骸を好むものの、大体の有機物や物によっては無機物まで分解することができるので、し尿や生ゴミの処理用に活用されている。野生のスライムは、分解した成分で溶解液を生成して攻撃してくるが、調整済みのスライムは、分解途中の土塊(つちくれ)を吐き出す。この土塊は肥料として専用の業者が定期的に回収してくれる。

このようにスライムは、生活に密着した馴染み深い魔物であるのだが……。

「粘液状の蠢く魔物(スライム)がたっぷり棲(す)んでる地下大水道と繋がっているとか、気持ちいいものじゃないよね」

聖樹がなくても乾燥させたデイジスを置いておくだけで、スライムの侵入を阻(はば)むことができるだろうが、理屈では分かっていても気分のいいものではない。石積みの壁面の目地から、うにょりと染み出て来るんじゃないかと想像してしまう。

「あとで、デイジスの繊維で目地埋めしとこう。あと、聖樹が枯れないようにちゃんと水やりしよう」

とりあえず、三つ目の部屋は開かずの間にしておこうと、ジークとマリエラはうなずきあった。

最後に思わぬ物理的な大穴が待ち受けていたけれど、素敵なお店に素敵な家が完成してよかった。

オークキングの肉を買ってきて、ステーキにして二人でお祝いをした。あまりの美味しさに、マリエラはちょっと泣いてしまった。やっぱり、ジェネラルオイルで焼いたお肉はオークジェネラルの味で、オークキングではなかった。

（オークキング美味しい。オークキングやばい。二足歩行して特に女性を好んで襲い掛かってくる下品な魔物だけれど、もう、肉にしか見えない）

感動のあまり口いっぱいに肉を頰張りながらマリエラはジークにお願いする。

「ジークぅぅ、すっごく強ふなっへ、オーフキングたふさん倒しへねぇー」

「いくらでも倒せるようになるから、食べるか泣くかしゃべるかどれか一つにしような」

お店は1週間後に開店予定だ。生活雑貨の買い出しに商品の作製、迷宮都市の外でタマムギや様々な茸（きのこ）の収穫もしなければ。今の時期に収穫できる素材は多い。マリエラが住んでいた小屋に戻って、生き残った薬草の植え替えもしたい。明後日は、ガーク爺が迷宮に採取に連れて行ってくれると言っていた。何を採取するんだろう。

ひとしきり他愛ない会話とオークキング肉の夕食を楽しんだ後、冒険者ギルドの売店で買った鑑定紙を使ってみた。マリエラが二百年眠っていた影響を確認する必要がある。

鑑定紙は、決まった項目が薄い魔法のインクで書かれた用紙で、血を垂らして発動させると、対応した項目のインクの色が変わって、対象者の状態を示してくれる。

鑑定可能な能力は、体力、魔力、力、賢さ、器用さ、素早さ、運の7項目で、評価は5段階。体力が1なら、薄いインクで書かれた5個の□の一つが黒い■に変わる。上限を超えると、最後の■は赤くなる、という簡易的なものだ。

スキル覧に関しても、保有者の多いスキル名が羅列してあり、適性があれば黒く、スキルを保有していれば赤くスキル名が変わる。掲載されていないスキルや才能を持っている場合は、『その他』の覧が変色する。

鑑定紙を超える情報は、人物鑑定のスキル保有者に大金を払ってみてもらう必要があるが、職業選択や成長戦略の指針として使うには、鑑定紙で十分だ。

マリエラの魔力は5段階目を振り切っていた。魔力や体力はある程度成長が止まるとあまり変動しない値で、成長が止まると生死の境を乗り越えた時などにいくらか上昇する程度だ。

二百年も仮死状態でいた結果だろう。目覚めて以来、魔力が増加した自覚はあったが、4段階だった魔力は鑑定紙の上限を超えていた。正確な値は分からないが、板ガラスを作ったときの魔力切れで大体の感覚は掴（つか）めている。地味に嬉しいのは、1段階しかなかった体力が2段階目に上がっていたことだ。一撃即死から一撃瀕死（ひんし）に成長している。マリエラは思わずやったねと小さくガッツポーズをとってしまった。

しかし他の項目に変化はなかった。スキルも錬金術一つだけで、かろうじて生活魔法に適正があるだけだ。

ジークはマリエラの魔力を見て驚いてくれたが、マリエラのほうはジークの鑑定紙を見てはるかに驚いた。ジークは全項目が3段階か4段階だった。5段階評価だが3段階目が平均というわけではない。1段階目が日常生活レベルで、3段階まであればその特性を利用した職業に就くことができる。マリエラは力と素早さが1段階しかなく、錬金術師でありながら賢さと器用さは3段階目だ。なぜか運だけ4段階で唯一ジークより勝っていたが。錬金術師なのに、ジークのほうが賢いってどういうことだ。

マリエラはこそこそっと自分の鑑定紙を折りたたむと、寝室の箪笥の奥にしまいこんだ。

## 04

「香は絶やさず焚(た)いとけよ」

ガーク爺を先頭に、マリエラ、ジークが迷宮に入る。戦えないマリエラが魔除(よ)けの香を焚く係だ。魔除けの香は、ブロモミンテラの乾燥粉末から作られたもので、魔物除けポーションほどではないが、弱い魔物はよって来ない。作り方も簡単で、材料のブロモミンテラは迷宮都市の中にも外にもたくさん植えてあるから、自作する者が大半だ。迷宮が賑(にぎ)わう遠征期間中は、孤児院の子らが作った香を籠に入れ、迷宮の入り口付近で売り歩く姿も見られる。

時間は深夜に近く、迷宮の外に子供の姿は見られないが、魔物が活発化する時間にもかかわらずポツポツと迷宮に出入りする冒険者がいるのは、遠征期間ならではだろう。

迷宮の入り口には見張りの兵が2名いるだけで、遊びで入り込もうとする子供を除けば、入退場は制限されない。見張りの兵は有事の際の連絡係が主な職務なのだという。

ジークの説明によると、迷宮都市以外の迷宮では入場料が必要だったり、退出する時も、得た素材や魔石の一部を税として納める必要があるそうだ。迷宮都市では、都市から出る時に持ち出す品に税金がかかる仕組みになっていて、迷宮都市内で使用する分には税がかからない。ちなみに迷宮都市に持ち込む品も税はかからないのだが、迷宮都市への往来が困難なため、迷宮都市で自給できない品々は慢性的に品薄だ。

外は月もなく真っ暗なのに、迷宮の中は薄っすらと明るい。洞窟を思わせる岩壁のあちこちに、月光石と呼ばれるぼんやりと光る岩があって、灯(あか)りなしでもかろうじて進むことはできる。とはいえ、視界は悪く魔物との戦闘や薬草採取には不十分なので、ガーク爺は暗視のゴーグルを、マリエラにはジークが暗視魔法(ダークサイト)をかけている。

たまに現れるゴブリンやスライム、レイスといった匂いに疎い魔物を、ダブルアックスでなぎ倒しながら、ガーク爺はどんどん迷宮を下りて行く。背後からの敵もいつの間にかジークが倒しているので、マリエラは持ち手のついた香炉に魔除けの香を足しながら、迷宮を観察する。

迷宮の階層をまたぐ階段は迷宮の中心部分に集中していて、階層の移動は容易だ。この階段は、各階層のどこかにいる階層主を倒すと現れるという。

得体の知れない迷宮の主が、下僕たる階層主を産み落としながら、下へ下へと真っ直ぐ地下を喰い進む様子を思い浮かべ、マリエラは少しゾッとした。

「この先だ。眠り玉を使うから、マスクをしとけ」

ガーク爺の指示に従い、マリエラとジークは中和剤を染みこませたマスクをする。ガーク爺は、岩の隙間に火をつけた眠り玉を投げいれた。薄く光る月光石が絶妙なバランスで位置しているため、一見するとそこは岩のつなぎ目に見えるのだか、近寄ると大人が通れるほどの隙間がある。狭いのは入り口だけで、中は迷宮の通路と変わらない広さの通路になっていた。

ガーク爺の後に続いて、中に入ったマリエラはぎょっとした。

（蛇だらけ……）

魔物としては小さいが、腕くらいはある蛇が、寝こけてそこら中に落ちていた。

「随分増えたな、少し間引いてくか」

ガーク爺はそう言うと、蛇を間引きながら奥へと進んでいった。小さい蛇は頭を踏みつぶし、大きい蛇はアックスで首を落とす。迷宮の魔物の大半は死んで暫（しばら）くすると、輪郭がぼやけて姿が薄くなり、溶けるように骸（むくろ）が消えてしまう。

魔力が固まって発生し、まだ受肉していないからだという。

長く生きると魔力が凝縮して魔石を宿していたり、体の一部が受肉していて、倒すと素材として手に入る。

ここの蛇はまだ若く魔物としても弱いからほとんどが何も残さず消えてしまうが、大きめの個体は稀（まれ）に爪の先ほどの小さい魔石や牙を残した。牙はひと袋いくらの安価な物だが、痛み止めの効果がある。ガーク爺が進路の蛇を倒し、マリエラが魔石と牙を拾う。ジークはマリエラを警護しながらめぼしい蛇を斬り捨てていく。

蛇の通路はS字に折れ曲がっていて、入り口からは行き止まりに見えるのだが、一つ目の角を曲がると薄っすらと光が差し込む出口が見えた。

蛇はこの光が苦手なのか、出口に近づくにつれて数が少なくなっていった。

蛇の通路の先は、明るく開けた場所だった。走れば10秒もかからず端にたどり着けそうなさして広くもない空間で、天井は吹き抜けるように高い。壁や天井には月光石がいくつも光り、まるで星空のようだ。

足元は一面膝丈位の草が生い茂っていて、優しい光を放つ蕾（つぼみ）をたくさん付けている。

千日に一度花を付ける、千夜月花だ。

足元いっぱいに広がる千夜月花の蕾が放つ光で、まるで満月に降り立ったかのようだ。

「そろそろだな」

ガーク爺の声を待っていたかのように、千夜月花が花開く。

ぽんと弾けるように蕾が開いて、中から光の粒が舞い踊る。

ぽん、ぽん、ぽん。

次々に開いた花から零れる光の粒子は、羽もないのにゆらゆらと天井まで舞い昇っていき、幻想的な美しさだ。

「なんて、きれい」

「さっさと摘まねえと、枯れちまうぞ」

うっとりと見つめるマリエラに、ガーク爺が声をかける。

千夜月花の花は、蕾のままでは効果がなく、開花するとたちまち枯れてしまう。この美しい光景を楽しめないのは残念だが、千日に一度しか手に入らない貴重な素材だ。三人は花開いた瞬間に花びらを摘んでは、袋に入れていった。

半分ほども摘んだだろうか。千夜月花はまだたくさん残っているのに、ガーク爺に急いで出るぞと声をかけられた。走って蛇の通路に駆け込んだその時。

バラッ、バラバラバラッ。

大量の小石が広場に降り注いだ。

「おー、ギリギリだったな」

ガーク爺が愉快そうに笑う。舞い上がった光の粒が空で受粉し、種に変わって降ってきたのだ。種は迷宮の硬い地面に刺さるように尖った形をしているそうで、ぼんやりと採取を続けていたら、苗床にされるところだった。

「あの部屋に入れるのは、千夜月花が咲く夜だけだ。それ以外は蛇の巣窟だからな」

通路の蛇は、千夜月花の種から逃げていたのかもしれない。流石は迷宮植物。とても綺麗だったけれど、おっかないなとマリエラは思った。

マリエラたちは、採取した千夜月花の半分をガーク爺に渡そうとしたが、「てめぇの分はてめぇで採取するもんだ」と固辞されてしまった。

(何それかっこいい)

「また店に顔出すから、茶でも出してくれや」

蛇の魔石も牙も受け取らずに、手を上げて帰って行くガーク爺の背中を見ながら、「うちは、喫茶店じゃないんですけどー!」と、マリエラは手を振った。

05

いよいよ今日は薬屋『木漏れ日』の開店日だ。

陳列棚には様々な軟膏（なんこう）や飲み薬といった一般的な薬のほか、洗濯用、食器用、お風呂用と用途ごとに粉にしたり液体にした石けんや、化粧品などの雑貨類、魔除けの香、虫除けの香、煙玉に眠り玉といった迷宮探索に使われる消耗品なども並べてある。どれだけ売れるか分からないけれど、在庫もリビングにたくさん置いてある。

来てくれたお客さんがくつろげるように、様々な効能のあるハーブティーを中心に、メルル薬味草店で茶葉もたくさん買い揃えた。喫茶店じゃないけれど、カップの数も十分だ。

ジークが店の外壁に薬屋を示す垂れ幕をかけ、開店を表す立て看板を出す。その腰には、新しい片手剣が吊（つ）るしてあった。

五回の実技講習の最終日に、マリエラがプレゼントしたものだ。

ジークはとてもよくがんばったとマリエラは思う。二日に一度ハーゲイに師事し、立てなくなるまで打ち合う。最初はかすりもしなかったのに、最後は一本とるまでに成長していた。ガリガリだった体も、リジェネ（再生）薬の効果もあってか肉がついて、出会った頃とは別人のようだ。

日々、筋肉をつけて逞（たくま）しくなっていくジークを見ながら、ゴリマッチョになったらどうしよう、重すぎてヤグーに乗れなくなるかもと、内心心配したマリエラだったが、ジークの成長は程よいところで止まってくれた。

後日そのことを話すと、「筋肉を付け過ぎたら速度が落ちる。戦闘スタイルに適した体形があるんだ」と説明してくれた。「なるほど合理的だね」そう言いながらマリエラは、詰めていたジークのズボンのボタンを元の位置につけなおしたものだ。

ジークはリンクスから借りた短剣しか武器を持っていなかったから、実技講習の最終日に片手剣を用意した。

五日間の実技講習を終え、深く頭を下げて礼を言うジークに、ハーゲイはいくつかアドバイスを与えた後、「ナイスガッツだったぜ！　精進すりゃ、まだまだ伸びるぜ！　嬢ちゃんから卒業記念があるそうだ！　そいつでキッチリ守ってやるんだぜ！」と、講習の修了を伝えた。

「ジーク、講習会お疲れさま。記念に用意したの。使って」

マリエラがこっそりと用意しておいた片手剣をジークに手渡す。

「マリエラ……。これはミスリルか？　こんな良いものを俺に。手にしっくりくる。まるで専用に設えたみたいだ。マリエラが俺に選んでくれた剣だ。大切にする。本当にありがとう」

ジークは感動した様子で恭しく剣を受け取ると、その刀身を見つめ、跪いてマリエラに剣を捧げる。

「俺の剣は、貴女のために」

まるで物語のワンシーンのようだ。ジークはマリエラが選んでくれた剣を手に、忠誠を

誓う。昂揚(こうよう)したように頬を染め、決意に潤む蒼(あお)い瞳を見てマリエラは、

(言えない……。その剣、ハーゲイに選んでもらったって、言えないよ!)

あいまいに笑って誤魔化(ごまか)した。


剣自体は良いものだ。と言ってもハーゲイの受け売りなのだが、Bランクでもなかなか持てない代物らしい。3回目の講習でいつものようにジークが意識を失った後に、マリエラはハーゲイに相談していた。

マリエラに万一のことがあった場合、奴隷のジークが身を立てるにはどうすればいいか、何か残せるものはないのだろうか、と。

ハーゲイは講習の最初に鑑定紙でジークの身分を知っているから、相談するには丁度よかった。暑苦しい外見と性格で分かりづらいが、今までの講習を見る限り只者(ただ)ではないように思える。

ハーゲイは歯を光らせずに、穏やかにマリエラと気絶して動けないジークを見ると、しばらく瞑目(めいもく)していた。

「戦闘力のある奴隷は迷宮都市じゃ貴重だぜ! 何か残してやるんなら、武器を与えてやればいい。手に馴染んだ武器ってのは、奴隷とセットで扱われるもんさ。アイツは立ち振る舞いも悪くねえから、取り上げられることもねえだろうぜ!」

いつもの調子で、ニカッと笑ってそう言った。

どんな武器がいいか分からないと言うマリエラに、いくつか心当たりがあるとハーゲイが答えた。マリエラが全財産の約半分に当たる金貨10枚を提示すると、

「……ジークも苦労するな。嬢ちゃん、そんな大金、ほいほい出すモンじゃねえぜ」

と呆れながらも、ジークがずっと使い続けられる物を見つけてくると約束してくれた。

ハーゲイは、思ったとおりの親切な男だった。

ジークが手にした剣はミスリル製。鑑定紙の結果、ジークには様々な武器、魔法の才能があった。先天的なスキルは弓だが、戦闘を続けていれば剣術スキルも身につくだろう。ただし片目であること、戦えないマリエラの護衛を主とすることから、身体強化を中心とした魔法を併用する戦闘スタイルで訓練を行ってきたらしい。

「ミスリルは魔力の伝導がいい金属だから、ジークの戦闘スタイルにあっているぜ。しかもコイツは一度魔力を流したら、他人の魔力は流せない。ジーク専用の装備になるぜ」

ジークに渡したミスリルの剣はハーゲイ一押しの逸品だ。手入れをしてくれる鍛冶師も紹介してくれた。至れり尽くせりだ。

マリエラと向かい合い、ミスリルの剣を押しいただくジークの背後で、ハーゲイがずびし！　とサムズアップをかましてくる。ニカッと笑って去っていくまぶしいハーゲイ。

（いろいろとまぶしい人だなぁ、笑顔だけじゃなくて）

剣を掲げて感動しているジークとの対比が酷い。

「さ、『木漏れ日』に帰ろう」

マリエラとジークは、新しい居場所へと帰っていった。

「あぁ、帰ろう」


冒険者ギルドの建物に戻ったハーゲイに、一人のギルド職員が近づく。

「ずいぶんとご機嫌ですね」

「おう、久々に骨のある生徒だったぜ。初め見た時は、あれだけの才能でこの体たらくとは、どんだけぬるい野郎かと思ったが。丁寧に撫でてやってもちゃんと喰らいついてきやがった。きっと嬢ちゃんの躾がいいんだぜ」

「はぁ。新人教育もいいですが、我々に仕事を投げ過ぎでは？」

「お前らだけでもやれてるぜ？　新人育成、戦力増強。ここじゃ一番大事だぜ」

「我々もずいぶんと丁寧に撫でていただきましたからね。でも今回は迷宮討伐軍からの救援要請ですよ。ギルドマスター」

ハーゲイの眉がピクリと上がる。迷宮討伐軍から救援要請？　迷宮都市の最強戦力から？　まさか。

「すぐに出る。お前らも準備しろ。留守の守りは『雷帝エルシー』に依頼しろ」

「コイツは厄介なことになりそうだぜ」と冒険者ギルドのギルドマスター『破限のハーゲイ』はつぶやいた。

# 06

開店の看板を立てたジークが『木漏れ日』の店内に戻ってきた。入り口は開け放っていて、新装開店を祝う花が二つ飾られている。アンバーさんが、「黒鉄(くろがね)輸送隊から開店したら贈ってくれって頼まれてたの。こっちはあたしたちからよ」と言って持って来てくれたものだ。一つはリンクスの服と同じ緑がかった青いリボンでまとめた亜麻色の花束で、なんだかリンクスが来てくれたみたいだ。

魔の森で出会って、魔の森の氾濫(スタンピード)を一人生き残ったマリエラを迷宮都市に連れてきてくれた黒鉄輸送隊。一人ぼっちだったマリエラを放っておかず、何かと世話を焼いてくれた彼らは、今頃、帝都から迷宮都市に向かって魔の森を駆け抜けているのだろう。迷宮都市にいない今でもマリエラを放っておかない心遣いが、マリエラの心に染みこんでいく。

アンバーさんたち『ヤグーの跳ね橋亭』の皆がチラシと試供品を配ってくれたおかげで、冒険者らしき人たちがやってきて、傷薬がよく効いたと薬や香、煙玉等をたくさん買っていってくれた。アンバーさんにガーク爺、ドワーフ三人組、エミリーちゃんまで入れ代わり立ち代わり『木漏れ日』に顔を出しては、日当たりの良い席でくつろいで何かしら買い物をしてくれる。迷宮都市に来てまだ1カ月も経っていないというのに、気にかけてくれ

る人がこんなにもできた。

『木漏れ日』は、大盛況で大忙しとはいかないけれど、お客が切れない和やかな雰囲気のお店になった。

素敵なお店になったとニコニコ笑うマリエラのそばにはジークが控えていて、知り合った皆が木漏れ日の下に集まってくる。もうすぐリンクスたちも帰ってくるだろう。

二百年前の暮らしは跡形もないけれど、この街に、この『木漏れ日』に新しい居場所ができた。

「マリエラちゃん。これ、開店祝いのお菓子。みんなでどうだい？」

「わぁ、メルルさんありがとう！　お茶淹れるね」

大きな籠に菓子をたくさん詰め込んで、薬味草店のメルルさんがやってきた。一層にぎやかになる店内。お茶を勧められたお客さんたちは、空いている席に腰掛けて歓談を始めたり、お客さんなのにお茶の準備を手伝ってくれたりと、薬屋として開店したのに初日から何の店か分からない。

「嬢ちゃん、こっちにもお茶ー」

「ここは喫茶店じゃないんですー」

ふざけて声を上げる客に、笑って応えるマリエラ。

目覚めてから感じていた拠(よ)り所のない寒い気持ちは消え去って、暖かいもので満たされる。

「開店おめでとう、マリエラ」

ジークはいつも近くにいてくれて、ふと目があったその時に少し笑ってそう言った。楽しいという感情すら忘れ去っていたジークが浮かべた自然な笑みだ。マリエラもとても嬉しくなって微笑(ほほえ)み返す。

「ありがとう、ジーク。これからもよろしくね！」

生き残り錬金術師(マリエラ)は、この街で暮らしていく。静かにとはいかないかもしれないけれど。

The
Survived
Alchemist
with a dream
of quiet town life.

01

book one

# ※ 補遺 ※

## Appendix

## マリエラ　　♀ 16歳

錬金術師の少女。魔の森の氾濫(スタンピード)を生き残ったはいいが、200年ほど寝過ごした。師匠のおかげで年齢にそぐわない高位の錬金術師ではあるが、長きにわたる庶民暮らしと生来の残念な性格ゆえ自覚がない。迷宮都市は規模の小さな街なのだが、魔の森の小屋で一人暮らしてきた彼女にとっては十分都会で、親切な人たちに囲まれた新しい暮らしに、ない胸を膨らませている。

## ジークムント　♂ 25歳

精霊眼という強い力をもって生まれたが、己を律せず奴隷にまで堕ちる。死にかけたところをマリエラに救われ、護衛兼、保護者的な立場に収まる。繊細な性格で、頭が良い分思い悩む面があるが、リンクスに叱られたり、マリエラに適当にあやされては復活し、前向きに努力を重ねている。マリエラに親愛とも敬愛ともつかない複雑な思慕を寄せているが、残念なことに全く伝わっていない。

## リンクス

♂ 17歳

黒鉄輸送隊で斥候をしている青年。人懐っこい性格でマリエラとすぐに仲良くなり、いろいろと世話を焼いている。どんくさそうなマリエラが気になるのか、ジークに活を入れ短剣まで貸している。ディック隊長に憧れていて、隊長のように大きくなりたいとマリエラに話すが、成長期は終わっている。大食漢で毎食2人前食べているが、身長・体重共に変化はない模様。

## ディック

♂ 28歳

黒鉄輸送隊の隊長で、槍使いの大男。マルロー副隊長の後ろで黙っているか、酔っぱらっているか、クッションを揉んでいるところばかり目立つため、マリエラにはダメな大人だと思われているが、黒鉄輸送隊の最強戦力で迷宮都市でも屈指の実力者である。行く手を阻む魔物を軽くあしらう彼ではあるが、『ヤグーの跳ね橋亭』ではいつもアンバーさんに軽くあしらわれている。

## マルロー

♂ 27歳

黒鉄輸送隊の副隊長にして唯一の既婚者。ディックと正反対の頭脳派タイプで、常識や良識を備えた人物。少し頭が固いのかマリエラが錬金術師だと気付いていない。彼の言動は計算高く見られがちだが、ディックと共に行動したり、マリエラにジークをあてがったりと、利以外の興味や関心で動く面が多くみられることから、根っこの部分はディックと似た者同士なのかもしれない。

## ガーク

♂ 70歳

迷宮都市で薬草店を営む老人。「爺さん」と呼ばれているが、自ら迷宮に潜って採取活動を行っており、頭脳肉体共にまだまだ現役。薬草の採取に関する知識が豊富で、マリエラに薬草の採取方法を教えてくれたり、貴重な採取場所に連れて行ってくれたりと、何かと面倒をみてくれる。頑固な職人気質が似通っているのか、ドワーフたちに混じっても違和感がなく、『木漏れ日』開店後はよく一緒にお茶を飲んでいる。

マリエラ師匠（仮）の

# 錬金術レシピ

《低級クラス編》

Master Mariera's

# Alchemy Recipes

Low-Grade Edition

## Anti-Monsters Potion

冒険＆探索するなら忘れずに！

# 魔物除けポーション

低級魔物が逃げ出す臭いポーション。ワンコ系に効果テキメン！
人間には女子も安心の無臭だよ！

【材料】　デイジス……うねうねして気持ち悪いツタ植物。魔力を吸う特徴がある。何処にでも生えている。
ブロモミンテラ……魔物が嫌う臭いを放つ、赤紫色の植物。外壁の外にはデイジスとセットで植えてある。

【分量】（１本分）　デイジス……１つかみ
ブロモミンテラ……１つかみ

## Low-Grade Heal Potion

すり傷、切り傷、肌荒れにも

# 低級ポーション

自然治癒するくらいの傷が治るよ。
飲んでもいいけど、効果の低い低級だから傷にかけたほうが効果大。

【材料】　キュルリケ……いたるところに自生する。でこぼこした特徴的な葉を持ち見つけやすい。ごく小さい傷などに、葉を揉んで擦り付けることもある。若い葉や茎のほうが効果が高い。

【分量】（１本分）　キュルリケ……１つかみ

## Low-Grade Cure Potion

ストップ腹痛！　痺れ、眩暈にも

# 低級解毒ポーション

「コレくらい放っておいたら治る」は命取り！
拾い食いから魔物の毒までちょっとした体調不良を治します。

【材料】　ジブキーの葉……日陰に生えている薬草。赤みがかった葉先や茎が特徴。酸化すると抗菌効果が低下するので、低温乾燥させると効果が高い。
タマムギの種……湿地帯に生息し、秋に小指の先ほどの実がたくさんついた穂を実らせる。ジブキーの葉と一緒にとると効果が高い。

【分量】（１本分）　ジブキーの葉……１つかみ
タマムギの種……10粒くらい

# How to Create Potions

つくりかた

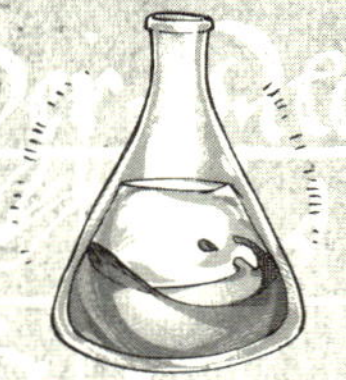

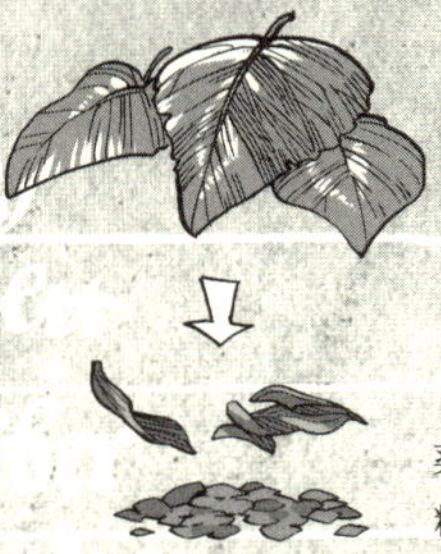

**1.**

薬草を《乾燥》して
粉々に《粉砕》する。

**2.**

水に《命の雫》を
溶かし込む。

**3.**

粉砕した薬草を《命の雫》
を溶かし込んだ水に入れて、
かき混ぜて《薬効抽出》。
振るべし！
振るべし！
振るべし！

**4.**

《残渣分離》で
薬草の粉を
ろ過して取り除く。

**5.**

半分くらいに
《濃縮》したら、
《薬効固定》して完成！

**！ ワンポイントアドバイス**

薬草は大体、《粉砕》する前に《乾燥》するよ。
《薬効抽出》は混ぜてもいいけど、振ったほうが早くできるよ。
ちゃんと《濃縮》しないと効果も臭いも薄くなるよ。
瓶に入れたら《封入》しないと、どんどん減ってしまうから忘れずにね！

待たせたな！
俺の物語の始まりだ！
ハーゲイ・ライフに
見え隠れする2巻のキーワード。
太字が次回を予告する、
マーベラスなシステム。
それが『破限の時間』なんだぜ！
破限の時間

**スラムにスライムが溢れ、食卓にオーク肉が溢れる。**
**雪辱の果てに迷宮討伐軍は海へとたどり着き、そして、**
**錬金術師たちの物語が今、二百年の眠りから目覚める——。**

もっしゃもっしゃと愛妻弁当をむさぼるハーゲイに部下の一人が声を掛ける。

「最近、ギルマスの昼飯、オーク肉のサンドイッチばっかりですね」

「ファイフの愛は、ほもっへるぜ！」

「うわ、きったね。ギルマス、飲み込んでから喋ってくださいよ！」

部下に言われて口を閉じたまま、ずびし！　とサムズアップをかますハーゲイ。なぜ口を閉じているのにこんなにも暑苦しいのか。照明の数は変わらないのにハーゲイの周囲だけやけに明るい。そんなハーゲイを見ながらはたはたと汚いものを払うように手をはたく部下は、弁当が包まれていた紙に目を向ける。

「ん？　この包み紙、**オーク祭り**の案内じゃないですか？　そういや、最近の弁当の包み紙全部……」

部下が最後まで言う前に少し残ったサンドイッチごと包み紙をガサガサッと懐にしまったハーゲイは、物言いたげな部下の視線から逃れるように、口をもぐもぐさ

Limit Breaker's Time!!

せながら給湯室へと移動していった。

「スライミーちゃん、餌だぜ！」

給湯室のゴミ箱を覗き込むハーゲイ。奥さんが恐くてペットを飼えないから職場でこっそり飼っているわけではない。なぜか名前を付けているようだが、生ゴミ処理用の**スライム**だ。だからそもそも餌をやる必要はないのだが。

「たくさん食って、**大きくなる**んだぜ！」

やっぱりペットのつもりなのかもしれない。

「あー、またギルマス、**スライム**に餌やって！　育ちすぎて**溢れ**たらどうするんですか！」

冒険者ギルドにギルドマスター・ハーゲイの安息の地はないのか。がみがみと叱る部下の小言に背を向けて、ハーゲイは受付のほうへと移動していった。

「こちらが今回分の納品ですわ」

「いつも有難う御座います」

見目麗しい令嬢が売店の店員と話をしていた。彼女は薬師で、納品に来たようだ。

Limit Breaker's Time!!

彼女は腕の良い**薬師**だが、ポーションがあればと思わずにいられない。迷宮討伐軍には**赤と黒の新薬**が提供されているらしい。いったい**どのような代物**なのか。そんな物を使って**迷宮の攻略は進む**のだろうか。ハーゲイは、迷宮都市の人々の**平穏な暮らし**が続くことを願ってやまない。

「ま、なるようになるんだぜ！」

冒険者ギルドのギルドマスターにしてAランク冒険者、破限のハーゲイがうろちょろするのを気に留める者はいない。別に隠密系のスキルを発動させているわけではない。フロアに居合わせた冒険者たちに目を逸らされながらハーゲイは、ニカッっと歯を光らせるとサムズアップをぶちかまし、自室へと戻っていった。

たぶん、仕事を片付けに。

## ✼あとがき

『生き残り錬金術師は街で静かに暮らしたい①』をここまでお読みくださった皆様に、まずはお礼申し上げます。

今は木々の色づく秋の頃でしょうか。１巻が発売されるこの季節は、奇しくもマリエラが仮死の眠りから目覚めた季節でもあります。

柿に栗に葡萄に芋に新米にと楽しみな季節ではありますが、色づく落葉が舞い散る様はどこか寂しく物悲しくも感じるものです。やがて訪れる冬に備えて、自然が我々の気持ちを急かしているのかもしれません。

そんな季節に目覚めたマリエラ。能力面を別にすれば、歳相応な彼女には迷宮都市に拠り所がありません。帰りたくてもここで生きていくほかはないのです。秋の寂寥感は彼女の思いに似ていると思います。日々生活をしていると、空や植生の移り変わりに目を向けることは少ないものですが、せっかく本作をここまで読んでいただいたのです。秋の空を、色づく木々を眺め秋の迷宮都市に迷い込んではいかがでしょうか。

マリエラは「頑張ったら上手くいった」というラッキーガールに見えますが、実際やってみたら、頑張ってみたら上手くいくことは意外とあるものです。かく言う私も、まさか自分の作品が、このような書籍になるとは思ってもいませんでしたから。「小説家になろう」の頃から応援してくださった皆様には本当に感謝しきれません。温かい感想、的確なご指摘のおかげで、ここまで書き続けられたようなものです。

そして、美麗なイラストで作品を彩り、マリエラ感溢れる姿を与えてくださったイラストレーターのox様、マリエラの暮らしぶりを意匠化したようなデザインをしてくださった川名様、細やかな差配で所持万端整えてくださった編集の清水様はじめKADOKAWAの皆様、大変お世話になりました。

秋が過ぎ、季節はやがて冬になります。迷宮都市を吹き抜ける風は二百年の真実を伝え、雪はさらけ出された全てに等しく降り積もります。そんな2巻の風景を皆様と楽しめたなら嬉しく存じます。

のの原兎太

## のの原兎太

14歳のうさぎを飼っている。１坪ほどのサークルで暮らす彼は、飼い主のリーチを把握していて、撫でてほしい時は手がぎりぎり届く距離でこちらを見つめてくる。撫でてほしい。しかし抱っこは嫌なのだ。無言の攻防である。

## ox

イラストレーター、コンセプトアーティスト。少年少女と人外生物、民族的な装飾品と生活を感じる風景が好き。揃えたアンティーク品がだんだんとデスクを侵食してきました。眼福。

# 生き残り錬金術師は街で静かに暮らしたい 01

2017年9月30日　初版発行
2018年2月10日　第3刷発行

著　のの原兎太
画　ox

発行者　青柳昌行
編集長　藤田明子
担当　清水速登
装丁　川名潤
編集　ホビー書籍編集部
発行　株式会社KADOKAWA
〒102-8177　東京都千代田区富士見2-13-3
電話：0570-060-555（ナビダイヤル）
http://www.kadokawa.co.jp/

印刷所　図書印刷株式会社


ISBN 978-4-04-734849-3　C0093　Printed in Japan



［本書の内容・不良交換についてのお問い合わせ先］
●エンターブレイン・カスタマーサポート
電話：0570-060-555［受付時間：土日祝日を除く　12:00～17:00］
メールアドレス：support@ml.enterbrain.co.jp
※メールの場合は商品名をご明記ください。

200年後の世界で、
自分らしく生きていく。
生き残り錬金術師は街で静かに暮らしたい
The survived alchemist with a dream of quiet town life.
『B's-LOG COMIC』にて
コミカライズ
好評連載中!
漫画：溝口ぐる
原作：のの原兎太
キャラクター原案：ox